原書名：死亡速寫

蕙瑟．葛理翰（Heather Graham）◎著
陳靜慧◎譯

著作等身的浪漫犯罪小說作家蕙瑟・葛理翰又一新作。

雪麗・孟泰格，警校生兼鑑識畫家，捲入邁阿密連續兇殺案與沼澤區邪教的調查。雪麗途經一起意外現場，後來得知受害行人是她的老友。警方認定他是吸毒後走進車陣中，但雪麗認為沒那麼簡單。她憑著圖像記憶力畫出現場的素描，諸多細節啟人疑竇，尤其是路旁穿黑衣的人影。

在此同時，沼澤區出現一具女屍，傑克・狄雷修警探著手調查。五年前，傑克將邪教首領彼得・

波東逮捕入獄，相信他就是邁阿密地區連續兇殺案的幕後主使。但新發現的屍體上有著與當年儀式殺人案相同的標記。是模仿犯？抑或波東的邪教依然作惡？

傑克一直確信五年前令搭檔喪生的交通事故與波東脫不了關係。當年的意外是否與雪麗友人的遭遇有關？雪麗與傑克一心追兇，激情的火花在兩人間點燃。快節奏的動作場面中，疑點與假線索重重。緊湊的情節、收放自如的鋪陳、對佛羅里達州景色的描寫，在在都將讓讀者愛不釋手。

序

她睜眼望入漆黑的房間，猛然察覺自己身在何處——床上，旁邊還有個男人。她絞盡腦汁，但怎麼也想不起過去這幾小時發生了什麼事。她向來以警覺靈敏、見多識廣自傲，怎會落到眼前這處境？

她凝神細聽，從沈重緩慢的呼吸聲聽來，他似乎睡著了。

沒時間去想她做了什麼、查到多少，也沒時間再詳細策劃。現在沒有時間做任何事……

但求能夠逃跑。

她謹慎地翻身側躺，同樣小心地站起來，以最輕的動作穿上衣服。

「妳要去哪裡？」

月光下，她轉過身去。他枕在手臂上看著她。

她輕笑著側坐在床上，彎腰吻他的額頭。「今晚真棒，」她輕聲說：「可是我莫名其妙地好想吃冰淇淋，和喝些咖啡。很奇怪吧!?」他應該不會起疑，這是她第一次混進聖堂內部。

「冰箱裡應該有冰淇淋，這裡隨時有咖啡。」

「可是我只想吃丹尼小店的新口味，」她說：「感謝上帝，幸好是丹尼小店，其他地方一定都打烊了。而且和你待在這裡好像不太好。」

她站起來穿上鞋，走過去拿皮包。皮包不該這麼輕。

「很抱歉，」他靜靜地說：「妳哪兒都不能去。」

他在黑暗中起身。她沒看錯，他的身材的確一流。健身是他最大的嗜好之一。

他朝她走來，臉上的表情毫不凶惡，而是悲哀。「妳真會騙人。我猜妳來這裡的目的已經達成了。但很抱歉，我不能讓妳走。」

她摸索著皮包找槍。

「槍不在裡面。」他輕聲說著，往前一步。

槍真的不在。這個簡單的事實所造成的恐懼，讓她臨時改變計畫。快跑！快逃！

「你想怎樣？」

「我真的不想傷害妳，真的。」

渾蛋。他不想傷害她，只想殺了她。

他又往前一步。她用皮包當武器，使盡全力一揮，打中他的臉，接著上前用膝蓋死命一頂。她聽到他痛苦地抽氣，整個人彎成兩半。

她奔到門口，驚愕地停下腳步，一個絕對沒有想到的人擋在眼前。電光石火間，她全明白了，難怪她的身分會曝光。

「你這個……小人。」她好不容易才擠出聲音。

「我現在是有錢的小人。」

膽汁湧上來，讓她差點嘔吐。這下她終於明白自己正面臨多大的危險，心中有著說不出的深惡痛絕。

但她查出的真相不會改變。

直覺和本能開始啟動。她只有一個選擇，不顧一切保住性命。

她拔足狂奔，閃電般衝過前廳跑到門前。她手忙腳亂地開鎖。警鈴沒響。

當然不會響。警鈴會招來……

警察。

歇斯底里的感覺排山倒海地湧至。

不過幾秒，她已跑上車道。身後的屋裡有人大喊。

不能去車庫，她來不及上車就會被抓到。她必須盡快地跑，希望能跑到街上。

也許高速公路上會有早起趕路的車輛。

她加速跑過長長的車道，發現危急時她其實可以跑得很快。她保持速度，同時伸手進皮包找手機。找到了！手機還在。

她按下緊急報案電話。沒反應。他們沒拿走手機，只拿走了電池。

她不停跑著，以百米賽跑的速度衝刺，無暇保持體力，腎上腺素、本能以及求生的慾望一起驅策她。

她聽到驚人的喘氣聲。

接著才意識到那是她急促的呼吸。她已經逃出那棟房子了，這是他們可能沒料到的事。算是小小的勝利吧！她想活命就要盡量拉開距離，在他們追上之前設法求救。

她用力吞嚥，對胸腔和四肢的痛苦暫時不予理會。她很清楚路還很長，再痛也得忍。慌亂的感覺湧上來，她連忙把它壓下去。

她終於跑到大馬路，踩到柏油路面。沒想到鄉間會這麼黑，她在都市長大，不管多晚都有燈光。但這裡……

她沒跑多遠，但她的肌肉劇痛，肺也彷彿著了火。

眼前的黑暗忽然閃現一道光，幾乎照花了她的眼睛。是車！就在她極度需要的時候，一輛車開了過來。她搖搖晃晃停下，突如其來的奇蹟讓她有些暈眩。她衝到駕駛座門口。

「噢，感謝老天！快——」

她感覺一把槍抵住她的肋骨。她聽到他的耳語，而且一點都不喘。

「遊戲結束了。」

她全身靜止。看著駕駛人臉上的微笑，她認識這個人。她的心往下沉。

她禱告，祈求上帝赦免。她太驕傲、太自以為是。

噢，主啊，沒錯。太驕傲。她覬覦那榮耀，想成為查明真相的英雄。

榮耀!？現在看來簡直可笑。

真神奇，她這麼有自信的人竟然會怕成這樣。

別慌，別放棄，她告誡自己。要往好處想，理出頭緒，回想所有技巧、心理學、所學過的一切……

想想怎樣才過得了這一關……

想想怎麼禱告。主啊，她傷害過很多人，她深切懺悔……

「走吧！」他冷酷說。

「就在這裡殺了我。」

「也行。但妳還是聽話吧！只要活著就有希望，不是嗎？妳還有渺茫的希望能反敗為勝。走吧，坐進前座，動作小一點。我就在妳後面。」

她乖乖照做。因為他說得對。只要還有呼吸，她一定會奮戰到最後一秒。她坐上前座，他坐進後座，槍一直瞄準著她。她拼命動腦。他有什麼打算？他要怎樣清除她來過這裡、和他在一起過的證據？

他們接近房子時車庫門開了。車子停下，她被拖出去。他命令她走在前面。「又要上路了。」

她的車開著門。槍管用力頂著她的背，她別無選擇地上了車。因為他說得對。只要還有一口氣、一絲希望，她就絕不會放棄。

一個沒看過的同黨靜靜等著。她被迫坐上駕駛座，同黨坐進後座。

他坐上前座，要她開車。

希望……

她轉動車鑰匙，朝生命的終點更進一步。

她一定要抓住希望。

她開口說話，因為她很害怕卻又不想害怕，更不希望被他們看出她害怕。

「你是最低級的惡棍，這一切都不是為了宗教。你用救贖當餌，欺騙那麼多迷失的心靈。」

「妳說中了。真聰明。太聰明了，可惜見樹不見林。」

她瞄後照鏡一眼，想看看後座的人她認不認識，說不定那就是出賣她的人。**她怎麼這麼蠢！**她早該看出來。但其他人也都沒看清真相，誰都想不到這麼正直的人會犯下這種罪大惡極的案件。

寒意爬上背脊。早知道……

她用嚴正的語調快速說：「你們現在悔改還來得及，還能保住性命。你們立刻去警局自首，說不定還有認罪減刑的機會。」

「我們不可能放妳走，」前座的男人說，他的語調異樣溫柔。「很抱歉。」

她體會到，他真的不想傷害她，也真心感到抱歉。但她也在這瞬間明白，他不是主事者。

「要是我有個三長兩短，這件事絕不會就此罷休。狄雷修會不眠不休地追查，直到水落石出。」

後座的人沙啞快速而爆怒的聲音堵住她的話。「狄雷修永遠找不到證據。」

「他們得先找到妳。」她身邊的男人說，音調還是同樣柔和。

她察覺他其實也很害怕，同時領悟到她並沒有真正深入真相。

只可惜謎團解開時已經來不及了。

她聰明？才怪！

她依著指示在黑暗中開往目的地，同時開始禱告。祈求上帝接納她，原諒她所犯過的許多罪。

她知道還有另一種選擇：製造車禍同歸於盡。

她正打算動手，握著方向盤的手突然被用力壓住。她痛得忘了原本的目的。車子停下。

「到這裡就好。」後座的男人說。

她的手痛得受不了，她奮力抵抗，拼命思考怎樣才能制伏押著她的兩個男人。

她完全想不出辦法。

噢，上帝……

後座突如其來的動作讓她的頭重重撞上擋風玻璃。所有光線慢慢消失，連疼痛也化為虛無，她聽見他的聲音，溫柔的聲音彷彿要領她上路。

「我真的從沒想過要傷害妳。我很抱歉，真的……很抱歉。」

上帝，原諒我。

她腦海裡只剩這句禱告。

水晶般的碎片……

終於消失。

1

五年後

雪麗後來承認那天的事她也有錯。但他不該嚇她一跳，而且是近乎驚嚇。她不能因這種無聊小事驚嚇，那跟她所選擇的職業不相容。

所以……

說不定真是她的錯。但那時還不到清晨六點，尼克餐廳偶爾會有老主顧一大早上門，因為他們知道尼克慣於早起。但她沒想到太陽還沒露臉她就撞上其中之一。

天還很黑，對很多人來說這還是深夜。

也怪她忙著講手機。手機一響，她猜應是凱倫或珍妮要確定她已經起床、即將出門，於是儘管拿著咖啡、皮包、鑰匙和行李袋，她還是接聽了。結果那是已經當警察的朋友連恩．格林，他常像老母雞一樣盯著她的進度。知道她要出門度假，他打趣說他要祝她們一路順風，順便替凱倫和珍妮提醒她去接她們。她笑著謝謝連恩的好意，且說她從不遲到。他簡短提到他今晚下班後可能會帶兩個消防隊的朋友過去，說不定會遇見她們。她掛斷電話，伸手開門。

她沒聽到敲門聲，完全沒有。門一開，她看也沒看就衝出去。

結果和他撞個正著。

黑暗中，只有屋裡淡淡的燈光照亮清晨的幽暗。她差點尖叫，行李袋砸在他的腳上，袋子裡的一罐餅乾飛出去，拿鑰匙手裡端著的咖啡灑出來，滾燙的液體濺了兩人一身。

「狗屎！」

他的短袖牛仔布襯衫敞開著，熱咖啡直接灑在皮膚上，使他本能地咒罵。她先是感覺手臂被人扶住，腳一站穩便立刻後退，並考慮要不要尖叫。

但這個看來像沙灘混混的人似乎沒有太大的威脅性。

「搞什麼——鬼！」她結巴地說。

「是啊，搞什麼鬼？」他拍著胸前被咖啡濺到的地方。「我要找尼克。」

「這麼早？」

「抱歉喔，是他要我『這麼早』來的。」

這男人顯然生氣了。尼克的朋友？她又後退一步，皺眉打量他。她好像看過他，不是常客，不是每星期天都來餐廳圍著酒吧打屁、看美式足球賽的人。他比較安靜。事實上，之前偶爾見到他時，她曾覺得他有些陰鬱沈默，換個打扮就能當《咆哮山莊》裡那位獨自在荒野徘徊的男主角。上次看到時他坐著，現在她看出他大約六呎二、三吋高，黑髮、黑眼，五官很出色，年齡在二十八、九到三十四、五都有可能，有種粗獷、常在戶外活動的感覺，但碼頭區附近的每個人都是這種調調。膚色黝黑、肌肉強健——他穿著及膝褲，襯衫也沒扣，很可能是臨時套上的，因為佛羅里達州規定進餐廳一定要穿上衣和鞋子，而他正站在一家餐廳的私人出入口前。

「你怎麼沒敲門？」她氣自己彷彿辯解的語氣。她在這裡，是他亂闖。

「哎，妳知道，我正要敲門一杯咖啡就飛了過來。」

他話中有話，暗示她該道歉。作夢！老實說，她受到驚嚇，這讓她很生氣。這裡是她家，她怎會知道半夜有人站在門外。更別說她也滿身都是咖啡，要她道歉是不可能的。

「完了！」她發現大半罐的餅乾灑在地上，已經引來大批海鳥。她又瞪著他，「你打翻了我的餅乾。」

「我打翻了妳的餅乾？」他說。她討厭他的語氣，也討厭他輕蔑的表情，他一臉的難以置信，好像她的餅乾無關緊要。

哼，那些餅乾很重要。那是禮物，莎蘭還特地綁上蝴蝶結，祝福她週末愉快。

「那是上好的手工餅乾，而且是禮物。」她想叫自己閉嘴，為了餅乾小題大作好像有點荒謬。「我的鑰匙不見了。我已經遲到了，現在還得回去換衣服。下次別忘了我們十一點才開門。尼克已經起床，我會告訴他你來了。」

「妳清點損失時，忘了一件事。」

「什麼？」

「我的胸口被妳的咖啡燙到了，我可以告妳。」

「我會說你意圖闖進我家，導致我的襯衫也全毀。要告就去告，隨便你。」

她轉頭回屋裡，故意當著他的面把門關上。「尼克！」她大聲喊叔叔。「有人找你。」她壓低聲音補上一句：「發育過度的宇宙無敵大爛人找你。」

她沒有等尼克應聲，逕自跑進與餐廳相連的住處，換好衣服又衝出來。尼克顯然聽到了，因為那人現在站在廚房裡。看來尼克也確實認識他，因為他們正喝著咖啡商量事情。她匆匆經過時他們同時靜下來。黑髮男人冷冷地打量她，肯定在心裡批評她，但她不想知道，也不在乎他的看法。尼克從不因為客人是付錢的大爺便要求她或其他員工陪笑。

「雪麗……」尼克開口。

「莎蘭呢？她起床了嗎？我要謝謝她的餅乾。」她瞪著那個人說。她現在看得更仔細了。他似乎是個硬漢，體格很壯，臉長得不錯，從容自若的同時又威嚴自制。很可能自以為是上帝賜給女人的恩典。

她故意移開視線看著叔叔。

「莎蘭今早有事，昨晚沒留在這裡，」尼克說：「雪麗，我來介紹一下——」

「我沒時間，再不快走就要塞車了。愛你喔！」

「開車小心。」尼克叮嚀。

「沒問題，你知道我向來小心。」她親一下他的臉頰。「再見。」

她可能有點粗魯，但她實在沒心情介紹、寒暄。她在門口撿起滿地的東西，除了灑在地上餵海鷗的餅乾。

她聽到尼克道歉。「不知道她今天早上怎麼了，小麗平常很有禮貌。」

抱歉啦，尼克，她想。希望這人不是尼克很要好的朋友。

她去接凱倫時遲到十五分鐘，接到珍妮時更遲到了二十分鐘。但大家上了車就把遲到的事拋在腦後，她之前的緊繃和氣憤也煙消雲散。還要再過二十來分鐘車輛才會多起來，凱倫和珍妮心情都很好，很高興能一起去度幾天假。而且還有一罐餅乾倖存，珍妮開心地大快朵頤。

「嘿，把餅乾傳過來。」凱倫對珍妮說。

「抱歉，妳得拿槍才能逼我整罐交出去。」珍妮說笑著遞一片巧克力脆片餅乾給前座的凱倫。凱倫先問開車的雪麗要不要。

雪麗搖頭，專心看著路，九十五號州際公路還相當順暢，稍晚出發似乎沒有多大影響。

「雪麗就是能抗拒誘惑，才這麼苗條。」珍妮說。

「那是因為她快要去當警察啦！」凱倫說。

雪麗大笑。「其實是因為我出門前已經吃了一堆。」她說。

「這可不可能是低卡餅乾？」凱倫滿懷希望。

「別傻了，這麼好吃的東西不可能低卡，」珍妮嘆氣說：「不過可以補救。住進飯店後先去游幾圈，再去公園快走，把熱量消耗光，」珍妮哀怨地說：「老天，雪麗，妳幹嘛帶那麼多餅乾啊？」

「要是我不帶餅乾，我們會在休息站吃更油膩的東西，」雪麗相當肯定。「而且本來還更多，足夠整趟路程吃。」

「怎麼回事？」

「我撞到一個來找尼克的人，餅乾飛出去撒在地上了。都是他害的，不是我的錯。」

「反正也要停車買咖啡配餅乾，」凱倫提醒她。「先別吃，買到咖啡之前都不准吃。」

「其實我連咖啡也準備了，可是……唉，」雪麗低聲說。

「咖啡也灑了？」

「對啊，」她對著鏡子裡的珍妮笑笑。「灑得他和我滿身都是。我只好換衣服，所以才會遲到。」

「是尼克的好朋友嗎？」珍妮問。「他有沒有生氣？」

「應該不是好朋友，不過我在餐廳看過他。我想他應該很生氣吧，不過那是他自己的錯。」

「他害妳用咖啡灑他？」

「嗯，他剛好站在門口。誰會想到一大早出門，會在門口碰到個陌生的傢伙？」

「住在船屋裡的那些老人都知道尼克是早起的人，他們不想煮咖啡，寧願喝你們的。」凱倫一語道破。

「那麼，小麗，妳一大早就燙死了一個怪老伯？」珍妮說：「真不像妳。常去餐廳的人都認為妳是全世界最貼心的小可愛，尼克好命才有這麼棒的姪女。」

「希望妳沒弄壞怪老伯的步行器。」

「這傢伙沒用步行器。」

「他不是怪老伯？」珍妮興致勃勃地問。

「是個年輕的大爛人。」雪麗說。

「嘿，妳還沒回答我的問題，他可不可愛？」凱倫說。

雪麗想了一下，她不會特別關注餐廳的客人，而且她最近也不像以前那麼常去幫忙，但她通常還是會留意。她會特別注意面孔，因為她喜歡畫畫，也常能清楚記得五官特徵。她有些不懂自己見過那個人，但怎會沒有留意。

「我不會說他可愛。」她對凱倫說。

「真可惜，我還以為尼克餐廳有新的帥哥可看了呢！」珍妮傷心地說。

雪麗沈默了一下。

「嘿，她沒說他不是帥哥耶。」凱倫說出她的觀察。

「他不是我喜歡的型。」雪麗說。

「因為他很粗魯？」珍妮問：「感覺起來，妳也沒多斯文。」

雪麗搖頭。「我才不粗魯。好吧，我承認我有點粗魯，也許我該道個歉。但我急著出門，而且他嚇了我一跳，真的驚嚇。他……好黑。」

「黑？西班牙裔，拉丁人，非裔美國人？」凱倫困惑地問。

「不，感覺上的，陰沈、黑暗之類的。」

「啊，黑暗。」凱倫說。

「嗯，他的外型也很黑，黑髮、黑眼，皮膚曬得很黑。顯然喜歡船，或水、或太陽。」

「嗯，好像很性感。黑暗型的。」

「身材好嗎？」凱倫追問。

「還不錯吧。」

「看來我該多去尼克餐廳晃晃。」凱倫說。

「何必？妳又不缺男人。」珍妮說。

「很缺。小學哪有男人？妳才不缺呢，打扮得漂漂亮亮在一堆人面前唱歌。」

「要找男人很簡單，但要找到好的真難。」珍妮說。

「唉，那還是別去尼克餐廳吧。心理學家不是說，千萬不要在酒吧找對象？應該去保齡球館之類的地方才健康。」雪麗說。

「我討厭保齡球。」凱倫批評。

「我們有話題了，怎樣避開爛男人。憑我們三個，天大的問題都找得出答案。」珍妮說。

「嘿，我每天幫六到十歲的小鬼頭解決麻煩，」凱倫提醒她。「負責培育下一代的心靈、創造我們國家急需的優秀的新世代。雪麗每天都在學如何開槍、制伏世上的雜碎。這個週末，我們要把嚴肅的一切拋在腦後，只想第二嚴肅的——膚色和身材。」

「不要把標準訂得太高，」珍妮說：「有洗澡、口齒還算清晰、願意跳一下舞的男人，我們的社交出擊就算成功。我要餅乾。」

「可以接受，」凱倫附和。「但……不管身材了。雖然沒有咖啡，我也要再吃餅乾，何況至少還要二十分鐘才到得了休息站。」

雪麗看兩個朋友一眼，凱倫小口咬著餅乾，享受每一口的滋味。難怪她能保持完美的身材。凱倫很嬌小，完美的二號身材，有著天藍色的大眼睛和一頭天生的淺金色秀髮，顯示出北歐血統的特徵，她的姓也很北歐：艾利森。

而珍妮則相反，黑髮、黑眼，身高五呎九吋，熱情奔放，姓氏則暗示著拉丁血統：海維亞。

雪麗常用小時候看過的童話稱呼她們紅玫瑰和白玫瑰，她自己則因母親的蘇格蘭血統而有著紅髮綠眼，但姓氏則是孟泰格。父親的家族主要是法國血統、摻上幾許印地安基因，因此她很幸運沒多少雀斑，皮膚可以曬成漂亮的古銅色而不會像煮熟的蝦。她身高五呎六吋，介於凱倫和珍妮之間。她們兩個戲稱她為玫瑰刺。

她們從小學就是死黨，一起分享彼此的夢想、成功與心痛。工作讓她們踏上不同的方向，也因此更期待這趟週末之旅。凱倫邊教小學邊念碩士。珍妮是歌手，雖然她自認不會大紅大紫，但也不在乎。她熱愛歌唱與創作，事業正在起飛，雖然幅度不大。雪麗則在警校受訓，全心投入所有課程，研究法規權益、學習防身術。

「莎蘭和妳尼克叔叔會結婚嗎？」珍妮靠過來問。

烤出這些美味餅乾的莎蘭．杜普蕾和尼克交往快一年了，大家很愛聊他們的事情。

「可能吧。」雪麗看看時間又繼續看路。「尼克是典型的單身漢，熱愛釣魚和他的餐廳，只要莎蘭受得了他的毛病，很可能會結婚。」

「唉，尼克也要忍受莎蘭做房地產仲介的不規律生活啊！」凱倫說。

「他好像不太介意，尼克很隨和。」她是叔叔養大的，很瞭解他的個性。她很難過對父母只有模糊的印象。她三歲時他們因車禍喪生。她和尼克很親，他用愛與溫柔成功扮演了父母的角色，他的人生一貫都很閒適快樂，她希望他能繼續如此，結婚與否由他自己決定。

「妳該選珊瑚市分局或南邁阿密分局而不是總局，雪麗。」珍妮突然說，讓雪麗從尼克叔叔的事回過神來。「妳到底怎麼想的？珊瑚市有很多帥哥，而且人都很好。」

「對啊，總局的人都是討厭鬼。」凱倫說。

雪麗揚起眉毛看凱倫。「那是因為有人開了一張超貴的罰單給妳。」邁阿密戴德郡也稱為大邁阿密區，包含二十多個市鎮村莊。其中一些擁有規模完備的警力，大小事都有專人負責，而其他地方若發生兇殺案、或需要鑑識服務，則要靠總局支援。總局的轄區涵蓋全郡，而她一直希望能全面服務故鄉。「所有分局都有好警察，也有帥哥警察。」

「誰叫妳去高速公路飆車，」珍妮說：「哦，等雪麗畢業開始上街巡邏、拼業績的時候，妳可要當心了。她只要守在妳家門口就行了。」

「我才沒那麼誇張，」凱倫抗議。「而且妳看，雪麗現在也超速啦！」

「她才超過限速兩英里，」珍妮說：「不然我們得像烏龜爬到奧蘭多。」

珍妮說話的同時雪麗已經開始減速。

「看吧！」珍妮說。

「前面好像出事了。」雪麗皺著眉頭說。

前面的車子突然緊急煞車。後面兩輛車停車太猛，差點撞上分隔島。

她們已經快到交流道。高速公路雙向都是五線道，交流道就在前面，東西向高速公路也從這裡分支。清晨原本順暢的交通忽然擠成一團。

「怎麼回事？」雪麗喃喃自語。跟著前方車輛緩緩前進，她看到兩輛車顯然出了車禍。她只是警校生而且在放假，但若車禍現場沒有員警，根據規定，她有責任下車等待值勤員警抵達。但她才剛想到這件事，凱倫就看穿了她的心思，凱倫正考慮改行念法律。

「不，我們不用停車。現場已經有一位警察了，就在前面。他一定才剛到。」

不管到底是何種意外，她們若早個幾分鐘就會遇上。車禍現場尚未封鎖，看來警察真的才剛到。兩輛車的駕駛都下了車，其中一位掩面坐在分隔島上，而撞上第一輛車的駕駛則站在車旁呆望前方。車禍發生在最左側的車道。雪麗的車就在隔壁車道。她經過時往左邊看，很高興兩位駕駛都沒受傷。

受傷的另有其人。

她緩緩向前，忽然抽一口氣。

有個男人趴在車道上，全身只穿了一件白色內褲。他面朝下、頭扭向一邊，顯然已經死了。

為了成為警察，她通過各種試煉。不但考了試，還看了列出警務工作可能遭遇的種種恐怖事件的影片。但親眼看到一個男人只穿內褲趴在高速公路上，還是很嚇人。

「噢，老天！」凱倫也驚喘一聲。

「什麼事？」珍妮急著問。

雪麗緊握方向盤，眼前的景象深深印進腦海，由近而遠。兩輛肇事車輛的位置，剛抵達的警察與警車，屍體，大字形趴著，身上只有白內褲，頭扭向一邊，鮮血因皮膚和柏油的相互襯托，顯得很超現實。

不斷駛來的車輛紛紛減速煞車，緊急煞車的聲音很刺耳。對面車道遠處，有個人站在路邊看著車流，好像等著過馬路。

屍體已在後面，但那個畫面深植腦海，清晰鮮活一如照片。其他的細節則糊成一片。對面的車輛彷彿萬花筒裡的色塊，那個人站在路邊，看著現場……

只是一個人影。沒有臉，衣服是……黑色的。應該是吧。男的？女的？她不知道。他是關係人嗎？被撞的那個人的朋友？

「什麼啦？到底什麼啦？」珍妮在後座追問不休。

「屍體。高速公路上有屍體。」凱倫打著哆嗦。

「屍體？」珍妮轉身看。

距離已經很遠了。

「也許我還是回頭比較好。」雪麗說。

「絕對不行！已經有警察在現場了，要是妳再干擾交通，其他駕駛一定會抓狂。」凱倫說得沒錯，塞車已經夠嚴重了。等她下高速公路再轉回去，救護車可能已經來了，可能也有更多值勤員警抵達。

「妳就別再想了，忘了吧，」凱倫堅定地說：「拜託，雪麗。我們很少能一起去度假，更何況這裡每天都有人車禍喪生。雖然很悲哀，但現實如此。妳沒有在值勤，甚至算不上正牌警察。要是妳對每起事件都這麼念念不忘，是當不了好警察的，情緒激動會讓妳無法保持警覺。」

凱倫的話非常有道理。

「我沒看到屍體。」珍妮說。

「妳運氣好。」凱倫回嘴。

「每天都有車禍發生，」凱倫再次強調。「有人因此送命，而且還會不斷發生。」她嚴肅地對雪麗說。

雪麗瞄她一眼。「但不會每天都有人只穿著內褲死在高速公路上啊！」她反駁。

「他會不會是肇事車輛的乘客？」珍妮問。

「也許，但怎麼可能？」凱倫說。

「說不定他坐在前座，意外發生時被甩出來。」珍妮說。

「誰會只穿著內褲坐車？」雪麗問。

「嘿，這裡是佛州南部。要是在南灘的酒吧多待一會兒，搞不好就光溜溜地坐上車呢！」珍妮說。

「我不認為他是車上的乘客。」雪麗回想著車輛和屍體的相對位置。

「難道他穿著內褲想橫越高速公路？」珍妮說。

「說不定已經有新聞報導了。」凱倫把收音機轉到新聞台。主播報完華盛頓的活動，接著報導本地路況。

「九五號州際公路北上路段發生一起車禍，一名行人被來車撞上，」女主播輕快地說：「左側兩線車道目前已封閉，下交流道時請特別當心。南下前往邁阿密市區的通勤駕駛請注意，南下路段車速較慢。事故地點前的交流道還算順暢，但從帕梅多到米勒道這一段的交流道上有事故發生。」

路況報導結束了，另一名主播接手報導海面狀況。

這時她們已經抵達交流道入口。雪麗在收費站投了錢繼續前進，意識到凱倫注視著她。

「我們要把這件事拋在腦後，玩個盡興。」凱倫堅持。

雪麗點頭，忍不住又說：「可是太奇怪了。怎麼會穿著內褲穿越高速公路？」

「八成是嗑了藥。」後座的珍妮說。

「一定是，」凱倫附和。「沒有人會穿越十線的車道，不管有沒有穿衣服。」

「雪麗，妳星期一回警校上課時一定能找到人問清楚。」珍妮說。

「妳說得對。」

「在那之前，妳也無能為力。」凱倫說。

「當然有。」雪麗說。

「妳要做什麼？」

「一看到休息站就停車，買一大杯卡布其諾和一個又油又難吃的三明治吞下肚，然後別再發抖。」雪麗說。

「好吧，我贊成，」珍妮說：「不過我只要一般咖啡配這些餅乾就夠了。」

不到三十分鐘她們到了休息站，雖然餘悸猶存，但出發時的好心情已經稍微恢復。雪麗和珍妮排隊買咖啡和食物，凱倫四處蒐羅奧蘭多的旅遊簡介及觀光表演的資料。就座之後，珍妮戳著「阿拉伯騎士」的簡介。「我沒去過，不過我喜歡中世紀的情調，而且這裡有馬耶！」

「還有男人，」凱倫說：「但我們不是要去跳舞嗎？妳知道的，去歡樂島之類的地方。」

「一天晚上去跳舞，一天晚上看帥哥騎馬。」珍妮說。

雪麗心不在焉地拿出鉛筆在餐巾紙上素描。她的手被按住，她抬頭看到凱倫。「這畫太像我們剛才看到的事情。」凱倫說。

珍妮搶過餐巾紙，打了個冷顫。「我們該拿妳怎麼辦，雪麗？妳必須忘了這件事。」她低頭看畫。「感謝老天，幸好我忙著看雜誌，」她勉強擠出笑容。「光是畫就快讓我做惡夢了。」

「妳該繼續唸美術學校，」凱倫說：「光在餐巾紙就能畫得這麼像。請妳忘了吧，雪麗……」

雪麗把餐巾紙揉成一團。「對不起。」她歉咎地低聲說。她們說得沒錯，她對剛才的車禍完全無能為力。

真正當上警察後會看到更可怕的事情。

「妳該不會真的放棄美術了吧？」珍妮問她。「我是說，妳很有才華。真的很有才華，我沒看過誰的素描畫得這麼好。」

「我不會放棄，」雪麗說：「我喜歡畫畫。只是……美術學校有點太貴。」

「妳沒有接受那份獎學金是因為擔心尼克會想幫妳，但他又沒那麼多錢。」凱倫睿智地沈吟。

「尼克絕不會阻止我追求夢想，」雪麗為尼克辯解。這是真的。她拒絕曼哈頓知名美術學校的獎學金時，她知道尼克有多失望。就算拿獎學金、住宿舍，她依然負擔不起紐約高昂的生活費。即使她去打工也不夠開銷。尼克一定會想幫忙，但這幾年遊客變少了，她不願再增加他的負擔。

「我熱愛藝術，但也一直想當警察。我爸也是警察，記得嗎？」

「我們怎麼會記得，」凱倫說：「都那麼久了。」

「我記得我很愛爸媽，而且很崇拜爸爸，」雪麗說：「再說警務工作也很有趣。」

「是喔，有趣。可以開巡邏車去追超速駕駛，例如凱倫。」珍妮說。

「很好笑，珍妮，我快笑死了。」凱倫說。

「對不起嘛。」

「天地良心，我所做的是我真正想做的事。」

「那今晚要去跳舞還是看馬？」

「扔銅板決定吧，反正都很好玩，」她信心十足地說。她把三明治包裝紙和畫了圖的餐巾一起揉成一團。「準備上路了嗎？」

「要我開車嗎？」凱倫問。

「千萬不要！」珍妮急忙說：「她會逮捕妳——至少也會訓妳一頓。嘿，如果妳也在車上、而且車是妳的，還能開罰單嗎？」

「珍妮，」凱倫一本正經地說：「妳再說我就掐死妳，讓妳的寶貝嗓子變得像老鴨子一樣。」

「嘿，妳有沒有聽到，她在恐嚇我呢。」

「噢，妳們別鬧了。」雪麗差點笑出來。

「說真的，要不要換手？」凱倫說。

雪麗搖頭。「不用了，我沒事。」

至少開車沒問題，可是……

看來高速公路上那具屍體會永遠烙印在她的腦海裡。

莎蘭．杜普蕾回來時尼克在吧台後面洗杯子。她匆匆進門，希望他不要問起她去了哪裡。她曾答應在午餐尖峰時間回來幫忙，但還是遲到了。

他沒有問，只是像平常那樣抬頭對她一笑。尼克不是愛吃醋的人。如果她不想跟他走下去，隨時可以離開。如果她跟他在一起很開心，她就會留下來，而他也會很快樂。

「嘿，今天好嗎？」他問。

「很不錯。」

「有沒有賣掉什麼？」

「我帶人去看了兩棟很貴的房子，不過還沒敲定。」

「房屋買賣很花時間。」

「雪麗有沒有打電話回來？她們到飯店了沒？」

尼克搖頭。「她有麻煩才會打電話，或許明天會有她的消息。嘿，她很喜歡妳做的餅乾。等她回來也會親自告訴妳。」

「好啊。」

她把皮包放在吧台後面給他一個吻，同時討厭自己的緊張。她很少這樣，總是控制得很好。

她正要離開又被他拉回去。他給她一個更熱烈、煽情的吻，他放開時她滿臉通紅。

「山迪．雷利進來了，他在看我們。」

「山迪那麼老了，讓他回味一下冒險、刺激和火辣的性愛也不錯。」尼克回答。

「你們別打得那麼火熱，」山迪大聲說：「快點出來招待客人啦！老傢伙的耳朵可好得很，快送杯啤酒來。」

莎蘭和尼克分開，兩個人都笑個不停。尼克大喊：「這杯我請客，山迪。」

「感謝老天賜我們啤酒這種好玩意，給我來杯冰透的。」山迪搖著滿頭白髮說。

「你好像心情不太好，山迪。」

「沒錯。我終於明白了待在船上的好處了。只是出去繳個錢，就在路上耗了大半天。交通爛透了。」

「比平常更塞？」尼克問。

「見鬼了，好像所有神經病都選在今天出門，我再也不要開車了。幫我記著，尼克，幫我記著。」

傑克．狄雷修在水底聽著刮除器刮著船板的聲音。聲音很奇怪，感覺不像在刮而是在磨。終於清除掉最後一個頑強的籐壺，他也剛好沒氣了。他往上游幾英尺浮出水面，抓住「關朵琳號」的舷梯深吸一口氣，俐落地抓下面罩。他滴著水爬上梯子走上他的船屋。

他感覺身後有動靜，緊繃的情緒讓多年訓練和腎上腺素一起翻騰。拳頭揮過來時他低身閃過，接著站直揮出左拳。他運氣不錯，一拳正中神秘對手的下巴。

沒想到那個衣冠楚楚的男人竟然倒地發出類似啜泣的怪聲，跪在地上一手撐著地、一手揉著下巴。

「要命，」傑克輕聲嘀咕。「布萊恩？」

「你和她上床了。」來人說。

傑克伸手拉起對方。來人和他差不多高，清瘦結實，平時還蠻有魅力的，藍眼、金色短髮，廣受女性青睞的類型。不過現在他的藍眼哭得又紅又腫，下巴也腫了，完美的臉部線條慘遭破壞。

「布萊恩，你來做什麼？」他平靜地問。「進來吧，我弄點冰給你敷。」

布萊恩．列西特站起來，跟著傑克走進船屋的客廳。關朵琳號設計精良，主臥房、開放式廚房、餐廳在同一層，另有階梯通往船尾艙房和船頭主艙。他拉布萊恩進去，讓他坐在吧台前的高腳凳上，接著打開冰箱拿冰塊。他找了塊布包住冰塊，走到客人面前塞給他。「拿著敷下巴。我去煮咖啡。」

「我不需要咖啡。」

「你需要。」

「好像你沒喝過更強的東西。」

「我常喝，也常做蠢事。但那樣突襲我……實在有夠蠢，你搞不好會丟了小命。」

「我只想成功偷襲你一次，」布萊恩的聲音變成微弱的啜泣。「一次就好。你和她上床了。」

傑克動手煮咖啡。他用力按下開關轉過身。「布萊恩，我沒有和她上床。她從沒說過我有。」

「你騙人。現在你更不會告訴我實話了，南希都死了。」

「沒錯，」傑克的聲音冷靜得要命。「南希死了。」

「就算你曾和她上床也絕不會告訴我，因為我永遠無法證實。」

傑克耐著性子。「公開調查的時候我們都在場。雖然又髒又噁心，但至少證明一件事，她那天晚上不是跟我在一起。」那晚她和某人發生過法醫所謂的「兩願性行為」。他自願接受檢驗，證明他不是那個人。

「她也絕對不是和我在一起，」布萊恩苦澀地回答。「就算她那天晚上不是和你上床，但她愛你。」

「我們只是朋友，布萊恩。」

「朋友，是喔！」他沈默了片刻。「你依然認為是我的錯。」

「我從沒那麼說過。」

「你從沒說過？才怪。公開調查時，你的眼神每一刻都在譴責我。」

布萊恩真的喝多了，傑克搖頭。他明白那種感覺，他偶爾也想灌個爛醉。

「車禍，他們說是車禍。可是……你從來不相信。」

「布萊恩，我認為你有時候有夠白爛，但你太太的死不是你的錯，好嗎？」

「我從沒有強迫她做任何事，老兄。我從沒讓她嗑藥，我和她在一起的時候也從不酗酒。」

「布萊恩，你現在快醉翻了，腦子也不清楚。沒人說你強迫任何人做過任何事。你是個混蛋，她常被你氣個半死。但她很愛你，聽懂了沒？天啊，布萊恩，都這麼久了，你幹嘛又扯出來？」

「你不知道？老兄，你怎麼可以忘記？」

傑克望著布萊恩。他記得，每年都記得。「今天是她的生日。」他輕聲說。

「沒錯。她今年三十了，傑克。三十。媽的，她當時才二十五歲。」

傑克靠在流理檯上，覺得胃裡彷彿有一團熱鐵絲。「二十五歲，快五年了。」他改變話題。「我聽說這幾年你和一個空服員住在一起。」

「是啊，」布萊恩承認，接著搖搖頭。「她是個好女孩。我該跟她結婚。但每次我一想……」他的臉上閃過心痛的表情。「我就開始懷疑我可能永遠無法擺脫南希的陰影，我能不能不在半夜驚醒，覺得她在看我，覺得如果……唉，算了。」

咖啡煮好了。傑克轉身幫布萊恩倒了一杯。布萊恩的話正中要害，雖然他並不知道。傑克也有同樣的感覺。時間雖然過了這麼多年，南希依然糾纏著他。

他把咖啡端給布萊恩。「布萊恩，無論如何南希都不會回來了。堅強一點。沒人認為你殺了她。」

「沒人認為我殺了她，只認為我害她尋死。」

「她不是自殺。我很清楚，你也很清楚。」

布萊恩低頭深深吸氣。「你知道，傑克，很多人覺得你是個爛人，完全不是媒體上那副傑出能幹的樣子。」

「別人要怎麼想，我無能為力，布萊恩。」傑克不當一回事地說。

「是啊，你說得對。你又不能因為別人認為你爛就逮捕他們，對吧？」

「布萊恩，喝咖啡吧。千萬別告訴我，你開車來。」

「怎麼，你要逮捕我嗎？」布萊恩瞪他。

「不是，我只是祈禱你沒撞上什麼。」

布萊恩低著頭。「不，我沒有開車。我在市中心的酒吧喝了幾杯，搭朋友的車到尼克店裡，又在露台上喝了幾杯啤酒。我沒有開車。」

「很好，喝完咖啡我送你回家。」

布萊恩望著他搖頭。「我知道南希常來這裡。有時候我會想……媽的，她一定跟你說了很多……你怎麼沒有把我大卸八塊？」

「殺人是犯法的，更何況我是警察。」

布萊恩想微笑，表情只變得更苦。

「是啊，但你可以把我揍個半死，再宣稱是自衛。我不只一次給你很好的理由，你為什麼沒出手？你有罪惡感？」

「不是。」傑克誠實地說。

「那是……」

「因為她愛你，而我愛她。」布萊恩吃驚地抬起頭，傑克連忙澄清，「我不是說我和她上過床，布萊恩，我只是說我愛她。她一直堅信你有好的一面。雖然殺了我我也看不出來，但想必有吧。所以……快把咖啡喝完，我送你回家。」

布萊恩看了他一會兒，又低下頭點了點。他喝完咖啡，平靜地又要一杯。喝完第二杯他總算清醒了些，稍微整理了儀容。

布萊恩把外套忘在尼克店裡了，於是他們先過去拿。

尼克和莎蘭在吧台後面忙，他們交往快一年了，尼克曾對傑克說他很愛她。他都這把年紀還墜入愛河。她容忍他沒日沒夜的工作，反正她也無所謂，因為她的房屋仲介工作時間也很不穩定。有時連續忙上好幾天，有時又很閒。她喜歡政治，打算學習更多，也有意角逐地方公職。

他們乍看之下似乎不大登對，但他又有什麼資格評論？

傑克和布萊恩走進店裡，尼克揚起一道眉毛。「你們兩個沒事吧？」

「沒事。」

「我們很好。」布萊恩說。

「你該不會又來喝酒吧？」莎蘭有點怕怕地問。

「我正要送布萊恩回家，我們只是來拿他忘在這裡的外套。」

「噢。」尼克來回看著他們。

「我可以送他，傑克。」莎蘭平靜地提議。

「謝了，我送他就好。」

布萊恩搭著他的肩膀。「是啊，我們沒事。傑克和我，我們像兄弟一樣。」他咧嘴一笑。「哪天他喝多了我也會送他回家。妳知道——有來有往嘛。」

「走吧，布萊恩。」

幸好布萊恩還記得路，因為他剛搬了新家。空服員的名字叫諾瑪。她似乎是個好人，因為布萊恩半天都開不了門，所以她一臉擔憂地來開門。布萊恩介紹傑克時，竟然沒有口出惡言。她和南希一點都不像。諾瑪不高，很漂亮，聲音十分輕柔。傑克想起之前在飛機上見過她，她笑著說她也記得他。

「唉，當然囉。」布萊恩嘀咕著。這句酸溜溜的話，讓諾瑪困惑地皺起眉頭，傑克差點想再賞他一拳。

「我扶他上樓，幫他脫鞋。」傑克忍住氣。

「樓上第一間，」諾瑪說。「我去拿阿斯匹靈和水，免得他明天早上頭痛。他摔跤了嗎？」

傑克假裝沒聽見。布萊恩整個人壓在他身上，走上階梯時差點摔倒。傑克調整姿勢，抬起他飛快往上跑。

「我摔跤了嗎？」他傻笑著說，但笑聲悲涼而淒苦，彷彿在自嘲。「是啊，我摔跤了，還撞上你的拳頭，對吧？」

傑克把布萊恩扔在大床上，幫他脫掉鞋子。他正要出去時布萊恩說：「原來……你認識諾瑪。」

「我在飛機上見過她，布萊恩。」

「我敢打賭她一定也寧願和你上床。」

「別胡鬧了，」傑克對他說。「你是個好命的王八蛋。有過一個很棒的老婆，現在這女的似乎也很愛你。不要又搞砸了。你有機會重新來過，別耍白癡。」

他往外走。

「那你呢，傑克？」布萊恩喊他。他轉身，布萊恩悲慘地笑著。「那個地檢署助理也很漂亮啊。那一段維持了多久？三個月？我聽說還有個餐廳服務生，身材火辣。你們頂多約會過十次吧？你對南希也還念念不忘，對吧？」

「布萊恩，好好睡一覺把她忘了吧。五年是很長一段時間。」

他下樓時諾瑪正好要上來。「謝謝你送他回來。」

「不客氣。」

「去年也發生過一樣的事。他太太的生日……他每次都只說這一句。我認識他沒多久就知道他太太因車禍過世，他一定很愛她。總之，謝謝。面對過那種事情的人，偶爾需要一點幫助。嗯，你要不要喝杯咖啡再走？」

「不用了，謝謝。」

「嘿，你知道，我記得在飛機上見過你。你是警察對吧？」

「沒錯。」

「也就是說你認識他太太。」

「是啊，她曾是我的搭檔。」

傑克沒再多說，默默下樓自己離開。他回到船屋，發現尼克和莎蘭幫他留了一盤鮮蝦義大利麵。

太好了，他正好餓了。週末連假他輪休一天，但遷移船屋讓他忙不完。食物進了嘴裡他才體會到有多餓。

他筋疲力盡地倒在床上，但他知道不可能這麼輕易入睡。南希的生日。她三十歲了，老天。

平常睡在船屋裡很容易入眠。海水輕搖，海風徐徐，平常這些就能讓他放鬆。今晚例外。

他翻來覆去，想著是否不該獨自過夜。忽然他想起布萊恩的話，地檢處助理、餐廳服務生。

是啊，他的生命裡有不少女人，但每段關係他都會打退堂鼓。唉，是啊，他愛南希。當時如此，現在……

現在她是他生命中的幽魂魅影。一絲回憶、一縷幽香，有時他確信還聽見她的笑聲。

他總拿新認識的女人和她比，但從沒找到和她有一絲類似的女子。

兩點左右他睡著了。沒多久他滿身大汗地醒來，他又做惡夢了。他在水底，在清澈的海水裡。天氣很好，陽光照進水裡。接著烏雲籠罩，水變得渾濁不堪。那是運河的水，他在水裡，拼命想後退，他知道會看到什麼。他聽到她的聲音……

他下床去廚房，從冰箱拿出一瓶冰啤酒，走出去站在甲板上。他需要感受夜晚的海風。他灌著啤酒，知道他並沒有比布萊恩好多少。

她很迷惘，如此柔媚，如此美麗，半是悲哀地對他訴說著她的生活……

但又如此堅強。她無所不能，和隊上的男警員同樣能幹。

她是他的搭檔。如果她有所發現、有所懷疑，不可能瞞著他……

她沒發現什麼。至少她嘴裡堅持說沒有，但也許她正要有所突破。

她當時到底在做什麼？他一直都不知道。而他該知道的。他是她的搭檔啊，老天！

她死在車裡，血液中滿是酒精和毒品。她被判定意外身亡，車子失控，沒有遭人破壞的痕跡。即使如此，公開調查時所有不堪都被挖了出來。她不幸的婚姻，她和傑克密切的友誼——也許不只友誼。

她走了。

意外慘劇中的亡魂。他一直不肯相信。當時不信，現在亦然。

他再也找不到像她那樣的人。

他心中忽然一陣騷動。

一個一閃而逝的印象，一種奇異而模糊的感覺。接著他明白了……早上他感覺到莫名的似曾相識，彷彿……

回憶重現。

那天早上，也許因為下意識知道那是南希的生日，他遇到一個讓他憶起南希的人。真的很奇怪，因為南希很高，五呎十吋，黝黑而苗條。

那個女孩不是外表像南希，而是她的態度，她的自信和尊嚴。她和南希一樣能堅守信念，不動搖、不退縮地說出她的想法，捍衛自己，但依然充滿魅力，留下無限誘惑。

尼克的姪女。他早上撞到的紅髮女孩。不算矮，但頂多五呎六吋。他見過她……但她以前的樣子不一樣，比較孩子氣。像棵棕梠樹似又瘦又長，頭髮蓬亂，一雙大大的綠眼睛。時間過得真快，他這些年不常去尼克餐廳。幾乎五年了，但他一年前申請了碼頭的位置，也就是船屋現在停靠的地方。

她變了，不再平板瘦長。她的身材玲瓏有緻，從前蓬亂的頭髮現在散發出性感光澤。很迷人。但他最難忘的是她的聲音，她憤慨的模樣。即使生氣，她依然冷靜鎮定，光是譴責的眼神就能在人身上燒穿一個洞。

尼克說她在念警校。

那麼那個孩子也會進入警局工作。太棒了。

她的個性那麼像南希……

媽的。他忽然全身發冷。

他無比希望她不要太像南希。南希太有道德、太有決心——太不懂得害怕。

他根本不認識她。她的人生和他不相干。也許她沒有那麼像南希；也許因為今天是南希的生日他才有這種錯覺。

布萊恩的苦他感同身受。

他喝乾最後一口啤酒，還想再來一瓶。不，他想要的不是啤酒。而是威士忌。

反正今晚他哪兒也不會去。他回到廚房，倒了一小杯，念頭一轉決定加倍。

今晚他無論如何一定要睡著。

雪麗、凱倫和珍妮平安抵達飯店，辦好手續後在游泳池畔啜著雞尾酒耗了幾個小時。仔細商量後，決定今晚去看秀，明天再去跳舞。

馬兒的表演很精彩，整場秀也非常有意思。看完秀回飯店，雪麗發現有通留言。連恩真的帶了幾個朋友來了，他們在一家搖擺舞廳。

「打火兄弟？」凱倫問。

「消防員不一定就高大威猛。」珍妮提醒她。

「碰碰運氣嘛。」凱倫說。

於是她們決定過去。

連恩帶了兩個朋友，好像刻意想湊對。連恩又高又壯，他告訴過雪麗他為了加入警隊而開始練健美，後來就一直練了下去。他有沙色頭髮、綠色雙眼，臉上有些雀斑，三十一歲，人很好。她知道他不只希望做朋友，但她只想要友誼。雖然他人很好，但她就是不來電。她知道不能明說，因為這對男人的自尊心傷害很大，於是她託詞想專心唸好警校的課業和選修的藝術課程，希望維持純友誼關係。

他似乎可以接受兩人來往僅限於友誼。有時他會拿失敗的約會經驗來說笑，顯示他還在找合適的女友。

和他一起的兩位男士，凱爾和馬利奧完全符合一般人想像中英勇的打火英雄該有的模樣。

「雪麗，算妳有眼光，」凱倫對她說：「他迷死人了。」

「哪一個？」

凱倫想了一下。「每一個。尤其是妳的朋友連恩，我不懂妳怎麼沒有下手？」

「因為少了點什麼。」

「少了什麼？我看他該有的都有啦！」

「那妳加油啊。」雪麗說。

凱倫搖頭。「那樣很奇怪，他明明想追妳。」

「他只是朋友，凱倫。妳讓他快樂，我也會開心。」

「妳們兩個別聊了，這裡是舞廳呢，」珍妮打斷她們。「去跳舞吧，以後再做心理分析。」

放懷搖擺了幾個鐘頭，交換過幾次舞伴後，凱倫說她累壞了。她、珍妮和雪麗一起去化妝室，男士們去吧台買酒。

「雪麗，我和妳的朋友玩得很開心，但妳怎麼還沒找到看對眼的人？」凱倫說。

雪麗嘆口氣。「我忙著念警校，偶爾還要去尼克店裡幫忙。我不想談感情。已經很晚了，今晚就饒了我吧。」

「還很早呢。妳不必談感情，雪麗，開心就好啦。我成天忙著教ABC和二加二，幫小朋友洗手、擤鼻涕。我交了個妳所謂真正的男友快一年了，而我一點都不想念那個爛男人，但我很想念……有人作伴的感覺。好吧，還有性愛。妳難道不會只想做愛嗎？」

「凱倫，性愛很不錯，但也許妳該稍微瞭解對方一下。」

「不知道耶，」珍妮檢查著口紅說：「有些男人還是別瞭解太多。」

「他住在邁阿密，他們可以多瞭解彼此。」雪麗說。

「雪麗，妳瘋了。妳有沒有好好看過妳那位『朋友』的屁屁？」

「沒有，凱倫，我沒盯著他的屁股看過，但既然妳這麼說了，想必很不錯。」

凱倫又搖頭。「她真的瘋了。」她對珍妮說。

「不是，我很瞭解，」珍妮說：「某些感覺，來電之類的吧，有就是有，沒有就是沒有。所以妳不用覺得有罪惡感，也不用一直確認雪麗對他沒興趣。她真的沒興趣。不要浪費時間在廁所談這種事。」

「說得對，我們快出去吧，」凱倫說：「還有妳，雪麗，快點去找馬利奧說話。聊聊工作也行。」

「我念的是警校又不是消防學校。」

「差不多啦。」凱倫很堅持。

雪麗發現和馬利奧聊天其實很有趣，他有點害羞保守。他剛結婚，這個週末老婆回娘家去了，所以他和單身朋友出來玩。能坦承新婚他似乎鬆了口氣，因為他的哥兒們擔心他會掃興。

雪麗聊起路上目睹的事故，他也說起他們在九五號公路上處理過的事件，有些很悲慘，有些則千奇百怪。其他人跳完舞回來，她不由自主又說了一遍，她知道連恩應該會想知道，因為事故就在他的轄區。

「雪麗，妳以後還有得瞧呢，」連恩說：「高速公路上常發生不好的事。」

「嘿，」凱倫說：「我們不是說好不要去想那個可怕的場面嗎？」她看了雪麗一眼，後者根本沒意識到她又在餐巾紙上畫著事故現場。

「雪麗是畫家喔。」凱倫嚷嚷。她嚴厲地看雪麗一眼，伸手把餐巾紙翻面。

「而且是很棒的畫家，」珍妮說：「畫張臉嘛，雪麗，畫凱爾好了。」

雪麗應觀眾要求畫了張凱爾的素描，其他人站在她背後看。

「哇！」凱爾滿懷敬意地說：「畫得真好。簽個名，我要留起來。」

「可不可以也幫我畫一張？」馬利奧問。

「也畫凱倫和珍妮吧？」她畫完之後連恩又給她一疊餐巾紙。

「我畫過她們不知道多少次了。」

「可是我和凱爾想要一張嘛。」連恩說。

凱倫偷偷戳了她一下。「沒問題。」雪麗說。

她畫完之後遞給他們。凱爾搖著頭說：「連恩說妳要當警察？我是說，當警察沒什麼不好，可是……妳的畫真的很棒。」

「而且她看過就不會忘，像照相機一樣。畫個妳今天看過的人嘛。」珍妮吵著要她表演。

凱倫按住雪麗的手。「不要畫高速公路上的。」她說。

雪麗聳肩。「好吧。」

「你們繼續，我去付帳。」連恩說。

「嘿，連恩，不用這麼客氣啦。」

「妳在尼克店裡請過我好多次，小麗。」

「那是我叔叔請的。」她辯駁。

「不要和執法人員爭辯。」他說笑著走向吧台。雪麗看著他離開，搖搖頭把筆放在紙上。她遲疑了一下，接著開始動筆。看到筆下的人物她嚇了一跳。有力、深刻的五官，黑髮、黑眼，方正的下巴，顴骨高又寬，嘴巴……雖然緊緊抿著，但很好看。

「哇，酷。這是誰？」凱倫拿起餐巾紙問。

「今天早上被我用咖啡潑到的人。」

「這傢伙長得不賴。」凱倫喃喃說。

「看吧，過目不忘。」珍妮樂呵呵地說。

「沒那麼神啦。但我一直最喜歡畫臉。」雪麗對兩位消防員說。凱爾輕聲吹了個口哨。她低頭看他的畫像，心中竟有些騷動。**這傢伙長得不錯。**雖然架勢有點嚇人，陽剛味很重，但……嗯，他有一種特別的感覺。一種懾人的威嚴，或力量，或性感。也許全都有。她實在不想這麼說，但他最適合用「野性吸引力」來形容。

他就是有某種……某種讓她心動的東西，那正是連恩欠缺的。

妳難道不會只想做愛嗎？

她再次看著畫。他這型的人，性經驗可能很豐富，絕不是她想交往的人。反正她也不想談感情。

運氣好的話，她應該不會再撞見他。儘管他認識尼克，而且她從前在店裡看過他，但客人總是來來去去。

「妳很厲害，不該浪費這種天分。」凱爾打斷她的胡思亂想。

她深吸一口氣，很高興能回到現實。「謝謝。」她把餐巾揉成一團。

「妳把畫揉掉了！」馬利奧抗議。

「她不太喜歡那個人。」珍妮笑著說。

連恩付完帳回來，大家聊著天走出舞廳。連恩很遺憾他們第二天下午就必須回去，因為馬利奧和凱爾後天要上班。

他們在門外道別各自回飯店，珍妮和凱爾彼此留了電話。回飯店的路上，凱倫勾著雪麗的手輕吹了個口哨。「今晚真棒。」

「對啊，我也很開心。希望妳和連恩會繼續見面。」

「是啊，像連恩這麼好的男人錯過可惜，」珍妮說：「而妳呢，雪麗，妳的男人比較成熟……有點可怕，但……很有魅力。」

雪麗望著她揚起眉毛。「馬利奧是個好人，但他結婚了。」她連忙澄清。

凱倫大笑著摟住她的肩膀。「我想珍妮說的不是消防員，她說的是畫裡的人。」

「他不是我的男人！」雪麗大驚失色。

「喔，是嗎？妳該好好看看妳的畫，妳在那個男人身上看到了特別的東西。」凱倫對她說。

「我根本不認識他。運氣好的話，以後也不會認識他。」

「神秘的男人最棒了。」珍妮逗她。

她們一回到套房立刻就寢。但雪麗睡不著，她關上臥房門，去客廳泡了杯茶，拿起茶几上的素描簿。

三位男士走到旅館房間門口，凱爾拿出電子卡片準備開門，連恩突然不想進去。

「嘿，我突然想吃漢堡。」

「要不要我們陪你去？」馬利奧問。「我應該還吃得下一個漢堡。」

「不，不用了，我自己開車去。」連恩輕快地說。

「真的？」馬利奧伸個懶腰。「我睏死了。」

「去睡吧，我很快就回來。」

「最後回來的睡小床。」凱爾提醒他。

「好啦，總有人要睡小床吧。」他笑了一下，轉身回車上。他沒有去漢堡店，他開車到三個女生住的汽車旅館停下。

凱倫給了他房間號碼，還說房間在一樓，後面的玻璃門通往小後院和花園。

他跑到花園裡找出她們的房間。燈還亮著。屋裡還有一個人在走動，他知道那一定是雪麗。

窗簾很薄，裡面的燈光很亮。她的一舉一動他都看得很清楚。她走了一圈，停在窗前拉開窗簾往外看。

他緊貼著一棵樹。

她端著一個杯子呆望著外面。她穿著一件長T恤曲線畢露，頭髮在燈光下火焰般輝煌，鬈曲的髮尾遮住胸部。她一定不知道她有多誘人。

他緊緊握著拳頭，全身繃緊。**妳不知道我有多瞭解妳，雪麗，**他想。**我知道妳一定還沒睡，我知道我可以過來看妳。有一天，雪麗，妳會知道我對妳的感覺。**

有一天。

玻璃門打開了，只剩紗門還關著，微風吹進房裡。

那一天……**也可以是今晚。**

不。今晚不行，今晚他只能看。

很快。很快她就會知道，他會讓她知道。

夜色很美。真的很美，但她無心欣賞天上的繁星和月光下美麗的花園。

她踱步回到書桌前，動筆畫著。先是那具屍體……高速公路上的屍體。

那是個年輕男子，滿佈鮮血的肌肉很緊實，灰金色的頭髮蓋住了臉。

在他周圍……剛抵達現場的員警，警車，兩名開車的人，他們的車。來車紛紛緊急煞車，差點撞上分隔島。

分隔島，對面車道……神秘人物的影子映在寬闊的車道上。

她畫著，雖然只有黑白和灰階，但依然真實得讓人發毛。所有細節都沒放過，除了那個人影。那橫跨好幾條車道的模糊身影，她想破頭也記不起細節。

這幅畫忠實反應她的記憶，她腦中的照相機所拍下的畫面。一切都非常精準——除了那個身影，他似乎在觀望……想確認……什麼呢？

確認那個可憐、悽慘、近乎赤裸、滿身是血的男人是否死了？

一陣寒意襲來。

有風……

不只是風，有什麼東西讓她隱隱……不安。

她猛地轉身，又覺得自己很蠢。即使如此，她還是過去將門關上鎖好。她皺眉望著薄薄的窗簾，明天早上太陽會很刺眼。

明天早上。現在已經是早上了，太陽很快就要出來了。

她拉上薄薄的窗簾，這才發現還有一道遮光簾。她拉好遮光簾，看看時間，決定去沙發上躺一下。

好怪的夢。有霧又有陽光。在夢裡，她朝他走來。有時他們在海灘上，有時他們在關朵琳號的船艙裡。長髮垂在她背上，陽光和陰影灑滿她的身體。

南希……

他常夢見她來找他，想告訴他什麼。但不是這樣。以前他們在夢裡只是說話。討論那件案子觸礁的癥結，但她似乎查到了什麼。不快樂的婚姻，讓她不眠不休地投入工作。

他們是好搭檔。

但還不夠好。她心中有所懷疑，她在盤算設法打破瓶頸。

接著他夢見她躺在解剖檯上的臉。通常到這裡他就會驚醒。

但今晚沒有，今晚那個影像沒有消失。

他看不清楚。她的頭髮不是黑的，陽光照著一片火紅。

那不是南希。只是很像她的人，那個人的動作和她很像……

那是尼克的姪女。步調緩慢、自信、輕鬆。她走到他身邊。夢境繼續下去。回憶漸漸褪去，取代了過往。她看起來不太一樣，非常鮮活、真實、充滿生氣。她……伸出手來，撫摸他。她……

他突然醒來，滿身冷汗。鬧鐘響了。

不。不是鬧鐘，是電話。要命，現在幾點？才半夜。但他很高興電話及時響起。他終於可以脫離那個詭異的夢……和尼克的姪女。他得少靠近她，越少越好。

應該不會太難，他們一見面就不對盤。

電話還在響，鈴聲像榔頭般搥打他的頭。

他接起電話，沒多久握著話筒的手因為用力過度而指節泛白。

「臉已毀損得差不多了。」馬丁．摩爾邊說邊對守著封鎖線的基層警員點頭，馬丁和傑克鑽過布條走向路旁發現屍體的現場。

「應該是最近下雨，才會被沖到這裡來。她原本可能被埋在遠離道路的淺墳裡。」

這天是星期六，黎明剛過。

他真希望昨晚沒有喝威士忌，但又希望現在手上有一杯。馬丁在電話裡說的狀況異常古怪。

這個週末連假真精彩。但既然案子並沒有正式終結，他被叫來也很正常。五年前第一起謀殺發生時，馬丁還是緝毒組的助理，現在他們搭檔已經很多年了，他很清楚「波東殺人案」的詳情。他就住在這一區，所以最先抵達現場。

天色還很暗，警用探照燈照亮了現場。這一帶很多地方都是沼澤開發地，土壤肥沃、植被很厚，但路燈相距都很遠。太陽出來前，這裡真的是伸手不見五指，彷彿沼澤重新把這塊人煙罕至的土地收了回去。

傑克在屍體附近停下，這具屍體是清晨的慢跑民眾發現的。腦子壞了才會在這種時候來這裡慢跑，他想，夜色和濃密的植物裡不知藏有多少犯罪行為。

發現屍體的民眾還在現場。她大約中年，額頭上戴著吸汗帶，穿著短褲、T恤和運動鞋，會選這種遠離人煙路線慢跑的人通常都是這副打扮。

「我的天，我只是在跑步，然後……她就在那裡。我看到她……天色很黑，我一下子沒看清楚。所以我又回頭看。我嚇死了，差點沒辦法按九一一。感謝老天發明手機！我以後再也不會天沒亮就出來跑步了。就算以後只能繞著客廳跑也沒關係，我絕對、絕對不會再這樣出來跑步了。嚇死我了。不過……她應該只是被丟在這裡，而不是在這裡被殺的吧？」

傑克聽到一位基層警員告訴她目前還沒有蒐證，但請她不用擔心，警方會派人送她回家。

女士，不管太陽多大，妳都不該一個人在這條路上慢跑，傑克想。這裡位於邁阿密戴德郡最南方，一般被視為鄉下，這一帶新舊交雜，錯綜的水道連結著水草叢生的深河。有些人在這裡蓋了漂亮的大宅，也有人在這裡開墾了大片農地種植草莓、番茄和其他農產品，同時也有不少野生鋸齒草、淤泥、糾結的樹根。附近很多土地都是郡政府的公有地，樹木異常茂密，沒有樹的地方也有厚厚的植物。

這是棄屍的好地方，大自然會對屍體造成極大的破壞，讓許多跡證消失無蹤。多少年來，無數的罪犯把屍體和罪證拋棄在這種荒地上，很多都順利被湮滅。

這位慢跑的民眾很無辜，運氣不好才會遇到兇案殘餘的遺體。她應該沒多大幫助，但他仍會和她談談。

現在……先看一下受害者。

「法醫呢？」他問。

「就在那裡和第一位抵達現場的員警說話。負責這件案子的法醫是崔斯坦．嘉納，曼蒂正在拍他要的最後幾張照片。」

曼蒂．奈廷傑是局裡最好的攝影師，他們小心翼翼走近屍體時，她還在拍照。

「嗨，傑克。」看到他過來，她點頭招呼後再次按下快門。

「曼蒂，很高興見到妳。」

他們合作過很多次。她瘦得皮包骨，粗粗的灰髮剪得非常短，原住民特有的臉部線條完全看不出年紀。她的動作快又有效率，小心拍下現場整體，不只把屍體拍得很清楚，連周遭的環境都精確記錄。

「謝了，傑克。我馬上拍完，把地方讓給你。」

「不急，曼蒂，」他說。「這件案子急也沒用了。」

「能拍的應該都拍了，嘉納醫生要的東西也都拍好了，」她蹲下拍了最後一張。「我會等法醫移動屍體後再接著拍完。」

傑克跪坐著研究發現屍體的現場。

不用法醫解說，他也知道女屍死亡有一段時間了，暴露荒野受小動物啃食。屍體有些地方只剩骨頭，有些則還有肉掛在上面。看來棄屍時她身上沒有任何衣物。他用筆撥開落葉，雙手和臉部幾乎全已腐爛。

又一起鄉間謀殺案。這種事在所難免，幾百萬人擠在一起勢必會有兇殺案。但他知道馬丁為何那麼緊張，催他盡快來現場。

那張臉雖然已經看不出性別，但不像雙手爛得那麼嚴重，一眼就看得出耳朵被割除。

一股惡寒爬過全身，他嘴裡發苦。

一切都和當年一樣。

人稱皮耶教宗的彼得．波東早就進了大牢。第一起案件發生時，波東是神秘教派「戒律會」的領袖。五年了，但他一眼就看出和當年被害人詭異的相似處。

「沒錯，而且他還在牢裡。」馬丁彷彿讀出搭檔的心思。

「確定？」

「是啊，我一看到屍體就打電話去確認過了。」馬丁說。

「抱歉。」傑克喃喃說。這件案子讓他神經緊繃。彼得．波東以現代先知自居，聚集了一群信徒，他宣傳的教義包括集體生活、造福全人類、棄絕罪惡的奢華享受。對大部分信徒而言，這些教義代表他們必須將畢生積蓄全數捐獻給波東的銀行帳戶。

他的三名信徒接連被殺，接著棄置在田野和運河中。

耳朵都被割去。

警方一直沒有找到兇器，也沒有真正的線索。波東是唯一的嫌犯，但一直無法證實他有罪。警方申請到搜索令搜查教派處所，結果只找到一些非法金融活動的證據，而這樣就夠送他去吃牢飯了。

一天夜裡，一名流浪漢衝進一間小分局，自首犯下那幾起謀殺案。

分局通知刑事組時，年輕流浪漢在拘留所用皮帶上吊自殺了。

案子應該就此了結。

但傑克和專案小組都不相信一個精神不穩定的人能犯下如此有條理的連續兇案。這起事件一直沒有正式結案，但自首的犯人死了，波東也因金融罪入獄，加上再也沒有其他受害者出現，他們不得不放下，轉而偵辦其他案件。

但傑克一直覺得不滿意。在他心中，這件案子還沒結束。

他們沒能證實波東的謀殺罪行。

波東一定脫不了干係。他非常肯定，但苦無證據。傑克並不認為波東曾親自動手，但絕對是他在背後下令。

雖然他已經坐牢，但沒有理由認為他不能從牢裡遙控。波東的力量遠超過體力或有形的武器，他能夠深入人心並加以操縱。

他不需弄髒雙手也能取人性命。

策劃謀殺和實際動手是同等重罪，但必須證明其中的關連。

五年前，專案小組翻爛了波東的紀錄，想盡辦法要抓他。最後他們以逃漏稅和詐欺的罪名讓他入獄，一如當年逮捕芝加哥黑手黨老大卡朋的作法。

雖然不滿意，但至少他被關了起來。

謀殺案從此平息，大家都認為那是因為兇手自首後已在拘留所自殺。

但看來殺戮並未平息，只是暫停。現在又出現一具和當年特徵相符的屍體。

「老天，傑克，別那副表情，」馬丁輕聲說：「看來你還是別管這件案子比較好。」

傑克瞪了他一眼，漆黑的眼神無比凌厲。

「好啦，對不起。」

「各位，可以讓我過去嗎？我想先報告一下初步發現。」

傑克轉頭。法醫崔斯坦．嘉納正往這裡走來。傑克很高興這件案子能由嘉納負責。他在醫檢處服務二十多年了，之前的案子也由他經手。

「很高興見到你，嘉納。」傑克說。他再次快速看了一遍現場，接著才和嘉納一起旁蹲下。沒有衣物或布料。沒有足跡，但如果屍體是被雨沖出來的，自然不會有足跡。看不出死因，因為屍體腐爛的程度很嚴重。死者很可能是年輕女性，頭上還留有幾束深色長髮。最先趕到現場的巡警維護現場的工作做得很好，完全沒有污染或破壞。只是遺體腐化時間一久，留下的證據就非常少。但總還有一絲希望，也許專業鑑識人員能發現肉眼看不出的跡證。

傑克有預感這個案子會讓鑑識人員很頭痛。當兇手知道再微小的線索都可能洩漏他的身分時，就會特別小心，能找到的證據也就更少。

不過還是有希望。他的同僚也許能找出一根頭髮、一條纖維之類的微量跡證。嘉納醫生說不定會在殘敗的遺體上發現顯微證據。

但不可能檢查指甲下面了，因為指甲全都不見了。而且也無法以指紋辨識身分，每根手指的肉都沒了。

「而且也沒人能認出她的臉。」他喃喃說。

「反正我們常得靠牙醫紀錄來辨別身分，」嘉納說。「不過我們運氣還不錯。我敢打賭，手指上的肉是被割除的，而不是動物啃食或自然腐爛。」他看了看傑克，知道他們在想同一件事。

之前的謀殺案中，死者的耳朵和手指上的肉也被割掉。何苦費事清除指紋卻留下頭顱和牙齒讓警方比對牙醫紀錄？

他們是否又回到原點？

可不可能是模仿犯？

「可能是模仿犯。」嘉納說，彷彿聽到了傑克的心思。

「是啊。」傑克說。

嘉納一臉難過地繼續檢查遺體。他的難過不是裝的，但他控制得很好。這也是傑克喜歡嘉納的另一個原因。他把工作做得很好。雖然他不會把每件案子都放在心上搞得睡不著，但他也沒有因為多年的經驗而失去同情心。「我們會盡力查出她的身分。」他向傑克保證。

「我需要盡快知道結果。」傑克說。

嘉納點頭。「當然，」他帶著一絲自嘲說。很不幸，這個郡太常有人死不逢時。他重新抬頭看著傑克。「別擔心。我會立刻處理。」他凝視著傑克。

之前發生連續兇案時，傑克為了替死者申冤，不眠不休地調查。即使犯人「自首」後自殺了，波東也鋃鐺入獄，但他依然努力不懈。

為了替死者申冤。

也因為他懷疑波東和另一件死亡有關。

完全不一樣的另一件死亡……那和他關係密切。南希的死。

隊上幾乎沒人同意他的看法。他們認為他硬把那起事件怪在波東頭上，因為他需要一個可以怪罪的對象，因為他無法接受搭檔意外身亡的事實。

也有人暗示南希很可能是自殺。

自殺。怎麼可能？任何對她稍有認識的人都不會接受這種可能。

「你處理這個案子沒問題吧？」嘉納輕聲問。

「當然。我很專業，嘉納。萬一需要和之前的案子做比較，恐怕沒人比我更瞭解所有事實和假設。」

「是啊！」嘉納戴起手套徹底檢查殘骸。嘉納和鑑識人員做完現場蒐證後，兩位驗屍間的助手來搬走遺體。嘉納提醒其他人遺體搬走後要做泥土和灌木的採樣。

「知道可能的死因嗎？」傑克問。

「非自然死亡。」嘉納說。

「哇，我沒有醫學學位也看得出來。」

嘉納對他苦笑了一下。「刀殺……刀子很大，可能是大砍刀。」

傑克詫異地看著他。「遺體上肌肉那麼少，不夠看出——」

「去修幾堂法醫學，你就看得出來。」

「我修了不只幾堂。」傑克自嘲地提醒他。

「也許如此，但遺體的狀態讓人很容易見樹不見林。這可不只是打比方，稍微撥開落葉和泥土就能清楚看到骨頭。我知道，骨頭上也全是土。仔細看……有沒有看到那條裂痕？我得做完整的驗屍才能確認，但我肯定是一把很大的刀刃，而且刀要夠大才能割掉耳朵……和五官。她雖然被動物啃過，但……那些不是齒痕，絕對是刀子割的。手指上的肉被割掉了，你不說是因為想要我先確認你猜到的事。沒錯，動物啃過她。但她手指上的肉是被割掉的，不是動物咬掉、也不是自然腐敗。」

「看來不只似曾相識，而是同一個——」傑克說著。

「目前看來似乎是如此，但不要太快下定論。我還是先把她送回驗屍間仔細檢查。還有，傑克，別忘了也可能是模仿犯。以前也有過模仿犯精心研究後，完美複製的案例。有些本來以為是連續殺人犯的受害者，最後兇手另有其人。」

傑克對他揚起眉毛。

「嘿，」嘉納咧嘴笑著說。「你學到不少法醫學，我也學到不少警務知識啊。」他沈默了一陣望著死者。他再次開口時，語調嚴肅而平靜。「我保證會立刻處理，你可以來驗屍間找我。嘿，聽說你打算移動船屋啊。」

「我昨天已經移了。」

嘉納謹慎地觀察他。「唉，很高興你搬走了。換個景色總是好。」

「還是同一艘船啊！」傑克自嘲。

「但碼頭不一樣，早上起床會看到不同的景色。」

「是啊。」他沒有多說。他感覺得出來，嘉納和其他人一樣，以為他和南希不只是搭檔。即使南希已經過世五年了。

他大可以替自己辯護，但他知道對方沒惡意。

而且他也不想多費唇舌去解釋或辯護。檢驗已經澄清了一切——至少針對那一夜。最普遍、也最合理的推論是，南希為婚姻所苦、工作壓力又大，那晚決定出去瘋一下。她有豔遇、喝了幾杯、嗑了幾粒藥……一路把車開進運河裡。

但他和布萊恩至少有一點相同——他們都太瞭解南希，知道她不會做這些事。她死後那一年，雖然波東的教派解散了，但他還是非常痛苦。他像瘋狗似地想找出兩者之間的關連。他的偵察差點變成騷擾，也因此被上級叫去訓話。他不得不去見局裡的心理醫生，不過這是標準程序，失去搭檔的員警都必須接受心理諮商。他很快就瞭解到他必須讓步，於是表面上他又變回務實、有條理、謹守分寸的警察。

但他對真相的看法從來沒有改變，也一直決心要查個水落石出。

「我也想過過水上生活，」嘉納說：「也許有天我真的會搬去船上。」

「找個星期天過來玩。我還有一艘小汽艇，出海釣魚有益身心。」

「好啊，聽起來很不錯。改天我一定去。」嘉納答應。

「嘉納醫生，狄雷修警探？」曼蒂・奈廷傑回來了。「可以搬走屍體讓我拍現場其他部分了嗎？」

「我的部分已經完成了，曼蒂。」嘉納說。

「傑克？」她詢問。

他點頭。「嘉納說可以就行。」

「好。先通知你一下，傑克，」她輕聲說：「外面有一大群媒體。」

「要我去處理嗎？」馬丁問傑克。

傑克搖頭。「不用了，沒關係。派一些人去每一家詢問。我知道這裡的人家相隔很遠，但說不定有人看到什麼。我去招呼媒體。」

「你確定？你的眼神不太對。同樣的案子又發生了，而你之前又太——」

「馬丁，沒問題的。那已經是五年前的事了。我是警察，這是我的工作。」

馬丁點頭。傑克離開現場走到路的另一邊，基層警員把一群迫不及待的記者擋在外面。

「是謀殺嗎？死者是年輕女性？」地方電視台的記者簡恩問。

「簡恩，目前我們恐怕不能透露多少。我們手上有一具女屍，可能已經死亡數星期至數個月。我們目前尚未掌握任何事實，待醫檢處有進一步資料時一定會通知大家，並有警方發言人做詳盡說明。」

「狄雷修警探，多少透露一點嘛！」地方報社記者傑伊大聲說：「是兇殺吧？警方在路邊的爛泥裡發現一名兇案死者。」

他差點忍不住出言譏諷。**不，她是自己決定倒在路邊死去。**

「傑伊先生，請給法醫一點時間。」傑克堅定地說。

「這是單一事件還是有連續殺人犯在逃？幾年前的連續殺人事件中，第一位死者不也是這樣發現的？受害者會不會增加？」

傑伊說出了他心裡的不安。

「很不幸，這是個大城市，每年都有許多兇殺案。」

「不過，這也未免太雷同了吧。但是當年犯下那幾起殺人案的年輕人已經死了，對吧？」

「自稱犯下那幾起謀殺的人已經自殺了，沒錯。」

「但那個案子還沒正式終結，對吧？」

「是，傑伊先生，的確還沒。」

「警方當時清剿了一個地方教派。皮耶教宗，又名彼得·波東，他也是嫌犯對嗎？但他已經入獄多年了，對吧？」

傑克聽見血液衝上耳朵的聲音。他咬牙忍住衝動，他好想對傑伊那張自鳴得意的大臉飽以老拳。

「說嘛，傑克！」一個女的喊。

他也認識她。她是《布羅華日報》的社會版記者，這些人動作真快，他想。

「彼得·波東服刑的監獄在佛州中部。各位跑社會新聞的記者一定都知道，他從來沒有因為謀殺被定罪。」他說。

「沒錯，那個在牢裡自殺的瘋子也沒有。哈利·坦能，他只是個無家可歸的毒蟲，對吧？他聲稱犯下謀殺，但很多神經病都喜歡自稱犯下轟動一時的案子。」

「坦能先生已經死亡，我們無法調查他的說詞，傑伊先生。」

「看來他不是兇手，對吧？你們沒有繼續追兇，看來兇手還逍遙法外，而且又再次犯案了。」傑伊說。

「傑伊先生，很抱歉，警方辦案根據事實而不是臆測。現在我無法提供任何消息，」傑克堅守立場。他強迫自己不提高音量。「我們生活在一個偉大的國家，我對媒體也無限敬重，但我不會沒有事實基礎便發表推論。新聞本於事實，對吧？我們一有消息一定會通知各位。感謝大家，警方不想阻撓媒體工作，也請媒體讓警方好好工作。」

他轉身離開。現在當務之急是去找發現屍體的民眾詳談，以免媒體捷足先登。然後他必須嚥下過往的糾葛與苦澀，以平常心調查這件案子。

鑑識專家會分析現場帶回的土壤樣本和其他微量證據。嘉納將進行驗屍。負責這件案子的都是好手，等報告出來，偵察會有更多著力點。他知道他們能化腐朽為神奇。但他們終究不是魔術師，變不出奇蹟。

眼前能夠肯定的是……一位女性被殺，手法很兇殘。她死亡已經數星期甚至數月。她的耳朵被割掉，有可能是儀式殺人。

他非常清楚他要無比謹慎，他不能武斷認定這起案件是過去的延續。所有可能都要仔細查證。

「模仿犯！」傑伊在他身後大喊。「這也可能是模仿犯幹的，對吧？」

他拒絕回答。模仿犯……是啊，模仿犯……可能是，也可能不是。

他走近現場時看到馬丁、嘉納醫生和曼蒂在交頭接耳。馬丁往他這裡看了一眼，他知道他們在說他的事，在為他擔心。

唉，他們用不著煩惱。他很好。這次，他誓言要抓到真兇。

星期一，雪麗一大早就跑去翻尼克捆好準備回收的舊報紙。聽到叔叔的聲音在背後響起，她嚇了一跳。「雪麗，妳在做什麼？」

她跳起來，因為吵醒他而不好意思。

她做了個鬼臉。「嘿，對不起吵醒你了。我們去奧蘭多的路上看到一起車禍。我想查一下到底是怎麼回事。你有聽到什麼消息嗎？」

尼克搔搔冒出鬍渣的下巴。雖然已經五十二歲，但他還是很好看，臉部線條充滿個性，歲月痕跡反而更顯精彩豐富的人生。他沙色的頭髮中雖然有些灰白，但和原本的顏色很搭，他還有一雙冷靜的藍眼，彷彿蘊藏著古老的智慧。

此刻他聳聳肩，伸了個懶腰。他走向咖啡機，伸手去拿咖啡壺才發現裡面是空的。他望著她，她一向都會先煮咖啡。

「對不起，我滿腦子都是車禍的事。」她伸手從他身後的櫃子裡拿出濾紙，他把玻璃壺裝水。

「沒關係。我也可以煮咖啡，妳知道。」他似乎有點自尊受傷地說。尼克向來看不起無法自行打理生活瑣事的人。

「你完全沒聽說車禍的事？」她問他。

「嘿，這兒是邁阿密，車禍多得數不清。要是高速公路哪天沒出半件意外才稀奇哪！」他提醒她。

「你知道星期六的地方版在哪嗎？上面應該會提到。我是說，有個人死了耶。至少我認為他死了。」

「可能在我房裡，等莎蘭洗好澡，妳再去拿。還有妳整天都要上課，吃點早餐吧。」

「我昨晚在休息站吃到很恐怖的東西，」她說：「所以到中午之前，我大概都不想碰任何食物。」

「啊，妳們昨天很晚才回來吧！」

「三點。」雪麗坦承。

「真厲害啊！」他有些挖苦地說：「妳只睡了幾個小時，今天有一整天的課吧！」

「我每天課都很滿，」雪麗承認。「不過我還年輕，稍微睡眠不足也沒關係啦！」

尼克揚起眉毛，搞不清楚她是否暗示他不年輕了，結論是他不該浪費生命等咖啡。他把空壺從機器上拿開，放了個馬克杯到滴嘴下面。

「我還是先幫妳弄杯咖啡吧，雖然妳很年輕，而且還暗示我已經老了，但妳看起來很需要。妳出去這幾天到底有沒有睡？」

她笑了。「我作夢都不敢說你老，你的人生正精彩呢！我們都睡得很好。星期五晚上，我們去看秀然後去跳舞，很晚才回飯店，但一覺睡到第二天下午。那天晚上沒熬到那麼晚，但還是睡到十二點，凱倫還擔心要多付一晚的房錢。所以我精神很好，雖然你暗示我看起來很憔悴。」

他淺嚐一口咖啡，咧嘴笑著。「我認識的警察都一副憔悴相，應該是職業的問題吧！我幫妳去拿報紙，未來的好警察不該遲到，妳快去梳洗換衣服吧！」

她點點頭喝完咖啡，匆匆回房去盥洗。

尼克餐廳歷史悠久。由於命運神奇的巧合，她叔叔從另一位尼克手中買下這家餐廳，舊老闆是位老水手，在一九二〇年代買下沙灘上的這棟連著住家的餐廳，當時大邁阿密區還只是個小鎮。時光荏苒，地價不斷高漲，但尼克餐廳始終如一。房子的主要建材是戴德郡產的松木，這種木材現在稀有又昂貴。從很多人停著遊艇和船屋的碼頭，有一條步道直通餐廳。

面對碼頭的正面是長形的餐廳和酒吧，廚房和吧台後的辦公室各有一扇門通往家用廚房，和寬廣的客廳。尼克的套房在客廳樓上，而雪麗則在一樓有自己的獨立空間。她可以選擇從客廳進去，也可以走餐廳右邊的小門。她很喜歡這棟房子，雖然隔間有點老派但無傷大雅。

尼克非常重視整潔，所以舒適溫馨的家裡也很整潔美觀。客廳通往她房間的門上，掛著一副大白鯊的下顎和牙齒，旁邊的展示櫃裡陳列著一個十九世紀的船鐘。牆上掛滿了照片，以及魚類標本。其中很多是她父母的照片，有些是尼克小時候的照片，還有她小時候和父母的合照。她最喜歡的一張是她和穿制服的父親合照，另一張則是她在兒童釣魚大賽中第一次釣到大魚時和父母合照。

不過老房子還是有不方便的地方。例如淋浴用的熱水。溫涼的水沖到身上她才想起尼克說過莎蘭在洗澡。無所謂，剛好可以速戰速決。洗完澡她拿毛巾用力擦乾身體。他們的空調倒是沒問題，尼克在這方面下了很大的工夫，他知道中午頂著大太陽來吃飯的客人一定想在涼爽舒適的空間用餐。

她只花了十五分鐘就打扮妥當，匆匆跑回廚房。沒想到尼克竟然也擠出時間洗了個澡，很可能是冷水澡。他換上及膝褲和馬球衫，一臉嚴肅地看著報紙。莎蘭站在他身邊，同樣凝重地望著報紙。她叔叔交往將近一年的女友十分迷人。她很袖珍迷你，穿上高跟鞋也才五呎二吋，身段很苗條。

莎蘭喜歡運動，因此線條優美而緊實。她應該只比尼克小幾歲，不過看上去只有三十多。她晚上常來酒吧幫忙，但優雅端莊的儀態和碼頭酒吧不太搭調。她做房屋買賣和從事政治都相當有魄力。自然的及肩白金色長髮，和藍色大眼相得益彰，使她很有魅力。個性堅定積極、聰明又有幽默感的她，也樂於嘗鮮探奇，這一點和尼克更是絕配。

「嘿，你們找到車禍的報導了嗎？」雪麗問。

尼克吃驚抬起頭來，凝視著她點頭，依然一臉肅穆。

「早安，親愛的，我們非常遺憾。」莎蘭的藍色大眼裡滿是同情。

「遺憾？為什麼？」她問。

「我們花了點時間才找到，因為星期六晚上有暴風雨，除了行人在高速公路上被撞之外還有兩起死亡車禍。但地方新聞版還是登載了。妳路過的那具屍體，雪麗，」尼克說：「是妳以前的同學。不過他沒死，現在昏迷中，受了很重的內傷，醫生說他清醒的希望不大。」

「什麼？是誰？」她終於忍不住直接到流理檯那裡去看報紙。

「史督華．佛瑞夏。」尼克說。

「史督華？」

「尼克說他是妳的好朋友。」莎蘭說。雪麗震驚地看著報紙，卻無法理解。

史督華。

他不只是一般同學，他是個老朋友。他們好幾年沒見，但他以前是個聰明的孩子，長大以後也成為明智的成人。他是少數能在人際關係、同儕壓力、學校課業間取得平衡的學生，原來想上法學院。他也會溜出去玩，偶爾偷喝點啤酒，但從不爛醉。他會抽菸，但絕不碰毒品。她有時候很羨慕他。其他朋友的父母都難逃離婚的心痛結局，有些甚至再婚後又再離婚，但她每次去史督華家都看到一對彼此相愛更疼愛兒子的父母。

雖然青少年時期難免叛逆，但他一向很孝順父母。身為獨子，他很年輕就知道他有責任。

史督華。只穿著內褲倒在高速公路上，一點都說不通。

那篇報導也讓雪麗看得一頭霧水。根據目擊證人，也就是撞到他而飽受驚嚇的駕駛人的說法，史督華對疾駛的車輛視若無睹，就這樣衝到高速公路。沒人看到他從哪裡出現，只看到他衝過來。他的車不在附近，身上也沒有證件。他全身是傷，頭部也受到重創。經過數小時的手術，他依然昏迷，靠維生機器吊著一口氣。醫生已經盡力，但他存活的機率很小。然而外科醫生表示，他年輕力壯，只要有意志力和求生本能，永遠都有希望。

至於他為何會徒步穿越高速公路引發車禍，答案似乎是海洛因。他的血液和尿液中都驗出海洛因陽性反應。

「不，不，一定弄錯了。史督華施打海洛因？他根本沒有毒癮。」

「雪麗，你們很久沒見面了，對吧？」

她放下報紙抬頭看尼克。「是好一陣子了，但我還是無法相信。」

「人會變的，雪麗。」莎蘭說。

雪麗皺眉搖頭。「每次血荒時史督華都很想捐血，但每次都捐不成，因為他一看到針頭就昏倒。一定弄錯了。」

尼克溫暖的摟她一下。「雪麗，事情已經發生了。妳親眼看到現場，也讀了報上的報導。也許史督華以前是個好孩子。也許他基本上依然是個好人，只是選錯了朋友。但……嘿，他還活著就有希望。」

「你說得對。如果他能從星期六撐到現在，那至少他還活著。萬一他沒撐過來呢？」她驚恐地望著尼克。「我要看星期天和今天報上的……訃文，那是今天的報紙嗎？」

「我查過了，沒有訃文。」莎蘭說。

「謝謝。」雪麗對她說。

尼克說：「妳該去上課了。我會打電話去醫院問問他的狀況，然後在妳的手機裡留言。妳可以趁下課時聽一下，好嗎？」

她點頭。「太好了，尼克。謝謝你們。」

她正要從廚房離開，一開門就發現外頭站著一個男人。這快變成例行公事了。

但她和山迪很熟。這七、八年來，他一直是尼克餐廳的常客，滿臉滄桑皺紋的他，好像已經九十幾歲。她認為他應該頂多七十出頭，但從來沒人問過。他住在碼頭的船屋，但整天都待在餐廳裡。

「早，山迪。」

「妳也早啊，ㄚ頭，妳穿制服的樣子真帥氣。」

「謝了，山迪。」

「警察，警察，警察，這兒到處都是警察。」

「是嗎？」

山迪笑了。

「妳應該知道很多警察常來這裡吧？」

「我知道有幾個，但應該沒有你說得那麼多。不過這裡是公眾場合，山迪。我們又不能先問過職業才放客人進來。」

「寇帝斯．馬漢，那個灰頭髮、每次都喝酷爾斯啤酒、和他兒子坐在角落位置的人，他兒子大約十二歲，常常打撞球。他是南邁阿密警察。湯米．席索，妳也認識湯米吧！他是邁阿密海灘警察。」

「是啊，我認識湯米，也認識寇帝。他們都是我的保證人。」

「還有傑克。」

「傑克？」

「當然啊。他不算常客，只偶爾在星期天來。高個子，很黑，體格很棒。他是總局刑事組的警探。據說是個大人物。要是妳還不認識他，也許該去認識一下。反正現在他的船就停在尼克這兒，以後會很常來。」

山迪說個不停。但她根本沒聽進去。傑克。高大、黝黑，總局刑事組。

她當然立刻就想到了，就是星期六她出門時被她的咖啡燙到的人。

原來他是總局的警探啊，真棒，棒透了。

「很棒對吧，我什麼人都認識，如果妳需要，我可以幫妳做正式介紹。」

「不用了，」雪麗說：「我認識你說的那個人。」還是不要正式介紹比較好。她不想拍馬屁。

也許下次見面她會稍微有禮貌一點，但她不會因為他的身分就巴結奉承。

「妳沒事吧，雪麗？我說錯了什麼話嗎？」

這個山迪莫非對所有客人都做了身家調查？「我很好，山迪。不過真奇怪，我在這裡長大的，怎麼你比我更瞭解店裡的客人？」

「唉，妳整天跑來跑去，之前又只是個孩子，尼克特別當心不讓妳接近酒吧。我呢，退休以後整天沒事做，只好看著來來去去的人嘍！」

「是嗎？我以前主修藝術，我的觀察力應該比一般人敏銳。不過這裡有這麼多人可以幫我忙，總是件好事。你覺得呢？店裡有這麼多警察好嗎？」

「當然好，感覺很安全。希望妳也會當上警察。雖然十到十四個人裡只有一個，但妳一定會合格。」

「十到十四個人裡只有一個？」她呆呆地說，心裡還在適應她竟然燙傷了一位警探，而且她正打算加入和他相同的警隊。

「是啊，平均的統計。警校每班平均只有三分之一的學員能當上警察，並熬過第一年。」

「噢，對啊，輔導員告訴過我們，還有每年警察殉職的統計資料。不過你怎會這麼清楚？」

「唉，我雖然老了，但老天留給我靈敏的眼睛和耳朵，什麼都逃不過我的觀察。我這輩子只學到一件事，就是拉長耳朵聽。我常聽尼克店裡的警察說話。」

「我還是覺得很神奇。我在這裡長大，山迪，許多事都沒有你清楚。」

「因為妳的心亂飛。而且警察下班後不會把警徽掛在脖子上，也不會到處嚷嚷，尤其是在這兒，大夥兒只想享受大海、船隻，聊聊釣魚的事。」

「可是他們會和『你』聊天，還告訴『你』他們的職業。」

「因為我主動找他們說話。我是個老頭子啦，全身只剩好奇心。打聽小道消息是我唯一的樂趣。」

「嘿，山迪，」尼克在她身後說：「你改天再幫雪麗惡補客人大全吧！她要是老遲到就當不上警察啦！還有，我們還沒開門呢，山迪。」

「唉，我知道啦。你每天早上都說一次。不過你咖啡都煮好了，分我一杯，我幫你整理餐廳。看著吧，我弄好的時候，你那些年輕員工可能還沒上班呢！」

雪麗笑了。沒錯，老山迪常一大早就來報到。

但絕對是六點半之後。而且他從來不麻煩別人，喝完咖啡之後就靜靜坐在門廊上看船、看海。

其他住在船屋裡的人也喜歡一大早上門，顯然還包括一位刑事警探。

「雪麗，妳還好吧？」尼克說。

「我沒事，尼克，」她有些怨懟地看著叔叔。「你怎麼沒告訴我那天早上的客人是警察？而且還是總局的警探。」

「親愛的，妳那天跑得比龍捲風更快。我根本沒機會說。」

「好吧，我真的得快點走了，拜啦，各位。」雪麗說完，對山迪微笑一下就出門了。

她往高速公路開去，為山迪擠出來的笑容慢慢消失。她甚至不再煩惱燙傷了總局長官的事。雖然刑事組在總局而她也在那裡上課，但如果她運氣好，他們很可能永遠不會遇上。

但她怎樣都無法不想史督華的事，她覺得無比憂傷，而又完全無法置信。

他沒有毒癮，也不可能染上毒癮，他一向頭腦清楚。他很孝順，希望父母以他為榮。雖然他並不完美，也有過叛逆的歲月。有時候很愛惡作劇。有一次他甚至設計她對全校廣播說出暗戀對象。她那時候差點殺了他，不過他不停地道歉，而那個男生後來也約她出去，於是就原諒他了。

算她運氣不好，和那個爛人交往了兩年。

那段關係很糟，但不能怪史督華。是她看走眼，史督華只是幫忙撮合。

她微笑著，想起當時他的表情，活像卡通裡偷襲成功的貓兒。那時他們還不明白長大後會面對一個不同的世界，他們是朋友，好朋友。

她記得高中畢業後他拿到好幾所大學的獎學金。他是她認識的人中最有創意的一個，他拉她拍了一部電影當畢業作品，那部作品得到第一名，而且在同學的要求下重播了好幾次。片名叫做《校規今昔》，不但有意義也很好笑。

雖然他對電影、文學和藝術很有興趣，最後卻選擇念商。他選擇佛州商學院，一方面省錢，另一方面也為了不離父母太遠。她邊開車邊皺眉頭，回想起他畢業時還邀請她參加舞會，但她忙著暑期打工無法前往。他後來在一家網路公司當業務，但計畫重回校園學習寫作或電影。

真奇怪，她竟然不記得他最後選了哪一個研究所。她該記得的。但她現在只想得起他的聲音，總是低沈穩定，清晰明澈。她還記得他們約定好暑假過後要聚一聚。他們一起吃了頓午餐，說好以後會保持聯絡。但他後來去紐約唸書了。

當時她也開始上課。儘管約好要常打電話，但這個承諾也在日復一日的生活中被遺忘了。

史督華……她開著車，眼前的道路一如往常。但在她心中，她看到高速公路上有具人體。現在她才知道……

那是史督華。

這個週末連假真漫長。

傑克大部分的時間都用來調查彼得·波東的信徒在教派解散後的去向，其他時間則忙著處理移動船屋的後續工作。搜查工作很順利，他自己的檔案裡有部分資料，而且還有高手幫忙他用電腦進行追蹤，不過電腦查出來的資料和他的檔案有很多重疊。他沒有讓其他同仁知道他一直在追查，擔心他們會認為他著了魔，而他鍥而不捨的決心會被當成擾民。

刑事隊長星期六下午已經訓了他一頓。好刑警會投入許多時間，不計報酬地工作，但也要懂得保持理智，學著放下，好好過日子。

傑克完全同意他的看法。

何況這個死者遇害已久，一頭熱地亂衝亂撞沒半點好處。他們要穩紮穩打才能找出兇手。

隊長提醒他，要保持理性、努力工作，但也要適當休息，保持頭腦清晰。過度操勞、壓力過大、冥頑不靈的警察，無法服務人民。

隨他怎麼說。傑克想做的事情太多。

首先是驗屍。嘉納果然優先處理這個案子，而傑克也到場參與。

接著傑克去找電腦高手搜尋資料。星期六晚上，他和馬丁打了幾通電話追蹤波東的信徒。一一訪問很花時間，收穫卻很少。他們第一個找到的女信徒已經嫁人，孩子都三歲大了，當年加入波東教派的往事被她當作奇恥大辱，從來沒和丈夫提過。她發誓她壓根不認識受害者，也沒有深入教派組織。感覺得出她說的是實話。

第二通電話也沒什麼斬獲。這個年輕人只去聽過幾次佈道。他後來成為嚴肅的基督徒，大部分的時間都在街友收容中心工作，他的說詞也查證屬實。

星期天下午通常是傑克休息的時間。他會和三五好友去運動酒吧或是上尼克那兒小酌幾杯。但那個星期天他整天忙著接水電；晚上也沒去尼克餐廳，而是去探望父親，自從母親兩年前過世後，他父親自稱沒事了，卻整天枯坐在黑暗中。

這樣算是達成隊長的命令了吧。不過任何命令、理智、邏輯都不能阻止他在腦中思索、策劃。他是著了魔。

星期一剛到辦公室，他就接到鑑識人員尼爾的電話。

「我只想說明一下，我們正盡力調查星期五那具無名女屍的身分。比對牙醫紀錄是最可能成功的方法，但一直沒有進展。我想她應該不是本地人。就算是，也沒人通報她失蹤。不然就是她從沒看過牙醫。她有一口好牙，智齒長得很完美，而且連一顆蛀牙也沒有。我已經把資料送出去了，希望有人能比對出來。有多少人活到二十來歲還有一口好牙？」

「有勞你了，謝謝你特別通知。」傑克說。

「我也希望能多提供一點線索，可惜這些工作很花時間。」他們都知道，遺體損壞如此嚴重的死者，可能要好幾個星期甚至好幾個月才查得出身分。有時甚至永遠查不出來。不過感謝先進的鑑識科學和電腦，有時也很快。

「你還有什麼資料可以提供？二十多歲，有一口好牙……」

「身高可能五呎六吋左右。中等身材，沒有生育過。嘉納說像是儀式殺人。」

「就像……」

「是啊，就像從前那些。」尼爾遺憾地輕聲嘆息。「她應該長得還不錯。這裡的同事給她起了個綽號叫灰姑娘。真是的，看了這麼多案件，有些還是會讓人特別難過。噢，嘉納說她死亡兩到三個月了。」

「謝了，尼爾。」

傑克掛上電話，拿出五年前最後一位死者的檔案。第一頁上夾著一名年輕女子的照片。

黛娜．雷納多。

二十七歲，五呎六吋，一百二十磅，年輕迷人。她父母雙亡，一位表親通報她失蹤後將近一年才尋獲屍體。失蹤當時警方調查過，但沒有繼續追查，因為她把所有物品都打包，銀行帳戶也都結清了。她失蹤前三個月才剛經歷過一場紛亂的離婚，所以在屍體發現前，當地警方認為她只是離鄉尋找新發展。成年人自願失蹤並不犯法。失蹤前，黛娜曾在保險公司和房地產公司任職，離鄉前最後一份工作是在坦帕的律師事務所擔任法務助理。

她以郵寄方式提出辭呈，信裡的字跡證實是她寫的。

而現在這具無名女屍，灰姑娘，似乎在外型上有諸多雷同。

他拿出另一份檔案。

愛莉．索恩和黛娜或新的死者不一樣。她從內布拉斯加來度假，之前沒有工作，銀行帳戶也已清空。她參加過波東的祈禱會，也常待在教派的宿舍。她身高將近五呎十吋，金髮、愛運動。和其他受害者一樣，被發現時遺體已被天氣和大自然破壞殆盡。

當年三位死者中最早發現的一位擁有名校的建築學位。根據友人的說法，她的個性開朗而堅毅。她是孤兒，從小在寄養家庭成長。靠著努力打工和獎學金完成學業。過世時才二十六歲，身材嬌小，五呎二吋，體重幾乎不到一百磅。她生前住在邁阿密海灘，非常熱愛當地的建築。她非常虔誠，渴望靈性的慰藉，人稱皮耶教宗的彼得．波東應該不費吹灰之力就讓她上鉤。

他剛掛上電話，馬丁走到他面前，扔下一個檔案夾。「彼得．波東肯定還關在中部的監獄裡。」

「馬丁，我沒有說他不在啊。」

「聽仔細嘍，因為他是模範受刑人，很快就會出獄。所有接觸過他的人一致認為他溫文有禮。看看報告吧。呃，算了，說不定你會嘔吐。你一定會愛死監所心理醫生寫的那段。『對於其理財手法對社會造成傷害，波東先生深切懺悔。他決心要為自己的過失付出代價。他對社會絕對無害。他信仰極度虔誠，樂於幫助身處絕境的人，在受刑人當中相當受歡迎。』」

傑克望著馬丁，覺得脖子像被人掐住。他嘆口氣拿起檔案夾。

「傑克，他肯定沒有親手殺人。」

「早就知道了。」

「最新發現的無名女屍遇害時，他絕對在監獄。根據嘉納的說法，她死亡二到四個月了。」

「我和鑑識人員通過話了。這無名女屍……」傑克煩躁地說著：「他們叫她灰姑娘。他們見識過那麼多可怕的事情，但大家似乎對她特別有感情。」

「我說過了，波東那段期間一直在監獄裡。」

傑克長嘆一聲。「我沒有不相信的意思。問題是，他在哪裡都沒差別。五年前如此，現在也一樣。如今又有一位女性遇害，那個混蛋一定脫不了干係。」

「我們還無法確定，傑克。」

「只是直覺。」

「直覺當不了證據。」

「唉，馬丁，我也知道啊！」

馬丁回到傑克對面他的座位上。「又一位耳朵被割的受害女性。灰姑娘。沒事幫她取什麼綽號。老兄，這些案子真煩人。簡直莫名其妙。我們連她的真名都還不知道，他們就給她取個綽號，這下有了感情更難辦事。」

是啊，隨著被害人的生平漸漸浮現，調查的過程更是難受。驗屍的過程讓傑克對嘉納更添敬重。雖然遺體已經嚴重腐敗，但還是有些小地方能看出她身為人的特徵。她腳踝上小到快看不見的刺青。肩膀殘骸上的一顆痣。就連她頭髮的顏色也是，那束滑落解剖檯的長髮看起來就像……一般女孩睡覺時長髮滑落枕頭。但一切又回到現實。解剖室陰冷的空氣，驗屍間裡揮之不去的氣味。

遺體嚴重腐爛，先遭毀屍又被動物啃咬，還被小蟲當家。嘉納之所以能判定死亡時間，部分是靠蒼蠅的孵化期與蛆的成熟度。

無名女屍／灰姑娘，才二十多歲，大好人生還在等著她。她怎麼會走到這一步？莫名慘死在南佛州？

什麼都有可能。也許是她的男友一時衝動，而後知道警方不像電影上演得那麼沒用，遲早會循線找出他。說不定他在報上看過彼得．波東教派信徒遇害的報導，於是弄出同樣的特徵。

可能性太多。

也可能有人接下了波東的棒子。

也可能……

他又回到波東本人涉案的可能性。

沒理由認為他不會在牢裡遙控。

「她是誰？打哪兒來的？又為何遇害？」馬丁喃喃說出腦中的想法。「初出茅廬的年輕人，不小心走錯了路嗎？」

馬丁的話讓他心裡一緊。他不是菜鳥，他是老練的刑事警探，世間事就算沒看遍，也看了十之八九。

而且這是他的選擇。打從加入警隊，他就立志要進刑事組。

當警察一直是他的夢想。他並非出身警察世家，父、祖兩代都是律師。他想當警察是因為他人生最好的一位朋友是警察。傑克十八歲那年開著新到手的拉風跑車在高級住宅區撞上一棵樹，當時來到現場的警察讓他的人生從此改觀。

他當時酒醉駕車。

他老爸讓他逃過不知多少超速罰單。當然，老爸不知道他酒駕。通常和朋友出去喝酒時他都不會開車，但那天晚上……

他決定要開車。因為愛現。他的家人考慮要買下那條街尾的一棟房子，他想帶女友去看。開著新跑車飆過幾個街口，能出什麼事？

多著呢。

他是個強壯的小伙子，是學校裡美式足球、足球、棒球所有校隊的明星。成績也夠好，能上一流大學。他通常很有分寸，知道何時可以玩、何時該守規矩。但那天晚上例外。那晚他的表現就像那位警察說的：自以為是的紈袴子弟，以為有錢能使鬼推磨。

傑克把跑車撞個稀巴爛的那晚，來到現場的卡羅．曼德茲警員是二十五年的老手。他其實能以酒駕罪名逮捕他。但他沒有，他只是訓了他一頓。傑克要求打電話給當律師的爸爸。卡羅說他的確有權打電話、請律師，但不是現在。卡羅毫不避諱地說出對他的看法，還有他的下場：不管他多有錢，都得在牢裡待一晚。

曼德茲一點也不兇，甚至沒有大聲說話，但溫和篤定的語氣卻讓傑克嚇得半死。他意識到他不只危及自己的性命，還可能讓女伴枉死。

「你知道，小子，你麻煩大了。你該跪下來感謝上帝，你只撞死了一棵棕梠樹。要不是運氣好，你現在可能已經進了太平間，或者害死了和你在一起的這位漂亮的小姑娘。所以要感恩，接受處罰，學到教訓。」卡羅對他說。

他的話傑克聽進去了。不知何時，卡羅發現這個紈袴子弟當真被他的話所打動。他沒有告他酒駕，只定了駕車失控的輕罪。但他的寬大有附帶條件。當然，卡羅無法保證傑克會遵守。他後來告訴傑克他憑的是直覺，不管科技多先進，直覺依然是警察最重要的工具。

傑克逃過牢獄之災，感激之餘也信守承諾。那天回家時他已經清醒了，甚至還稍微整理了儀容，接著就是母親大哭、父親大罵。他答應卡羅要去分局聽講習，外加五十個小時的社區服務。他在人道收容中心及邁阿密的遊民食堂工作，因而見識到大城市最不堪的一面，毒癮纏身的男女失去生活的意義，更有許多兒童受到父母連累。還在學步的孩子已註定沒有未來，因為在胎裡就染上愛滋病。但他也看到許多人因善心人士的幫助，重獲新生。例如有毒癮的小偷受到正直警察的感召，而洗心革面，開了一家受虐兒童中途之家。一名妓女被腳踏實地的神父所感動，而改變生活態度。甚至有捲款潛逃的會計師出獄後義務為老年人提供報稅服務與諮商。

而在分局，卡羅給他看的錄影帶內容之恐怖，電影製片想都想不到。還有死亡車禍的現場照片，其中很多都是酒駕造成的。

這段期間，他認識了許多卡羅原本該送進牢裡卻網開一面放過的人。

曼德茲在賭博，但回收豐碩。

傑克高中畢業時成績非常好，能進入全國任何一所大學。他甚至得到哈佛的入學許可，那是父親的母校。

但他沒去念。

又一次，母親大哭、父親大罵。但他很愛父母、父母也很愛他。最後他們接受他的決定，留在家鄉念當地大學的犯罪學系，同時申請進入警隊。

他從來不曾後悔，就連他父親也以他為榮。他升任警探時沒有人比父親更開心。他想進刑事組也是因為卡羅。雖然卡羅不在刑事組服務，但他念大學時有一次和卡羅出去，他突然停在路邊，因為他看到旁邊的野地裡有一具屍體。

「你不用先回報嗎？」傑克那時問。「你正在休假，不是嗎？」

「我會回報，但要先弄清楚狀況，封鎖現場。你該知道，警察隨時都在值勤，傑克。」

卡羅實在了不起，至少傑克知道這一點。他壓根沒注意到那具趴在陰影裡的屍體，旁邊雜草很高，而且到處都是人們隨手亂扔的垃圾。

卡羅眼力很好。他對傑克保證，只要多一點經驗，他也能有這樣的眼力。

那天下午，卡羅確認屍體已經僵硬冰冷、無法挽救之後，打電話回報。

死者看起來像是酒醉的老遊民。那時傑克完全看不出他殺的跡象。不過他站在很遠的地方，因為卡羅不讓任何人接近以免破壞現場。

當警探和鑑識人員抵達時，卡羅和傑克看著他們工作。卡羅壓低聲音說他第一眼就直覺一定是兇殺。人已經死了，無法為自己說話，依然要求正義必須聲張，警察和醫檢人員是死者最後的希望。儘管受害者是個老酒鬼，也和其他人擁有同樣申冤的權利。

結果證實死者是外勞，死因是謀殺。負責的警探幾星期後破了案，主要是因為卡羅保護現場有功。他拉起的黃布條保留了足跡，警方循線抓到一個中年惡棍，為了搶劫老人口袋裡的五十塊錢而下毒手。

從那天起，傑克一直想加入刑事組。為死者申冤是非常重要的角色。

他憑決心和努力達成目標，也因此更加拉近他與父親之間的距離，他父親多年來為惡人辯護，他告訴傑克要是蒐證程序沒做好，高竿的律師能讓警方所有的努力化做泡影。加入刑事組的意義遠不只如此。不只要為死者哭泣、申冤，隨著經驗增長，他瞭解到他重要的工作是阻止兇手繼續加害他人。他和同僚處理過很多家暴殺人案，配偶或戀人情緒一時失控而殺人，通常兇器都是槍或刀子。當然也有兒童被父母或信賴的對象所殘害。這種案子最讓人難過。任何警察在面對兒童死亡時，都無法泰然處之。

但也有些案子不是情緒失控造成的。世上有以殺人尋求刺激的變態殺人狂，也有自以為高人一等的兇手，頭腦完全清楚，視殺人為計算公式的風險。還有人為了取樂、運動、利益，種種目的而殺人。

他也處理過很多那種案子，向來秉持專業，不讓憤怒、痛苦、憐憫或厭惡干擾他的職責。

但眼前這個案件卻讓他從心裡發苦。要命的痛楚與苦澀。

他深吸一口氣，控制住自己。

他非常清楚絕不能讓情緒失控，甚至不能表現出來，就連在馬丁面前也一樣。他不想被調離這個案子。

「崔納案的文件做完了沒？」馬丁問他。

「在這裡，在取件箱最上面。」

「我會連同我的報告一起送去給檢察官。崔納的律師發現證據不利，似乎建議他認罪，爭取減刑。」

傑克對送公文封來的警員致謝，信封裡是被稱為灰姑娘的那具無名女屍的資料。

「崔納夠聰明就會認罪，」他解開信封的封口繩。「他的槍、他的指紋、他老婆腦袋裡的子彈是刷他的卡買的，認罪總比死刑好。」

馬丁冷冷一笑。「哼，還記得有個傢伙往朋友肚子上開了五槍嗎？他的律師就有辦法讓陪審團相信他的槍意外走火，而且連續五次。」

「是啊。我還是很高興崔納決定要認罪，希望他會被關上好一陣子。」

馬丁動手收拾公文，傑克打開剛拿到的信封。「我們繼續追蹤波東的信徒，查查他們最近的動向與活動。我們也可以挨家挨戶詢問，但效果恐怕不大。如果能查明死者身分，就會有更多線索。」他頓了一下，接著輕聲說：「我這個星期想找個時間去中部一趟。」

「你要我陪你去嗎？還是我留在這裡就好？」

「我們其中一個要留下來。」

「你應該會比較想留下來追查波東的信徒吧？你確定不要我去？」

傑克搖頭。「不，我想親自和波東談談。」

馬丁不自在地移動雙腳。「你已經和波東談過了。」

的確。當時多虧馬丁，不然他可能會自毀前途。他差點撲上去掐住波東的脖子。馬丁和一位基層警員硬拉住他。馬丁知道他對波東成見很深，儘管他本人不認為南希之死和這起案件有任何關連。

「不會有事的。」

「要不是那小伙子練過舉重，我一個人還拉不住你呢！」

「馬丁，我當時做錯了。我太激動，但我發誓，我現在已經控制住了。我不能殺死波東。」

「什麼叫做你不能殺他？我敢打賭你一定能。他雖然高、也不太瘦，但你比他壯，而且腎上腺素飆得可怕。你當然能殺死他，我不大相信你能控制住脾氣。」

「我能，也會做到。我需要他活著。」

「什麼意思？我們都認為他是兇手，即使他從未親自動手。你為什麼『需要』他活著？」

「因為我們需要查出當時的真相，以及現在是否又舊事重演。我們或許有遺漏──我是說，波東顯然在幕後主使，但這幾起殺人案還有其他人涉入。說不定哈利．坦能確實是兇手，但我從不認為他獨自犯案。馬丁，我們一定要查出真相，否則我們永遠無法解脫。」他沈默了一下，接著他苦笑著，帶著他搭檔一定能明白的坦然說：「我需要查出真相，否則我永遠無法解脫。」

馬丁點頭。「好吧，我懂。但你一個人真的沒問題嗎？隊長打算召集專案小組，應該說重新啟動，因為調查從未正式終結。這兒會有其他警員負責搜查、詢問、挖資料、跑腿。你要的話，我可以陪你去。」

「我要『我們』之一在這裡，盯著所有別人可能遺漏的細節。我們要掌握所有相關人士的資料，還有波東入獄後他們的去向。」

傑克桌上的電話響了，是刑事隊長。

「聽說你這個週末很忙。」

「我星期天休假。」

「休假整天在家看檔案？」

「我去看我父親了。」

「好吧。我看過星期五慢跑民眾所發現那具女屍的鑑識報告了。沒錯，的確和五年前的案子很像，我們也確實會重新啟動專案小組。如果你發誓能保持頭腦冷靜，不受無法證實的『臆測』干擾，我就讓你再負責這個小組。」

「我會保持頭腦冷靜，」他遲疑了一下。「謝謝。」

「大家都搞不懂你當時究竟怎麼回事。既然這件案子一直由你負責，繼續由你負責也很合理。當然，這也可能是——」

「模仿犯？是，長官，我們都知道。」

「你不是獨行俠，傑克。要靠團隊合作才能破案。」

「是，長官。」

「那好吧，十點半來我辦公室開會。」

「是，隊長。」

「聯邦調查局的富蘭克林也會加入，有問題嗎？」

「沒有，長官。」有問題，但他不打算讓隊長知道。而且他也絕對不會讓富蘭克林本人知道。

「小組成員包括貝克、羅沙略、麥當諾和里佐。有需要時你可以隨時調動基層警員。十點半，別忘了。」隊長重複一次。

「是，長官，我們會準時到。」

他掛上電話，若有所思地望著話筒。

「怎麼啦？」馬丁問。

傑克聳肩。「就像你崇拜的超級神探福爾摩斯常說的，遊戲開始了。」他補上一句。「十點半，隊長辦公室。他把其他人都叫來開會了。專案小組要重新啟動，成員完全一樣。我們有貝克、羅沙略、麥當諾和里佐。噢，還有調查局的富蘭克林。」

「富蘭克林？」馬丁哀怨地說。

「有問題嗎？」傑克說。

「問題？我？當然沒有。」馬丁繞過傑克的辦公桌回自己座位。

「對，當然沒有，沒問題。」傑克說。

馬丁搖搖頭。「富蘭克林，」他悠悠望著傑克。「問題大了。」

「我們一定能克服。」

「是啊，當然，」馬丁說。他把資料輸入電腦，準備搜尋已有的資料。他還在搖頭。

「我們一定能克服。」馬丁學著他說。

「我們一定能克服，因為無論如何，我們都不能被調離這個案子。」

接著他們開始重閱報告、搜尋紀錄，不久後傑克站起來告訴馬丁該去開會了。

他還是不停搖頭。他站起來拿外套，跟著傑克往隊長辦公室前進，他又說了一次，「媽的，富蘭克林。」

傑克瞪了他一眼。

「最後一次，我保證。」馬丁信誓旦旦地說。

「你確定？不然最好趁現在一次說完。」

「媽的，富蘭克林？」他激動地說：「好啦。我發洩完了。」他聳肩。「那個傢伙工作很有效率。只是很……討人厭。他走路的樣子活像屁股裡夾著支掃把，不過他的電腦技巧實在厲害。」

「沒錯。十點二十八分，我們進去吧！」

「基本規則，」布瑞南隊長對著全班堅定地說：「基本規則。為什麼我們要這麼強調基本規則？」接著他自己回答：「因為要是忘記了這些基本規則，眾多警力與技術人員的心血就會付諸東流。我們是執法人員，不是法律。沒了法律一切都行不通。你們能上這堂課表示你們都通過測驗，也通過身家調查，也已經上了幾個月的課。我們甚至連真槍實彈都給你們了。再過幾個月你們就要結業，開始警察生涯。你們進警校時都有不同的夢想、不同的目標。但要是你們忘記了基本規則，一切都是屁。首先，我們的職責是什麼？傑柯比，由你回答。」

布瑞南指著雪麗身邊的亞內．傑柯比。傑柯比的外型讓人覺得他會是世上最棒的保鑣，或最可怕的壞蛋。他身高六呎四吋，體重三百磅，沒有一絲贅肉。他很好看，皮膚不是一般黑，而是黑檀木般的亮黑，剃了光頭，五官很漂亮，還有一雙讓人意外的翠綠色眼睛。

傑柯比笑了一下。雖然警校會請不同領域的專家來上課，但布瑞南是他們的隊長，是帶領他們度過訓練課程的教官。他人很好，同學都很喜歡他。他相當嚴格，沒什麼耐性，常把警察的道德標準掛在嘴邊。他所說的每個字他都深信不疑。雖然他總愛長篇大論說教，開口不離原則、道德、規範，但傑柯比總是非常用心聽講。

他站起來，全班一起抬頭看他。

「保護與服務。」傑柯比對布瑞南說。

「說得對。謝謝，傑柯比。那正是我們的主要功能。不是騷擾守法良民，也不是無事生非，而是保護與服務。但我們都知道外面有很多罪犯，有很多不把人命當一回事的人。你們都看過錄影帶，都知道統計數字，也都知道曾經有警察取締交通違規時被人朝臉上開槍，只因那傢伙正好犯了其他重大罪行，或不巧是個神經病。但如果你們剛好遇到被全境通緝的車輛，車上的人也被通緝，這時最要緊的是什麼？」

「別讓他往你臉上開槍？」傑柯比答道。

布瑞南咧嘴一笑，不追究傑柯比的玩笑。

「然後呢？」

「說明對方的權利。」

「感謝上帝！」布瑞南說。「過去幾星期，你們聽了那麼多犯罪鑑識專家講課。你們還會聽到更多。人類學家、動物學家、指紋專家、植物學家、化學家、彈道專家、數學家、心理描繪專家、血液學家、心理學家、語言學家，在今日的執法工作中，這些人的工作都無比重要。但如果警員的基礎工作沒做好，那他們努力都是白費。這就是基本規則派上用場的時候了。誰來告訴我什麼是米蘭達警告，孟泰格，妳來回答。」

傑柯比坐下，雪麗站起來開始背誦對所有犯罪嫌疑人都必須提出的警告，看過電影或犯罪影集的人都很熟悉。

「非常好，孟泰格。什麼是『長在有毒樹上的果實』？」

「例如說，如果警員沒有對謀殺嫌疑犯提出米蘭達警告，而在談話過程中，該警員發現隱藏兇器的所在，並起出兇器。法官可能不准將此兇器列入證物，因為該物品是在嫌犯未被告知其權利的狀況下取得的。」

布瑞南點點頭，表示雪麗可以坐下。「你們都很清楚這些事情。你們花了很多工夫。你們接受過測謊，你們努力唸書才通過入學考。今天早上這堂課，我不打算教你們新知識，我要讓你們知道，絕對不可以忘記做好警務工作的基本規則。也許你們永遠不會加入刑事組，也許你們完全不想碰刑事案件。但別忘了一個簡單而重要的事實：你永遠不知道你會不會是第一個抵達現場的警員。你們在第一時間的行動，可能會左右案件的發展。不管你們以後學到多少細節，不管你們以後得到什麼專業資格，要記住，如果忘記或輕忽基本規則，不管多小心取得的資料，都可能被法庭否決。好了，各位同學，現在可以休息吃午餐了。今天下午，我們要聽血液學家和血跡噴濺專家講課。」

同學站起來魚貫出門。「嘿，孟泰格，妳要熱狗還是雞肉飯？」傑柯比叫住她。

「熱狗，」她對他說。「可是我要先去聽一下語音信箱，打幾通電話。」

「嘿，我可以先幫妳買好熱狗。要可樂嗎？」

「太好了，下次換我幫你買。」

「下次我去妳叔叔店裡，請我喝杯啤酒就好。」

「沒問題。」

傑柯比走開去買午餐，雪麗站到旁邊聽語音訊息。

尼克已經打過電話去醫院，史督華還在加護病房，只有家屬能探視。但無論如何他還繼續撐著，尼克在留言最後道歉說他無法問到更多消息。

消息雖然不多，但史督華還活著。只要還活著就有希望。

但她還是感到苦澀。一定弄錯了，錯得離譜。人會變，沒錯。這個世界很危險，充斥著毒品與犯罪。但……史督華？她低聲快速禱告，祈求他能繼續撐下去，希望他能存活，希望他會醒來，說明一切並洗清他的名聲。

但萬一他再也醒不過來了呢？

「如何？」傑克問。

馬丁剛掛上電話。會議之後他們花了好幾個鐘頭打電話。

馬丁對他點點頭。「恐怕再追查波東的助理約翰．梅斯特也沒用了。」

「為什麼？他六個月前出獄了，之後在戴雷中途之家工作。」

馬丁一臉驚愕。「你怎麼知道？抱歉，傻問題。你從來沒放下這件案子，對吧？」

「我只是知道他在哪裡，我有責任至少知道他們在哪裡。所以才會要你追查他的下落。」

「他出獄兩個月後，搭乘的飛機在海地北部墜落。」

也就是說他死了。傑克責備自己，他一直追蹤著這些人，卻獨獨漏了約翰．梅斯特。

「我們要盡快查出灰姑娘的身分。」

「接下來幾天會進行臉部重建。照片可能沒什麼用，但如果有好的素描專家也許會有幫助。」

傑克再次拿起電話，一邊對著馬丁說：「我要打電話給報社。確認他們願意全力協助。我們要把畫像放大登在報上，還要送去電視台。一定有人看過她。」

他正要撥號，另一支電話響了。馬丁接起來後連忙按住話筒說：「報社我來聯絡，這通電話你應該想接。」

傑克蹙眉按下另一線，「我是狄雷修。」

「傑克？」

他的心抽了一下。「是，布萊恩。」

「我看到報上的新聞，又有新的受害者了。」

「我知道，布萊恩。」

「說不定南希真的知道了什麼她不該知道的事。」

「你知道，我一直很努力往那個方向追查。」

「是啊，我知道……我只是想打通電話問問狀況。還有……那天晚上的事我很抱歉。」

「沒關係。」

「要是你需要我幫忙，有任何我可以盡力的地方……」

「我會通知你。一定會。」他強調。

布萊恩掛斷電話。

「你們變成好兄弟啦？」馬丁皺著眉頭問。

「沒有，他前兩天晚上喝醉了，跑到我船上想揍我。」

「啊，他還是相信——」

「唉，有一件事我們兩個都相信。南希絕不會自殺，而且也不是意外。」

「喔！」馬丁含糊應著，低頭看一份舊檔案。「老天，這素描糟透了。我們得請個高明一點的畫家。」

傑克看了半天才認出是第一位受害者。雖然說屍體的臉幾乎不存在，要素描應該很難，但這未免也太不像了。

傑克站起來拿外套。「可以走了嗎？我們要先去找瑪莉·西蒙。」

「教派的管家？」

「是啊，找到她了。她加入了『國際黑天覺悟會』，答應今天下午和我們談談。」

「你剛找到的？」馬丁淡淡地問。「或者你一直都知道她在哪裡？」

「有差嗎?」傑克說。

「當然沒有。我最愛去那種地方了，有音樂、還有穿長袍的怪人。這個下午一定很棒。」馬丁說。

雪麗聽完留言後去和同學會合。亞內幫她買好熱狗，她道謝之後坐下。除了亞內，同桌的還有關妮、戴爾、伊希。

她剛坐下，沒想到連恩往他們走來。他的頭髮剪得很短，臉部瘦長又帶著點運動員的味道，很適合做素描模特兒。

「嗨，連恩。」伊希打個招呼。

他坐下來時雪麗忍不住煩惱，他和凱倫到底適不適合。連恩非常投入工作，凱倫也是。他們對自己的工作都有信念。凱倫一決定要教小朋友就義無反顧地去了。連恩說過他拿到商學位後工作了幾年，才決定進警校。他說他不是做生意的料子，現在他和一位資深搭檔一起當巡邏警員，他熱愛這份工作。

「別看啦，他是正牌警察，」關妮揶揄地說。「你怎麼會來?你不是該去打擊犯罪嗎?」

他做了個鬼臉。「要做文件，一般民眾大概不會明白我們有多少文件要做。逮捕過程中萬一有個噴嚏打得不是時候，也得寫上二十頁報告。不，不，別急著退學，我說得太誇張了。」

雪麗和其他人一起笑了。連恩雖然不是尼克餐廳的常客，但他們是在那兒認識的。他不航海也不釣魚，那天他只是剛好和朋友出海，最後才到尼克店裡，他注意到她在填警校報名表。他們聊了起來，幾個星期後他又來店裡，這次他約她出去。

當時她正在準備入學考，順理成章地推說結訓之前不想談感情。於是他改為要求偶爾一起吃飯看電影，她接受了，也很重視這段友誼。如果他和凱倫能繼續交往就太棒了。

「嘿，ㄚ頭，妳還好吧？」他問她。

傑柯比哼了一聲。「好得很，她可是模範生呢。老師的問題她都能答得頭頭是道。」

「我問的不是課業啦，」連恩說。「她沒告訴你們她在高速公路上經過一具屍體？我在報上也看到，要我幫妳留下來嗎？」

「我看過那篇報導了，連恩，結果比我想得更糟。」

「你們到底在說什麼啊？」傑柯比追問。「我們聽得一頭霧水。從頭開始說。是車禍嗎？」

「是啊，又怪又悲哀的車禍，」她看著連恩說，接著對大家解釋。「我週末和幾個朋友去奧蘭多，我們在九十五號州際公路上經過一起車禍現場。一個行人被車撞上，顯然他試圖步行穿越高速公路，身上只穿著內褲。後來我發現他是我認識的人，幾年前我們很熟。」

「妳認識那個人？」連恩說。

「我好像在路況報導聽到這起事故，」關妮皺著眉頭說。「前幾天報上也有報導。」

「很奇怪的案子，那個人穿著內褲跑步穿越高速公路。唉，這兒可是邁阿密呢……該不會是什麼大學兄弟會的入會儀式吧？」連恩問。

「不，史督華已經畢業在工作了。他在學校成績非常優秀，比較像是書呆子，不是加入兄弟會的那種人。」

「那麼……」關妮不肯放棄。「他到底在做什麼呢？」

「據說他施打了大量的毒品，」連恩靜靜說明。「但那起意外我沒聽說多少。很可能是北邁阿密或邁阿密北灘的人負責。也可能是總局。我想應該可以查出來。我們可以問一下交通死亡事故組，不對，抱歉，他沒死，對吧？他陷入昏迷。不過報上說他用了大量藥物。」

「你們以前認識的時候他就吸毒了嗎？」伊希溫和地問。

「沒有！」雪麗不平地說：「這正是重點，我不認為他現在會染上毒癮。」

「你們多久沒見面了？」亞內淡淡地問。

「好幾年了。」她承認。她知道大家都用同樣悲哀的眼光看她，好像不願點破明顯的事實。她那麼久沒見過那個人，人非常脆弱，沒理由認定這些年他不會染上毒癮。

「我還是想多打聽一下那起車禍。」她說。

「去問布瑞南，他可能多少知道一點，不然至少也能指個方向。」連恩提議。

「好主意。」關妮微笑對雪麗說。雪麗很喜歡關妮，她既堅強又謹慎。她是黑人，出生在古巴，從小信仰天主教。她很用功，努力想做到最好。「如果妳需要幫忙，就算只是想聊聊，儘管找我。」

「謝謝。」

「我們都很樂意幫忙，雪麗。」亞內說。

「沒錯。」伊希附和。

「謝謝。」她再次道謝。

「我也會幫妳去打聽，」連恩保證。他站起來。「我得回去了。你們也該回去上課，我知道布瑞南很重視守時。」

他在雪麗臉頰上吻了一下，對其他人揮揮手，接著往停車場走去。

「我還想打一通電話，失陪了，」雪麗站起來收拾好垃圾，往教室大樓走去。她按下凱倫的手機號碼，很高興好友立刻接起。「嗨，我猜妳應該看到報紙了。竟然會是史督華，怎麼可能？」

「我知道，所以才打給妳。」

「我也想找妳，可是怕妳在上課。我真的不敢相信。我是說，他是我們認識的同學裡最乖、最正派的，怎會發生這種事？」

「我也希望我知道，但我要先去打聽一下。」

「正好，妳是警察，至少是未來的警察。應該可以問出一些消息。」

「我盡力。」

「希望他還活著。」凱倫說。

「他還活著，至少今天早上還活著。尼克打去醫院問過，他還在加護病房，只准家屬探視。我得回去上課了，我只是想先通知妳。」

「謝了，要是妳查到其他事情一定要打電話給我。」

雪麗掛上電話，這才發現快要遲到了。

她匆匆跑到教室，剛好在最後一秒滑壘進教室。其他同學都已經就座，她快步到座位上，不巧人事處的處長穆瑞正好來課堂視察。她的心一沈，頹喪地穿過教室走到位子。

他們都沒有說她什麼。布瑞南對全班說了幾句話，說明鑑識人員會來講解血跡噴濺模式和犯罪現場綜觀，之後穆瑞要談談大家結業後的出路。

布瑞南介紹完講者後坐下。這堂課很有趣，雪麗十分專心聽講。接著穆瑞站上講台介紹警局中的各種專業。她拿出筆記本記重點，其他人也是。但她的心思卻飄到那起車禍。

她不知不覺又畫起車禍現場。她小心地一邊不時抬頭看前面，同時填上陰影。

那個人影。只是一個黑影，在好幾條車道外……從另一頭盯著。

瑪莉．西蒙坐在黑天覺悟會的「殿堂」後面，看見他們時微笑起身迎接。她已經三十五歲，但外表比實際年齡少十歲，態度祥和恬靜。殿堂的花園很漂亮，綠樹中點綴著幾張長椅。傑克不得不承認這種布置的確莊嚴寧靜。

「謝謝妳願意見我們，瑪莉。」

「不客氣。」她瞅了傑克一眼。「只要你們不是想找黑天覺悟會的麻煩……」

「這個地方自我有記憶就存在了，瑪莉。我知道這裡是合法的。」

她聳肩看著他。「我和你談過好多次，知道的都說了。」她的眼神從傑克轉向馬丁。馬丁看著傑克，這才知道這些年來他見過瑪莉很多次。

「妳記得什麼就說什麼，任何我們可能遺漏的。」

她點點頭。「皮耶教宗……抱歉，彼得．波東一直獨攬大權。他對我們傳教、會所也在他名下，他帶我們入教，暗示我們要為了世人的利益放棄所有財產。你們不瞭解，他和善慈愛，我們全都相信他。我們的生活很簡單。我們親手開闢菜園種菜吃……」她頓了一下，笑了。「幸好我吃素，因為有人也從運河撈魚吃，那些魚很可能都有病或受到污染。我言歸正傳，總之生活很簡單。他也會和男人結交，但仔細回想起來，他比較喜歡女性。我們很少有爭端，當然不會公開爭執，因為我們分享一切，偶爾有，往往也是為了誰和彼得過夜。我負責管家。我是他最早招募的信徒之一，但就連我也弄不清楚會所裡到底有什麼秘密。除非被選中陪彼得過夜，不然我們一般睡在宿舍裡，也就是會所附近的木屋。」

她看著傑克。「我們知道晚上有車輛來。我有時會聽到他和人說話，但我從來不知道是誰，也從沒起疑。我們聽說教友被殺都嚇壞了。我們真的認為那幾個女孩是被仇視彼得、憎惡我們生活方式和信仰的人所殺。彼得暗示要我們提高警覺，因為警察痛恨他、痛恨我們，因為警方不瞭解我們的信仰多有深度，不能理解我們怎麼能全然為了彼此而活。」她聳肩。「但現在……很明顯，彼得喜歡金錢和性愛。他當然不喜歡警察，因為他確實把我們全都洗腦了。但……我還是不認為彼得會殺人，或是下令殺人。他很貪婪，他利用我們，但我不相信他會殺人。」

「瑪莉，」傑克耐著性子說：「三位女性遇害，她們全和教派有關，而彼得是教派首領。」

「沒錯。但……如果真有答案，也只有彼得一個人知道。我說過，常有我們沒見過的人來來去去。也許他們是為了彼得從我們身上弄到的錢，我不知道。」

「那哈利．坦能呢？」傑克問她。

「他沒有錢，所以不是彼得吸收的對象。他在會所住過幾夜，至少據我所知是這樣。仔細想想，狄雷修警探，我真的相信他很可能犯下那幾起可怕的謀殺。他很怪。我是說，真的很怪。他極度想要和彼得一樣，也許不是宗教層面，但……他想要權力和性。他追求所有女信徒。彼得從來不禁止男女關係，他並沒有把我們視為他的禁臠。老天明鑑，我們都不懂怎會上了他的床。教派裡所有人都曾和他單獨面談，前一分鐘還在談簡單生活的好處……讚嘆人類的自然與美好。人類是依照上帝的形體所創造的，我們也是凡人，也是動物，自然的本能不該被壓抑而該盡情發揮。現在回想起來，也許哈利看彼得左右逢源，於是心生嫉妒，甚至憎恨那些渴望彼得、卻不要他的女性。」

「瑪莉，我知道妳已經被問過很多次，能不能麻煩妳再忍耐一次？因為又有一位女性遭到毒手。當那幾位女信徒失蹤遇害時，妳不擔心嗎？彼得不擔心嗎？」

她搖頭。「沒人規定我們一定要待在那裡，我們可以隨意來去。」她躊躇了一下。「沒錯，當第三個女孩被發現時我很害怕。警方開始上門，彼得鼓勵我們和警方合作，接著哈利．坦能自殺了，唉，你不瞭解，信奉彼得的教義的人相信死亡不是終結，而是開端。」

「那些女孩遭到虐殺。」

「她們的耳朵被割掉了。」瑪莉說。

「可能是因為她們不聽話。她們該聽話的對象若不是彼得又會是誰，瑪莉？」

她搖頭，接著皺眉。「或許哈利．坦能比你們的想像更變態、也更狡猾。」

「為什麼？」傑克問。

她哀傷地對他們微笑。「我想他有幻聽，他常提起拉撒路。」

「拉撒路？」馬丁說。

「拉撒路……死而復活，」傑克說。他對瑪莉微笑一下，接著柔聲說：「瑪莉，妳之前沒提過這件事。」

「我之前沒想到。我相信哈利真的瘋了，而且都過了這麼久……我不知道現在是怎麼回事，狄雷修警探，但我知道這些年來我所說的都是真的，我確實不相信彼得會殺人。我相信哈利是兇手。他總是瘋瘋癲癲的，有天夜裡我醒來看到他在運河邊望著水面。他說拉撒路復活了，叫他到水裡去。兩位要不要喝點藥草茶？」

他們道謝婉拒，傑克站起來伸手進口袋。

「我有你的名片，警探，我發誓，要是還想起什麼事情，我一定會打電話給你。」她也站起來，微笑著在他臉頰上印下一吻。「我保證。我知道你很努力。」

「謝謝。」

「你還沒問每次都會問的那個問題。」

他揚起一邊眉毛。

她無比憐憫地凝視著他。「我發誓，我從沒見過你的搭檔，狄雷修警探。就算她來過會所，我也沒看到她。希望你會相信。我從不說謊，那有違我的信仰。」

「我知道，瑪莉，」傑克說：「謝謝。別忘了……」

「我會打給你。沒問題。和你見面很愉快，警探。」

他們離開殿堂，馬丁忽然想喝咖啡，他們去了附近的星巴克。

「我們毫無進展，」馬丁說：「波東一手掌握教派。我想那些女孩應該是被催眠了。她們住在戒律會的房子裡，卻對裡面的邪惡一無所知。」

「我一直在原地打轉。不過我想一定有直通終點的路，我們一定會找到。」傑克嚴肅地說。

全班都在拍手，雪麗連忙放下鉛筆跟著拍。她很吃驚地發現竟然已經下課了。罪惡感作祟，她拍得比別人更用力。同學紛紛起立準備離開，她也跟著排隊準備出去，接著突然想起要找布瑞南隊長打聽史督華的事。她把畫滿素描的紙揉成一團扔進垃圾桶。她走到講台前面，穆瑞和布瑞南在說話，看到她走過去，兩個人都靜下來等她發問。

「妳好，妳是孟泰格對吧？」穆瑞處長問。

「是，長官。」

「課程已經過了大半了，妳對警校還滿意嗎？」

「噢，是，非常滿意。」她說。

「很好，很高興聽妳這麼說。布瑞南隊長說你們是他教過最出色的班級。」

「我代全班同學謝謝你。」她說。

「妳對今天的課程有問題嗎？」布瑞南問。

「其實我是想問一下幾天前發生的一件事故，九十五公路上的一場車禍。我那天剛好和幾個朋友經過。我回家後才發現被撞的人是我的老朋友，報上說他施打了大量的海洛因。我覺得不對。我希望也許兩位能告訴我是哪位警官負責這件案子，也許他會願意聽聽我的想法。」

她很高興兩位長官都沒有說她的朋友顯然真的在吸毒。他們很有禮貌地看了她一會兒，接著穆瑞回答她的請求。

「是，我也聽說了妳提起的這起事故。這件案子由總局和佛州公路巡警隊負責。我會去查一下由哪位警官偵察，我想對方一定會願意和妳討論已查證的事實。我會打幾通電話問一下，然後請布瑞南隊長轉達。」

「非常感謝你，長官。」她說。

「不客氣。」

她微笑著抱著書倒退走了幾步，才轉身走出教室。她知道他們一定都在看著她。不知道他們是在想她的問題，還是在想她真不守時？萬一他們發現她在課堂上畫畫就完了。了不起。她冒犯了一位知名刑警，又讓長官認為她沒有時間觀念，也許還被發現她上課時間大半在塗鴉。不……要是他們要她滾蛋，態度一定不會那麼客氣。

她走出大樓發現外面都是人，在郡總局工作的人分三個時段，八點到四點、四點到午夜、午夜到八點。日班跟下課的人同時要回家。

在停車場，她看到好幾個每天都會見到的人，總局的人都有種無形的情誼。她按下遙控器開車門鎖，同時對檔案室的一位小姐微笑，對方也回以微笑。

這時雪麗又看到他了，這次她當然知道他是傑克．狄雷修警探。他和另一個人正要離開，他們邊走邊說著話。她匆匆走向她的車。但她還來不及開車門，警探大人已經轉身。他穿著西裝看起來很不一樣，更高、更穩重也更正式，更像會讓她吃不完兜著走。她趕跑這個念頭，提醒自己每個人都有私人生活，警察也不例外。她不知道把熱咖啡潑在剛好站在門口的人身上和私人生活有什麼關係，但她就是不願意變成卑躬屈膝的馬屁精。

但願她運氣好，他根本不會注意她。在他眼中她可能只是這群螻蟻中的一隻。很多警官不會把警校生當一回事，等到結業都不見得正眼看他們。

他戴著太陽眼鏡，黑色鏡片遮住了黑眼，一束亂飛的黑髮垂在前面。他往她的方向看過來，但沒有任何表示。

但她坐上駕駛座時察覺他依然看著這個方向，他看到她了。但他完全沒有打招呼或露出一絲微笑。

他只是看著。

她真希望躲到座位下面，但她還是戴上墨鏡，扣好安全帶，發動車子開出停車場。開到路上她才想起來，山迪曾說警探大人剛把船屋搬進尼克的碼頭。

當然啦，那個碼頭其實不是尼克的而是市政府的。但因為尼克餐廳在那裡開了很多年，大家都叫它尼克的碼頭。

開車回家的路上，她發現警探的車跟在她後面開了好長一段。她從後照鏡認出他。接著在高速公路上，他先下了交流道。

她從廚房門走進屋裡，感覺得出來餐廳今天很忙；雖然音樂開著，但她還是聽到交談聲和笑聲。她回到房間，脫掉制服，衝進浴室讓熱水在身上沖了好久。她希望可以不要再想著史督華，但她做不到。或許是罪惡感——她沒有和老友保持聯絡，也或許是因為大家的說法太刺耳，使得她無法坐視。

洗過澡雖然清爽一些，但她也開始感受到週末狂歡的後果。她從後門走進餐廳，尼克在吧台後面幫酒保的忙。整個餐廳熱鬧滾滾，星期一晚上很少這樣。

「嗨，丫頭！」尼克叫住她。「妳有事嗎？能不能過來幫忙幾分鐘？卡拉今晚請病假，只有大衛一個人負責外場。二十四號桌的菜出來了，可不可以幫忙端一下？」

她走到廚房和服務區之間。要端的菜只有一盤，碳烤鯛魚搭配烤洋芋和青花菜。她把盤子放在拖盤上，加上幾塊檸檬和紙杯裝的塔塔醬，往門廊走去，十八到二十六號桌在那裡。

二十四號桌是兩人座，剛好在門廊轉角處，許多情侶愛選這一桌。她繞過轉角，今晚那張桌旁只有一位客人。一位黑髮男士正低頭讀著眼前的東西。

她放下盤子，自動進入服務生模式。

「晚安，您的碳烤鯛魚上菜了。請問還需要別的服務嗎？」

他抬頭。她認出座位上的客人，瞬間愣住。狄雷修警探。下班後他換上海灘褲和T恤，衣服是乾的，但頭髮是濕的。他可能下過水，不然就是剛洗過澡換上輕便服裝。他似乎還在工作，讓他那麼全神貫注的東西是一個檔案夾。

他也認出她了，他把她從頭到腳打量了一陣。

「別的服務？」他喃喃說：「嗯。鯛魚已經安全地放在桌上，我可以要杯咖啡嗎？用來喝的。」

她臉紅了一下。「我會盡量把咖啡安全送到你的桌上，」她保證。他還是一直看著她。他似乎並未生氣，只是覺得好笑。她躊躇了一下。「你是傑克．狄雷修吧？狄雷修警探？邁阿密總局？」

「是啊。怎麼，知道我的身分，就想來道歉啊？」

她覺得一陣怒火攻心，但強自壓抑，決心保持風度。「因為你的身分？別鬧了，警探，警校的教官每天都告誡我們的職責是保護與服務，而不是威嚇民眾、期待特殊待遇。事實上，我只是想自我介紹。但如果你想為了那天在我家門口撞到我的事道歉，那我當然樂意洗耳恭聽。」

「啊，沒錯。妳在念警校。」他說。

「沒錯，你在暗示我不該念警校嗎？」

「當然沒有。如果妳擔心我會因為被妳燙傷而設法把妳踢出警校，我保證不會。首先，如果妳的表現很好，那妳的前途不是我能干預的。不過呢，既然妳提起了，我們的使命是保護與服務而不是欺負人，希望妳在面對本郡的守法民眾時能稍微……冷靜一點。」

「我盡量，可是我還沒畢業，你知道。」

「啊，很好，那我們還有時間，和希望。」

「我想我該感激你沒有控我攻擊警察。」

「呃，誰叫妳是尼克的姪女？」

「我不想因為是尼克的姪女而佔便宜。」

「事實上，妳也沒佔便宜。」

「啊，也就是說，我是有理的一方嘍？」

「我可沒說。」

「我本來就有理。」她毫不讓步地說完，又忍不住想她究竟怎麼回事，竟然站在這裡和他抬槓，彷彿非贏不可。而且她也無法強迫自己離開，不再研究這個男人。他確實很有意思。雖然不是美少年的型，但很有味道。他的外貌很有魅力，她相信如果他用那雙專注的陰鬱雙眼盯著嫌犯，犯人一定會因為擔心被他看穿，而全盤說出罪行。

那就是他現在看著她的感覺。她突然覺得有點尷尬。

他緩緩微笑。這個動作讓他的臉完全改變。他不止有魅力，簡直迷死人。

「還有事嗎？」他問。

「我們……我們該去上電視法庭，讓電視法官裁定誰有理。」她輕快地說。

「或者，妳也可以端杯咖啡給我就好。」

混蛋！她想著。

真可惜她不得不乖乖端上咖啡，她多想把整壺都倒在他頭上。

傑克繼續瀏覽彼得．波東案相關人士的名單。這份名單他早已熟記，這些資料已重複看過好幾次了。但他一定有所遺漏，他很肯定，只等他發掘出……

這是一群失意的人，大半都很年輕，渴望尋找生命的意義，也以為他們終於找到了答案。但後來也都各奔前程，很多人都搬到其他州去了。

他揉揉太陽穴，回想多年前他去見波東時的往事。來應門的是位年輕女性，凱莉．史密斯，他們已經調查過她。她搬去了西雅圖，結婚後孩子都兩個了。他肯定當時她真心相信她正侍奉一位先知，這位先知立志讓世界變得更美好，把食物分給挨餓的人。

還有約翰．梅斯特，波東的左右手，他也因為詐欺入獄。他的嫌疑非常大，但他死了。

傑克合上檔案夾。

不要執迷，他提醒自己。他不是獨行俠。他們現在有富蘭克林幫忙，他可是聯邦調查局探員呢！儘管自大、臭屁又討厭，他的工作能力沒話說。

明天他們又要開會。富蘭克林負責分析全國的謀殺案報告，想找出其他地區是否也有類似案件。接著，像今天一樣，他們會仔細分解所有資料，把堆積如山的資料討論一遍，比較所有紀錄，不管是當年的還是現在的。

但現在他們又掌握到多少？一具屍體。一具顯然被虐殺的屍體，手法比之前更殘酷。一具無名女屍，被發現時已嚴重腐敗，從淺墳裡被雨水沖刷而出。

而過去……

南希。

他還記得她站在關朵琳號甲板上的樣子。「我不相信那個可憐的年輕人殺了人。還會有更多受害者，傑克，會不斷出現。除非教派被解散。彼得·波東可能自以為是神，他以為可以隨意奪取人命。」

「我們很努力在查他，一定能把他送進牢裡。」傑克信心滿滿地說。

「我們永遠定不了他的罪，除非有人能向檢方證明他是幕後主使。」她看了看手錶。

「我得走了！」

他一直覺得她那天晚上有點怪。

「妳要去哪裡？」

「回家。我有丈夫，別忘了。」

但她沒有回家。第二天早上，布萊恩第一次來到關朵琳號，準備抓姦。

但她不在船上。後來……

接連著的緊張、恐懼、責備、搜尋。

儘管她是警察，全州所有警力傾全力搜查，還是過了好幾個星期才終於找到。她沉在運河深處。他們出動了最厲害的鑑識人員，但所找到的模糊胎痕顯示她駕車失控。

而在她失蹤到屍體被尋獲這段期間，波東因詐欺和逃稅被入獄。但南希失蹤、遇害時他還逍遙在外。

他的全身肌肉揪緊。

別執迷，他再次提醒自己。

他突然嘀咕了一句，望著眼前喝乾的冰茶。他的咖啡呢？尼克餐廳的服務是怎麼回事？

尼克餐廳很忙。雪麗被人攔住好幾次才終於抵達放咖啡壺的地方，為狄雷修警探大人倒好他欽點的咖啡。她終於走到吧台右手盡頭的服務台，不料又遇上寇帝斯，他是南邁阿密警隊的。

「嗨，丫頭！課上得怎樣啊？」他問她。

寇帝斯人好得沒話說。三十幾歲，已婚，有個兒子，老婆在航空公司上班。他們常一起來店裡，偶爾她星期天值班，他就帶著兒子一起駕小船出海，之後來店裡看球賽或傳授兒子撞球秘訣。他的頭髮有些灰白，但身材保持得不錯。寇帝斯只有星期天才喝酒。今晚他坐在吧台邊，喝著健怡可樂、吃炸魚條。

「很不錯，謝謝。」她對他說。

「很好。我還在擔心妳會後悔呢！」他說。

「為什麼？」

他聳聳肩。「念警校很辛苦。結業之後又要整天追著人渣，每天都要賭性命，薪水卻少得可憐。我擔心妳會覺得這工作吃力不討好。」

她笑了。「你會這麼覺得嗎？」

「偶爾啦！」他咧嘴一笑。「我在街頭看到的事常會讓我覺得自己很好命。感謝老天，我有家可回，而且兒子乖、老婆美。」

她大笑。「你可能是我認識的警察裡，真正樂觀的一個。」

他揚起一邊眉毛。「這兒有陰陽怪氣的警察嗎？」

她壓低聲音說：「外頭。一個總局的警探，傑克．狄雷修。脾氣大著呢！不過也可能是因為我，他好像不太喜歡我。」

「傑克在外頭？」寇帝斯問。

她點頭。「事實上，我最好快點把他的咖啡送過去。」

「如果他心情不好，應該有很好的理由。」

「是喔？」

「五年前發生過一起宗教集團相關的殺人事件，妳有印象嗎？」

「有一點，有個人去自首，但在羈押時自殺了。當時有人懷疑自首那個人並不是真兇，但我記得之後就沒有被害者出現。」

「唉，現在又發現了一個。」

雪麗蹙眉。「那個教派的首領好像有嫌疑，但一直無法證實。不過他還是因為別的罪名進監獄了，對吧？」

「是啊，他還在牢裡。總之，傑克現在壓力很大，所以心情不好。」

「誰沒有壓力啊？但也不能因此就態度惡劣。」她說。

寇帝斯忽然輕輕搖頭，用力看著她。她不解地回過頭。傑克．狄雷修就站在她身後。

「我自己進來倒咖啡。」他對她說。

「抱歉。」

「近來如何，傑克？」寇帝斯插進來。

「嗨，寇帝斯。好得很，謝謝。」

「聽說你在這個碼頭弄到一個位子。」

「我週末已經搬過來了。我回自己船上去喝咖啡還快一點，」他笑著說。

雪麗拿起咖啡壺，從杯架上抓起一個杯子快快倒滿。

「抱歉，是我害你的咖啡一直沒到，」寇帝斯說：「我拉著雪麗問警校的事。」

「我相信孟泰格小姐應該沒問題，」傑克帶刺地說：「既然她動作這麼快。」

「我乾脆把整壺咖啡端到你桌上，讓你隨時可以續杯。你要走的時候也不必等帳單了，尼克說今天店裡請客，歡迎碼頭的新鄰居。」她輕快地說著伸手去拿咖啡壺。

「尼克已經請過一次了，我從來不欠帳，」狄雷修對她說：「而且，我喜歡熱熱的咖啡。」他轉身不理她。「寇帝斯，太太和兒子都好吧？」

「很好，謝謝。他們回她娘家了，所以未來幾天我都得在這裡吃飯。」

「在這兒吃也不錯，不過你太太做的千層麵真好吃。」傑克說完，端起咖啡往外走。

雪麗發現他沒有把文件留在外面，那個檔案夾就夾在他腋下。

寇帝斯一定是發現雪麗看著他出門的神情。「嘿，他其實是個好人。你們只是有誤會。」

「附近住了個高大兇惡的刑警也不是壞事。」一個女性帶著笑意說。

雪麗轉過頭。莎蘭站在她旁邊，端莊優雅一如往常。她穿著深藍色手工套裝、高跟鞋和淺藍色襯衫，望著雪麗的眼神閃著幽默。

「嗯，棒呆了，」雪麗附和。「能不能麻煩妳去幫他續杯和算帳？」

「沒問題。事實上，妳該坐下來吃點東西，小姑娘。我聽說你們管警校的伙食車叫『蟑螂車』。」

「可是妳上一天班了。」

「我只帶人去看房子。」

「莎蘭，餐廳現在很忙，妳介不介意今晚幫一下忙？我在想，雖然史督華．佛瑞夏還在加護病房不能見客，我還是去一趟醫院，看看他的家人也好。」

「佛瑞夏？我怎麼好像聽過這個名字？」寇帝斯問。

雪麗說明車禍的事，她在路上看到有人被車撞，後來卻發現那人原來是她的老朋友。她很難相信他會沈溺毒品。

「人會變的。而且毒品的誘惑很大。」寇帝斯說。她點點頭，這種回答她聽過太多次了。

「沒錯，但史督華不一樣。總之我想親自去確認他的狀況。」

莎蘭一臉憂心。「雪麗，妳還在念警校。涉入這件案子真的沒問題嗎？」

尼克從酒吧另一頭過來。「她只是要去看看朋友，莎蘭，又不是要去從負責的警員手中把案子搶過來。妳去看看他也好。不過先坐下來吃點東西，雪麗。今天的鯛魚很新鮮。」

「坐吧，小麗，和我聊聊。」寇帝斯拍拍他旁邊的凳子。

她坐下。尼克幫她倒了杯汽水，莎蘭去廚房要廚師再做一份鯛魚。

「說說妳這位朋友的事。」寇帝斯說。

雪麗玩著吸管聳聳肩。「他很聰明又實在。」

「你們高中時交往過嗎？」

她搖頭。「我們是多年好友，如果他對我有意思，我們不可能交情這麼好。寇帝斯，我說真的，史督華不是會沾上毒品的人。他連酒都不太喝。」

尼克又過來站在吧台邊，邊擦杯子邊聽他們說話。「雪麗，說不定他會醒過來，告訴警方當時是怎麼回事。」

「希望如此。他的家人一定在醫院，希望見過他們我的感覺會好一點。天啊，他是獨生子呢！父母很愛、很愛他。我還是認為不管人多會變，這件事依然很不合理。」

「寶貝，世界上不合理的事情太多，」尼克對她說：「但我同意妳的說法，妳去醫院一趟心裡會好過一點。我肯定他的家人看到妳，一定很欣慰。」

「也許吧！」莎蘭端著一盤鯛魚走到酒吧旁。「吃吧，小麗。」她擠擠眼睛說：「我去幫外頭的大魔王續杯。」

莎蘭離開後，尼克皺著眉問：「外頭的大魔王？」

「狄雷修。」寇帝斯解答。

「傑克怎會是大魔王，他很好啊。」

「而且他還住在這裡。」雪麗苦著臉說。

「他排了一年多才等到那個位子，」尼克告訴她。「這個碼頭很受歡迎，很少有空位。附近多住幾個警察也不錯，比較不容易出事。」

「當然。但家裡現成有個未來的警察。我知道，你不用說，多多益善，對吧？」

「妳在總局，認識他一下也不錯。」尼克相當認真地說。

「幸好總局很大，」雪麗嘀咕，她把鯛魚吃完。「尼克，如果你真的忙得過來，我想去醫院，然後回來好好睡一覺。我們這些未來的警察七點就要到警校。寇帝斯，保重了。再見。」雪麗跳下凳子。

寇帝斯按住她的手臂。「雪麗，我說真的，如果妳覺得朋友的意外有問題，妳一定要找傑克談談。」

「他是刑事組的，我的朋友又沒死。還沒死。」她輕聲補上一句。

「他很能幹，」寇帝斯說：「而且在局裡很受敬重。妳只是警校生，妳打電話去問，可能沒人理妳。但如果是狄雷修，一定什麼都問得到。」

雪麗躊躇了一下。狄雷修是個討厭鬼，而且顯然不喜歡她。但這是為了史督華，她不能只考慮自己。

「你說得有道理，」她說：「好吧，祈禱我不被大魔王吞掉。」

寇帝斯對她豎起大拇指。

她拿起咖啡壺往外走。傑克．狄雷修還在看他的文件，她倒咖啡時他頭都沒抬，只含糊說了句謝謝。

她呆站了一下，接著乾脆在他對面坐下，強迫他注意她。

「我知道你是刑事組的。」

「沒錯。」他仍低頭看文件。

她清清嗓子。過了幾秒他才又抬起頭，她直說重點。

「星期五早上我出門沒多久就看到一場車禍。一個行人在九十五號州際公路上被撞，他身上只穿著內褲。今天早上我看了報紙的報導，結果發現他是我的老朋友。報上說他施打了大量海洛因。我很瞭解史督華，我知道他不會做那種事。他看到針頭就會昏倒。」

至少現在他專心在聽了。他望著她，眼神幽暗深沈。

「我是刑警，雪麗。妳朋友是交通意外的受害者，而且顯然是肇事者。我也看到相關消息，負責偵辦的人是箇中好手。就算這個人以前怕針頭，並不代表他後來不會染上毒癮。」

「我知道一定有奇怪的地方。」她堅持。

「因為這個人是妳朋友，所以妳以為妳知道。」他的語調很務實，一點也不冷酷。

她搖搖頭。「他從哪兒跑出來的？就算他穿著內褲橫越高速公路，也一定是從某地方出發。」

「雪麗，我早年辦過一件案子，一對夫妻同時吸古柯鹼和海洛因，他們以為把嬰兒放到床上了，但其實他們把嬰兒放進微波爐裡煮了。不管我後來經手過多少案件，我永遠忘不掉那個嬰兒的殘骸。就算妳朋友接觸毒品沒多久，也很可能上癮很深，吸毒的人什麼都做得出來。」

看來她即將得到相同的反應。所有人都這樣驟下結論，她快受不了了。

「為什麼大家都這麼容易認定老套的悲劇情節，就不願去想可能不是那樣？我瞭解史督華，他不會染上毒癮。這個看似理所當然的解釋，背後有很大的問題。我聽說你是很受敬重的警探，我還以為你會有興趣知道真相。」

她看到他拿著紙的手捏緊，那是他唯一的外在反應。「妳是警校生。妳很清楚這個郡有多大，每天發生多少事。我是刑警。目前我手上工作很滿。我很抱歉，但就算我想幫忙也愛莫能助。已經有人負責這件案子。如果妳不介意，我還有工作。一件非常兇殘的殺人案。」

他要她離開，於是她站起來。「當然，聽說你是個大人物。謝謝你的時間。」

大名鼎鼎的傑克．狄雷修也不過爾爾，她想著。

幾分鐘後，她拿好皮包和鑰匙，上路去探望史督華。

史督華在郡立醫院，這裡的急診室一團亂，要看醫生得等半天，但這兒的醫療水準很好。要是哪天受了重傷，她絕對希望被送來這裡。

一名義工帶她去加護病房休息室。

有好幾個人在那裡。一個和她年紀差不多的男人埋頭看報，一對拉丁裔夫妻緊握著雙手輕聲低語，一名很漂亮的黑人婦女抱著一名幼童。一位年輕女子呆望著電視，一個年約三十的男性抱著筆記型電腦工作。史督華的父母坐在一起呆望前方，彷彿一對迷途的兒童。他們雖然五十多歲了，但外型很不錯。露西．佛瑞夏一向是同學公認的美女媽媽，但現在她滿面愁容，看起來比實際年齡老了許多。納森．佛瑞夏因為瘦而顯得很高。和露西一樣，他疲憊蒼老，不過才兩、三年沒見，他們竟然像老了三十歲。

「佛瑞夏先生、佛瑞夏太太？」她輕聲喊他們。露西猛地抬起頭，似乎擔心她是來報壞消息的醫生。她望著雪麗半晌，終於認出她來，從座位跳起來。

「雪麗．孟泰格。」她說完，隱隱微笑了一下，接著眼淚奪眶而出，她伸出雙手。

「噢，雪麗！」

雪麗連忙上前抱住瘦小的露西，她感覺露西哭得全身發抖。但露西很快放開手，擦著眼淚說，「納森，看看誰來了，是雪麗呢！」

「小姑娘，很高興見到妳。」納森彎腰給她一個溫暖親切的擁抱。他沒有像太太那樣痛哭失聲，但他的臉頰也濕濕的。

「史督華……還繼續撐著吧？」

「噢，對，」露西說著看了丈夫一眼。「醫生說他表現很好。他的求生意志很驚人。現在護士在病房裡，所以我們才在這裡。我們絕不會放他一個人，一分鐘也不會。他們說要和他說話，我們就一直說。我甚至把他小時候最喜歡的故事書帶來了。他總說哪天他有了孩子也會唸給孩子聽。」她的眼中又滿是淚水。

「露西，他一定能唸給他的孩子聽的。」雪麗柔聲說。

「雪麗，妳知道史督華在昏迷中吧？」納森擔憂地說道：「只有我和他的媽媽能進去──」

「我們可以說雪麗是親戚。」露西說。

「沒關係，等他好一點我再進去看他。」雪麗說。

「可是妳都特地跑這麼遠來了。」露西說。

「這裡離我家不算遠，而且我是來看你們。我叔叔今天幫我打過電話給醫院，所以我知道不能進去看史督華。」

露西抹抹面頰，緩緩微笑。「妳專程來看我們？妳真貼心，雪麗。」

雪麗笑了。「我在妳家吃飯的次數多得數不清，妳還幫我做點心、萬聖節帶我去要糖。」

「妳能來還是很感人。他躺在那裡動也不動，傷得那麼重，」露西說：「但他們說的話更傷人！怎麼可能，太可怕了……不會是真的。噢，妳該看看大家看我們的眼光。好像我們是一對傻父母，不肯面對事實。但──」

「露西，別這樣。」納森輕聲阻止。

露西意識到自己太大聲而臉紅。

接著她壓低聲音，幾乎耳語般說著：「他們說他吸毒。他的血液裡有海洛因。他躺在那裡……和死了沒兩樣。要是他醒來，還要因為肇事被告。雪麗，我們不是愚昧的父母，如果他吸毒，我們絕對看得出來。老天！我們年輕時毒品比汽水更容易弄到手。史督華不是天使也不完美，但他是我們的孩子，我們真的很瞭解他。但不管我怎麼說，警方和醫院的人都不相信。雪麗，我當然不可能知道史督華的一切，而且他也不肯說他最近在忙什麼，但他常和我聯絡，而且他絕對沒有吸毒。」

「我相信妳。」雪麗說。

露西握住她的雙手，用力之大雪麗差點把手抽回。

「真的？」

「當然，史督華和我是這麼多年的好友。」

「雪麗，」納森突然說，「聽說妳當警察了。」

「我還在念警校，」雪麗說。「還沒宣誓就職。」

「但也許……」

他們一起滿懷希望地看著她。

「請……不要抱太大希望，」她說：「我今天請教官幫我問負責的警官願不願意見我。我不知道能幫什麼忙，也不知道能不能找出什麼，但我可以跟大家保證我和史督華很熟，我知道他絕不會主動接觸毒品。」

一位護士來到門口。「佛瑞夏太太，妳可以進去陪妳兒子了。」

「謝謝。」露西看看雪麗，滿懷歉意地笑笑。「失陪了，親愛的。一定要有人隨時陪著他。請妳一定要再來，妳來看我們意義非常重大。」

「當然，我一定會再來。」

「下次我們會說妳是他表妹，雪麗，」納森對她說：「也許妳的聲音會對他有影響。我和他媽媽……還不打算放棄。」

「還有，」露西說：「那些來這裡找我們談話，來看史督華的警察，他們不兇也不壞，只是他們怎樣都不肯相信史督華沒吸毒。抱歉，親愛的，我要回去陪我兒子了。」

「不用介意。」雪麗吻吻她的臉頰，露西和護士離開。雪麗遲疑了一下，在納森旁邊坐下。「納森，史督華最近在做什麼？很抱歉，但我真的很久沒和他說話了。」

他低頭望著交握的雙手看了幾秒，接著抬頭環顧休息室。

「妳吃過飯了嗎？或許去喝杯咖啡？」他問她。

雪麗明白他不想在休息室談這些，於是他們下樓到醫院的餐廳。

「很高興妳已經吃過了。」他憂傷地說。

「這裡的食物不太好，是嗎？」

「唉，這裡醫療品質很好，」他略微做了個鬼臉。「減個幾磅也不是壞事。」

「我明天從餐廳帶晚餐來給你們，好嗎？」雪麗提議。

「妳明天不用來了，雪麗。露西和我沒有問題。」

「可是我想來。」

「妳的咖啡要加什麼？」

「都不加。但若是警校餐車──呃，我們都叫它『蟑螂車』──賣的咖啡，那就一定要加一堆糖和奶精才喝得下去。」

他笑著買了兩杯咖啡，雪麗沒有搶著付錢。他們就座之後，他伸手抓抓頭髮，接著看著她。「我完全不知道史督華最近在做什麼。」他說。

她皺眉。「史督華一向很孝順，他很愛你們。」

「是啊，唉……他在寫東西，他是自由撰稿人。雖然他不能順利得到大報的青睞，但他也不氣餒，他說遲早會寫出大家搶著要的報導。而且他的日子也還過得去。不富裕，但還過得去。他寫報導賣給一些出版商，其中之一是《深入報導》。」雪麗還來不及開口，他搖著手指說：「對，那是份三流雜誌。就是那種頭條標題是『我被雙頭外星人綁架』的東西。但他們給的稿費很好，而且給記者很大的自由，他們偶爾也會做出真正值得重視的報導。他本來住在家裡，但幾個月前突然說要搬出去住，還說忙著寫作，可能沒時間常來看我們。果真，我們後來就沒再見過他。」

雪麗蹙眉靠在椅背上。「你把這些跟警方說了嗎？」

「當然。」

「他們還是認為他結交了壞朋友？」

「我不知道他們怎麼想，他們答應會去查。所以……」他用拇指磨著杯口，低頭看著咖啡，接著抬頭。「所以要是妳能查出任何線索，我和他媽媽會非常感激。」

「我連菜鳥都還算不上。」她告訴他。

「妳應該有認識警隊裡高階一點的人吧？」他滿懷希望地說。

「有。我發誓，我會盡力。」

「我們走！」納森突然憤怒地說。

「怎麼了？」雪麗四處張望，很快就看到讓納森生氣的人。就是在休息室埋看報的那個。黑髮、淡色眼睛，看起來不像壞人。但越壞的人，外表越看不出來。

「那個人渣——又是個想挖新聞的。他聲稱認識史督華，但他完全說不出個所以然。他們和他談過，但他編了一堆胡說八道的故事。警方找他問話，他卻惹一堆重要人物生氣，使他們更不相信史督華媽媽的話。媒體也很可惡，一直想給我們扣上壞父母的帽子，硬說史督華童年不快樂才會墮落吸毒。我一再趕他們走，負責這個案子的卡尼吉警官人很好，警告媒體不准糾纏我們。但這個人一直想來挖新聞，我說什麼也不會讓史督華的事變成誇大不實的醜聞。」

雪麗和納森一起站起來。走到大廳時，她說她要回家補眠，但明天還會來。

「雪麗，妳真好。到樓上一趟吧，我肯定有辦法讓妳進去看他。」

她和納森一起上樓。他們走到史督華的病房從窗戶望進去，露西在床邊握著他的手。

看到老友雪麗不禁熱淚盈眶。他身上連著好多機器，鼻子和嘴巴都有插管，點滴不斷流進血管裡。他的臉又青又腫，頭上包著繃帶。

但他的手……

他母親握著的那隻手看上去很正常。史督華有雙很漂亮的手，手指很長，指甲剪得很短。一雙強壯有力的手。

露西抬頭看到他們。她起身走到門邊。「雪麗，我幫妳拿件消毒衣，妳可以進去幾分鐘。」她壓低聲音，「我說妳是我的姪女，是很親的親戚……去吧，親愛的，去和史督華說說話。」

雪麗點頭，因為露西似乎認為這很重要。但她並不認為史督華會知道她來了。

她在露西的位子坐下，握住他的手。他的體溫很低彷彿死人，她連忙趕跑這個念頭。雖然一開始有點奇怪，但她還是開口對他說話。「聽我說，你這個未來的大文豪，一定要撐下去喔！你擁有世上最美好的一切，包括全世界最棒的父母。尼克很好，但……我們以前就聊過了，我一直想像我的父母也會和你的一樣。我一定會查出來你到底出了什麼事，史督華，你要幫我。我知道你沒有吸毒，我發誓一定會找出證據。」

她彷彿感覺到手被捏了一下，很輕很輕。她看看維生系統的螢幕。她雖然看不懂，但肯定所有指數都沒動。

他也沒動，只在機器的幫助下胸口起伏呼吸。

但……

她是否真的感覺到……什麼？也許他們說得對，他真的能聽到她說話。

她決定還是不要多說，她不希望露西和納森為沒有根據的希望而受傷更深。

她站起來，吻一下他的額頭，在他耳邊說，雖然她是個差勁的朋友，但她的友情很深。

她看向門口，露西和納森都不在。護士注意到她，溜進病房告訴她佛瑞夏夫婦在走廊上和一位警察談話。

雪麗看到他們時，驚訝得差點凍在半路上。和他們談話的警察不是別人，正是傑克．狄雷修。

8

狄雷修嚴肅地點頭招呼。露西轉身看著她，臉上滿是希望。

「雪麗，真感謝妳。看來妳已經動用關係幫我們找到幫手了。」

雪麗滿臉通紅。她其實沒有關係可動，而且這位警探會關心這件案子她比誰都驚訝。

「我不能保證什麼，」狄雷修對他們說：「我會和負責偵辦的警官談談，看看能不能查出令郎為什麼會出現在那裡。不管查出什麼我一定會通知兩位。但你們也要有心理準備，答案可能很難接受。」

露西笑了，一時間看來無比堅強。「狄雷修警探，到目前為止所有人都可憐我，認為我傻到不明白兒子可能在短短幾個月內染上毒癮、惹禍上身。我不否認的確有這種事，但我先生和我向來跟兒子關係融洽。除非有人能證明，否則我永遠相信他。而且，我全心相信他會醒來，到時我們自然能知道真相。」

「我的心意與兩位同在，」狄雷修說：「我也希望能證明妳是正確的。我佩服妳的信心。」雪麗被他接下來的話嚇一跳。「妳要回家了嗎，孟泰格小姐？」

「我，呃，是啊！」她抱歉地對露西和納森笑笑。「警校七點開始上課，我真的得走了。」她告訴他們。

「太好了。我剛好可以搭便車。」狄雷修說。

她看著他的表情一定滿是驚愕，因為他接著說：「我的搭檔馬丁順路送我來。」

「噢，沒問題，我送你。」

納森吻她的臉頰。「謝謝妳來，親愛的。」

「我還會再來。」

「妳這麼忙，來這裡只是浪費妳的時間。」露西說。

「我想陪陪你們，」雪麗說。她匆匆擁抱露西一下。「狄雷修警探，可以走了嗎？」

「晚安。」他對佛瑞夏夫婦說。

「謝謝你，再次謝謝你，非常感謝。」露西說。

雪麗加快腳步趕上狄雷修的大步伐。

她轉頭看到納森和露西目送他們，納森呵護地摟著妻子的肩。儘管他們遭遇極大的打擊，但雪麗竟然隱約有些羨慕。他們結褵這麼多年，對彼此的愛與奉獻一定能支持他們度過難關。

她揮揮手轉回頭，不小心掃到狄雷修。她連忙站好取出距離。

「這對夫妻人很好。」他說。

「非常好。我在想──」她剛開口又臉紅了，她真氣自己這麼沒用。

「想什麼？」

她聳肩，不回答更奇怪。「不知道。這年頭婚姻已經不受重視了，儘管他們非常痛苦，但至少他們有彼此可以倚靠，一同度過。」

他繼續走著。她正以為他不會回應，她不該對一個認識不深的男人說這麼多。

「我父母從前感情也很深。」

「從前？」

「我母親幾年前過世了，我爸現在像隻迷路的小狗。我看過很多美好的婚姻。但同樣……」他聳肩。「我也看過很多夫妻交惡。佛瑞夏夫婦似乎很正直，而且對兒子和彼此都付出很多。」

「他們的確是，要是你認識史督華……」

「我警告過他們，真相也許是史督華學壞了。」

「我敢說絕對不是那樣。」

「喔？」他停下腳步看著她。「那妳認為是怎樣？」

她毫不退縮，略微抬起下巴，絲毫不肯讓他。

「就從目前已經知道的講起吧！警探。他為何突然出現在一條雙向各有五線的高速公路上，他不會憑空出現。」

「沒錯，可能是從高速公路附近的住家或公寓，或是車輛。」

「沒錯。如果他住在那附近，應該有人看到他穿著內褲在路上走，我相信負責偵辦的警官一定有查過。就算是在邁阿密，一個男人穿著內褲在街上走也很稀奇。我相信他應該是從車上下來的，有人放他下車或推他下車。」

「唉，孟泰格小姐，我正好也這麼想。也許他和車上的人吵架了，也可能是因毒品的作用自行下車。也許他是和藥頭在一起，那樣的話，對方絕對不可能回頭查看。」

「不過，也可能是有人把他推到高速公路上，以為他會被撞死。」

「兇手『以為』他會被撞死？」

她堅持立場。「我相信這種事以前一定也有過。」

他轉身又繼續走。她跟上去。「你一定也覺得不對，否則怎麼會來？」

他又停下腳步。「這件事本身就夠怪了。但我真的很忙，我會和負責的卡尼吉談談，我會盡力。妳得記住，妳連巡警都算不上。千萬別逞能，好吧？妳還太嫩，萬一陷入危險會無法應付。」

「那麼，」她得意地說：「你也認為——」

他再次停下腳步，這次有點不耐煩。「我認為要是他和毒品牽扯太深，妳可能惹禍上身。這裡是醫院，很多人進來就出不去都是因為毒品。如果妳想幫朋友，就常來看他，專心上課，偵察的事交給有經驗的警官。」

雪麗趕到他前面。「是，長官，狄雷修警探。」她把手伸向停車場大門。「但既然有經驗的警官都很忙，而且又不像我這麼相信史督華的清白，我等於是走進死胡同了，對吧？」

「卡尼吉是個好警察，」他務實地說：「聽著，雪麗，妳要面對現實。大家難免會認定妳朋友吸毒，他進醫院時血液裡含有大量海洛因。所以不要因為別人從這個角度看就生氣。妳的說法也可能是真的。果真如此，我們一定會查出來。我們不是魔術師，但不管多困難的案子，我們大多都能查出真相。所以，稍微有點信心好嗎？」

「好吧！」她不甘願地說。

他開門。她帶路去找她的車，她用遙控器打開門鎖上車，因為他在旁邊而不大自在。她察覺只因為他在車上，她開車的每個動作都不敢大意。她在收費站前緊急煞車，同時心裡一抽。該死，這下他八成認為她連車都開不好。

他們重新上路，他一句話也沒說。為了打破尷尬的沈默，她開口問：「你……喜歡新的船位嗎？」

「很不錯，相當便利。我不太會煮飯，家附近就有餐廳實在太好了。」

「你和尼克認識很久了？」

「七、八年了吧。」

「而我竟然不認識你……來店裡的警察我大多認識，我申請警校時他們都很熱心幫忙。尼克沒叫我去找你，有點奇怪。」

「我那時不太常去吧！就算我在，應該也不會鼓勵妳。」

「喔？」

他沒有回答。難得他好不容易流露出一點人味。

「你覺得女人不該當警察？」

「我沒那種意思。」

「那你到底是什麼意思？」她死咬著不放。

他轉向她，就著街燈打量陰影中的她。「也許妳不很適合當警察，」他告訴她。「妳太堅持——」

「我還以為那是優點呢！」她喃喃說。

「堅持要配合耐性。在街頭打擊犯罪要靠團隊合作，妳似乎不願意把球傳給隊友。」

「什麼意思？」

「我的意思是妳不該干涉這件案子。別跑去危險的地方，自以為能找出破案關鍵。妳還沒準備好進行那種偵察，要相信別人會做好他們的工作。」

她直直望著前方的路。「你自己能做到嗎？難怪你連吃晚餐都還在看資料。」

「我在這一行很久了。足足十年，」他告訴她。「妳錯過交流道了。」他閒閒地說。

「我只是想換條路走。」她強辯。但他當然是對的，她真的錯過交流道了。最好還是坦承錯誤掉頭。她掉頭，他沒說什麼，算他識相。

他們好不容易回到尼克餐廳。她把車停在固定的位子，他們下車。「好啦，」她有點僵硬地說：「非常感謝你抽空去醫院。」

他點頭。「我會去找卡尼吉，我會特別說明妳的朋友不是會惹上這種麻煩的孩子。也許對他會有幫助。」

「謝謝。還有，警探……？」

「嗯？」

「史督華不是孩子。他二十五歲了，是負責任的成年人。」

「當然。晚安。」

他揮揮手走向他的船位，雪麗目送他離開。

她覺得身心俱疲，比之前更心神不寧。她從廚房的門進屋，希望家裡沒人，她不想和任何人說話。

家裡真的沒人。她聽到談笑聲和音樂，尼克顯然還在忙。她直接回房他一定能諒解。回到房間，雪麗打開電視，聽著新聞準備上床。主播報完國家大事接著報地方新聞，今晚發生連環車禍，流行歌手在沙灘上因持有毒品被捕，兩名電影界的大人物在夜店鬧事。

星期五在西南區發現的兇案死者還沒線索，警方還在追查她的身分。法醫和總局刑事組放出消息，她的死狀類似五年前發生的連續殺人案。

雪麗放好牙刷走出浴室，坐在床角看完新聞。儘管涉案的教派已經瓦解，目前也無法證實是否有危險，主播仍建議女性提高警覺。

主播繼續報導，當時部分市民認為警方與司法單位追兇不力，因為一名流浪漢自首後自殺便順勢結案。

他繼續介紹彼得．波東，人稱皮耶教宗，目前在中部一所聯邦監獄服刑。當年的死者都與他所主持的教派相關，但波東堅稱與本案無關，後來因為詐欺與逃漏稅被捕。

雪麗關掉電視，不自覺走向房間的個人出入口。她站在門外望著停在碼頭的船。她的視線掃過長長的碼頭，找到關朵琳號。

狄雷修警探的船。

他負責調查這起新案子，也許他是因此才那麼易怒。偶爾他的人情味也會曇花一現，很可能他真的只是有太多事情煩心。

唉，氣象主播說得沒錯。今晚夜色很美，海面吹來清新的微風，氣溫相當宜人，不悶熱也不太涼。她在外頭站了一會，看到船屋有人影出現而連忙躲回房裡。

她站在門口，寄望夜色能隱藏她的身影。不知道他在做什麼。也許他也聽到氣象主播的報導，出來看看夜色如何。他只穿著一條及膝褲，瑩瑩月光灑在他的胸膛。

她想像得到凱倫和珍妮如果在這裡會怎樣。他會被從頭到腳仔細研究，腿、臀部、臉……也許連腳也不放過。當然，從這裡其實看不太清楚，但……

沒錯，這個男人真好看。五官有力、聲音低沈，眼睛很漂亮，而且臀部真的很讚。

「嘿，小麗，工作太多，玩耍不夠喔！」她對自己低聲說。她強迫自己回到房間，關好門鎖上。她到底在想什麼？

不知為何，她不斷想起凱倫那天說的話。

妳不會只想做愛嗎？

雖然不是第一次見到他，但她肯定不瞭解他。

不過她卻被他吸引，儘管他有時真的可惡透頂。更別說她是警校生，而他是正牌警探。這絕對是她這輩子最蠢的念頭。

但這和念頭其實沒多少關係。只和他坐在車裡，她的掌心就汗濕了。並非因為他是警探，而是因為他在身邊。

她只是看到他站在船上。而……

好吧，他的外表相當誘人，而且她的生活很無趣，不是工作就是唸書，加上……他該有的都有，而且組裝得很好，聲音也……

她哀嘆一聲。已經很晚了。鬧鐘不到六點就會響，每堂課都很重要。她突然明白她還有很多事情要證明——對自己、也對別人。

她躺在床上，莫名敏銳地感覺到那個讓她又氣又惱的男人就在幾十碼外。

她不停轉著台，想找一個輕鬆愉快的節目讓她不再胡思亂想。

烹飪節目，不好。沼澤鱷魚，不適合今晚。她突然驚愕地停下，打什麼時候開始電視也播這麼露骨的情色片？雖然沒人在旁邊，她還是羞紅了臉。

這種片子只會火上加油，她連忙轉台。

有一台在重播「我愛露西」。安全多了。雪麗倒在枕頭上，決心要放鬆睡個好覺。她好不容易才做到。

傑克有時會不鎖關朵琳號的門，但他敢發誓今晚一定鎖了，然而他插進鑰匙時，鎖還沒動、門就開了。

他定定站在門口半晌，仔細聆聽，但只有海水拍打船身的節奏，以及遠方酒吧的喧鬧。他凝神立定，拔出槍，貼在艙房外牆上一腳把門踢開。

依然……什麼都沒有。

他緩慢謹慎地走進去。客廳、廚房、餐廳都是空的，他到船尾和下層搜查所有隱密的角落。接著從回到主船艙，進入主臥室，同樣的過程又重複一遍。什麼都沒有。

什麼都沒有……但他感覺，有人進來過。

他困惑地停在書桌前。桌子雖小又堆滿東西，但很整齊。空間只夠他放筆記型電腦和一台小印表機，書桌有抽屜讓他存放處理中案件的檔案。他打開抽屜；所有東西都在原位。電腦關著，和他出門時一樣。

一切都很正常……只是有一點點……不一樣。

他覺得有人入侵卻又說不出哪裡不對，他確認兩道鎖都鎖上了。他回到船艙，換上輕便的及膝褲打著赤膊，他在電腦前坐了一會兒，叫出他著魔般不斷重讀的檔案。接著他躊躇了一下，覺得電腦也被動過。但一切都和平常一樣。

他出門走到甲板，察看碼頭上長排的船隻，似乎沒有異狀。尼克店裡還有燈光。

雖然光腳又打赤膊，他跳上碼頭走向不遠處的酒吧。門還開著，他走進去，尼克在吧台後面擦著光可鑑人的檯面。只剩幾個客人還在喝咖啡。尼克到了一定時間就不再賣酒，因為他不想為酒駕事故負責。傑克走到尼克面前時，放著鄉村老歌的點唱機剛好停下。

「傑克，嗨。需要什麼嗎？」尼克看到他很意外。他皺眉打趣地說：「你的上衣和鞋子呢？你知道，佛州法律規定的。」

「對喔，抱歉，」傑克說：「尼克，我想問一下……我放在你這裡的鑰匙，你今晚有沒有用過？」

尼克搖頭。「沒有，今晚店裡很忙。我完全沒離開。」

「這樣問很奇怪，但……你確定鑰匙在安全的地方嗎？」

「當然啊！」

「應該不會在酒吧裡大家看得到的地方吧？」

尼克掃視餐廳一眼。「嘿，各位！」他對著剩下的客人大喊：「謝謝光顧，但我們打烊了。」

傑克等尼克送客人出門。門關好鎖上後，尼克說：「跟我進來，我去確認一下鑰匙在不在原位。」

尼克帶路，穿過辦公室走進客廳。昏黃的小夜燈投下柔和陰影。

「船上有什麼不對嗎？」尼克問。

「沒什麼。」

「好吧，那等我一下。」尼克不是愛刺探的人，雖然多問幾句也沒關係。

「我只是感覺，好像有人進去，」傑克自動說明。「我敢發誓出門時絕對鎖了門，但我回家時門開著。所有東西都在，可能是我太敏感。也可能是我以為有鎖門但其實沒有。」聽得出來他並不這麼想。「因為看到酒吧還亮著，我想你應該還沒睡，所以過來問問鑰匙還在不在。」

「沒關係。嘿，要是你不放心我保管……」

「沒這回事。我很感謝你幫我保管，在有人上門送貨、修東西時幫忙開門。我只是想確認鑰匙還在。」

「我很肯定還在。客人進不來家裡，你也知道。不過確認一下也好。嘿，你自己去弄點喝的吧，你知道廚房在哪。」

「謝了。」

尼克彎進右手邊的走廊。

雪麗不斷作夢。她夢見史督華和她說話，他穿著白內褲，好像完全沒有什麼不正常，好像那是上班的服裝。

史督華不見了……

狄雷修跑進她的夢裡。他連內褲都沒穿。她目不轉睛盯著他的雙眼，不敢向下亂瞄，假裝他裸體也很正常。他們在他的船屋，她對他說最近的電視節目越來越露骨。

她突然醒來，覺得又渴又冷。夢境消失了，她在床上坐起來，分不清什麼事使她醒來。

已經很晚了，酒吧已經安靜了。電視還在播「我愛露西」。

她站起來伸個懶腰，想著到底是什麼吵醒了她。她走到可以望見碼頭的窗前，碼頭上沒有人，船隻在位子上輕輕搖晃。

雪麗還是有點不安，她赤腳無聲走向通往房子裡面的門。她打開門聽著，沒有聲音。酒吧已經打烊，尼克可能睡了。什麼都沒有……但又……

有個聲響。只響了一下，屋裡有東西在動。

她走進客廳。尼克絕不會讓家裡全黑，小夜燈投下詭異的陰影。牆上的魚標本好像在看她，因為被迫離開水中又被做成標本展示而雙眼含怨。她在這裡住了好多年，從來不覺得那條魚可怕。

又有聲音。

是從廚房傳來的。她敏捷無聲地趕到廚房，躲在流理檯後面再次仔細傾聽。可能是尼克或莎蘭，但他們怎麼會在自己家裡偷偷摸摸的？

她沿著流理檯移動到盡頭，來到可以看清廚房的位置。

她察覺的時候為時已晚，有個人和她一樣悄然無聲。一隻強壯的手突然勒住她的腰，她尖叫出聲。

「妳是誰？在這裡做什麼？」

她想轉身抵抗，但失去平衡摔倒。那個人重重壓在她身上。她當作睡衣穿的大T恤在兩人之間扭成一團。

她還來不及掙扎，廚房突然大放光明。

「搞什麼鬼……？」

說話的人是尼克，她抬頭看到新鄰居兼她夢中的主角：傑克．狄雷修警探。

她很高興他也一樣尷尬。一時間他們僵在原地，幾乎抱在一起。

接著他迅速站起來，伸出一隻手拉她。

他雖然不是裸體但也差不多了，全身只有那條及膝褲。她還能感受到他們剛才在地板上短暫接觸留下的觸覺。她全身發燙，從通紅的臉頰燙到腳趾。他雖然曬得很黑，但看得出來他臉紅得更厲害。

「我以為有人鬼鬼祟祟地在屋裡走動。」他說。

「我也是。」她低聲說，依然看著他的眼睛。

「你們都沒想到出聲問一下嗎？」尼克說。

「如果屋裡真的有人鬼鬼祟祟……」雪麗正想辯解。

「那也是妳。」傑克咧嘴笑著說。

「我住在這裡！」她提醒他。「你又在這裡做什麼？」

「他來找我。」尼克說。

「他在廚房裡——你又不在。」雪麗一語道破。

「他要我到廚房來弄喝的，」傑克告訴她。「我只是想倒杯冰茶。」

「你們這些警察，」尼克無奈地說：「就愛疑神疑鬼。」他搖著頭，彷彿面對著令人困惑的奇異物種。「燒點熱水吧！這種時候就要來杯熱茶。我要無咖啡因的，我今晚還打算睡一覺。」

他走到爐子旁，雪麗和傑克幾乎靠在一起。雪麗後退一小步。她突然希望她穿著睡覺的衣服沒有這麼……丟臉。她的T恤是上次聽演唱會時買的，上面印著搖滾樂團的名號，長度只到大腿中間。

「我去穿件睡袍。」她吶吶地說。

「別忙了，尼克，我該回船上了，」傑克說：「你幫我確認過那件事了嗎？」

「有，」他從牛仔褲口袋拿出一把鑰匙。「就在我放的地方。」

雪麗皺眉望著傑克。顯然他不覺得有必要對她說明。

「你還有備份放在其他地方嗎？」

「沒有，」傑克說完遲疑了一下。「事實上……有。我只是太久沒想到，都忘了。不過，的確還有另外一支。」

他一臉嚴肅，誰都惹不起的模樣。

「嘿，小麗，拿幾個杯子來好嗎？」尼克說。

她繞過流理檯打開櫥櫃，正好莎蘭打著呵欠走進廚房伸了個懶腰。她穿著深藍色的絲質睡衣和睡袍。她沒有化妝、頭髮一團亂，但依舊十分美麗。雪麗知道她的頭髮糾結，身上的T恤……也只是一件T恤。

「你們在開派對嗎？」莎蘭笑著問，但顯然有些困惑。

「只是喝杯茶，」尼克告訴她。他吻吻她的前額。「抱歉吵醒妳了。這些警察，就愛小題大作，妳也知道。」

「警察？出了什麼事嗎？」她問。

「沒事，只是溝通不良，」尼克微笑著說：「這下大家全醒了，真是抱歉。」

「沒關係，反正我明天十一點才要出門。可是雪麗，」她一臉擔憂地說：「妳七點就要上課呢！」

「喔，她沒問題的，她說過她還年輕，不睡覺也行，」尼克輕快地對她說：「嘿，可真不錯，莎蘭，邁阿密總局的菁英在我們家的廚房彼此伏擊。」

水壺發出嗶聲。

「我去拿牛奶和糖，」莎蘭自告奮勇。「如果有人要，我們也有熱可可。傑克，還是你要藥草茶？」

「不，謝了。我正要回去。」

「水已經開了，反正大家都起床了。」莎蘭說。

「那麼，普通的茶就好，謝謝。」

「好，一杯紅茶。雪麗，妳要的牛奶和糖。她兩樣都加很多。」莎蘭笑著對傑克說。

「兩個警察，」尼克嘀咕著，拿起他的杯子。「幸好你們沒有開槍！」

「嘿，說到這裡，」莎蘭說：「傑克，你真好，今晚特別去醫院一趟。剛才來接你的是你的搭檔嗎？他叫馬丁對吧？」

「他偶爾會來找山迪聊天，山迪喜歡聽城裡發生的大小事。」

「山迪是個聰明的老傢伙。」

「你幫得上雪麗的朋友嗎？」莎蘭滿懷期待地問。

「我可以去打聽一下，問問偵察的進度，」傑克告訴她。「但那不是我的案子，甚至不在我的轄區。」

「不過你願意幫忙還是很好心，」莎蘭說完伸個懶腰打呵欠，接著深情地看著尼克。

「今晚真忙，對吧？噢，雪麗，妳的幾個朋友來了。」

雪麗皺眉，接著想到她打過電話給凱倫和珍妮，她們可能來打聽史督華的現況，但她們怎會跑去餐廳？

「妳警校的同學。」莎蘭說。

「不對，是那個已經當上警察的孩子，」尼克糾正她。「連恩．格林？應該沒錯。還有一個長得很好看的黑人大塊頭，亞內。」

「他們有什麼事嗎？」雪麗問。

「他們想吃漢堡。」尼克說。

「尼克，我是說──」

「他們來找妳，」莎蘭笑著說：「我想他們大概只是剛好餓了想來吃飯，順便打個招呼。總之，我告訴他們妳去醫院探望朋友了。」

「謝謝。如果有事，反正明天就能見面了。至少會見到亞內。」

「他們很好，」莎蘭稱讚著。「還陪山迪聊了一下，他也很喜歡他們。」

「很好。」雪麗低聲說。因為傑克在聽他們談話而有些不自在。他們只是在閒聊，應該沒什麼要緊。但她還是覺得不自在。

他放下空杯子。「謝謝你們的茶，抱歉吵了你們，」他說：「晚安，各位。」他從側門出去，接著又轉過頭。雪麗還以為他要為撲倒她的事情道歉。但他沒有。「我會盡力查查妳朋友的案子。」他說。

他離開後尼克起身去鎖門。

「我該回去多少睡一下。」雪麗喃喃說。她該覺得很睏，但卻興奮異常。她在想尼克怎會這麼晚還帶傑克進家裡，他們都沒說明。

她倒在床上，不久又起身到窗前，拉開窗簾往外望。

狄雷修警探又站在船屋的甲板上，雙手插腰看著酒吧。

為什麼？

她看著他，再次注意到月光灑在他身上的樣子。她咬牙在心中提醒自己，無論如何也不能喜歡他。

但她還是深受吸引。也許只是身體上的誘惑，但他們在廚房地上短暫糾纏時他碰到的地方到現在還有感覺。

她一向是朋友中最務實的一個，沒好處的事就不會去碰。例如既然知道抽菸不好，一開始就不該嘗試。既然知道不會有好結果，又何必去招惹那種男人？如果沒有開始……什麼也沒有開始。她回到床上呆望著電視，終於又飄進夢鄉。然而就連睡眠也無法消除她的疲勞。她又開始作夢……

她又在他的船屋裡。他們在討論白色三角褲，但他還是沒有穿任何衣物。她用力盯著他的眼睛，拼命阻止視線往下掉……

她有很要緊的事想告訴他，但她怎樣都記不起來，因為她無法只看他的眼睛。

鬧鐘響了。她被硬生生地從夢境中拉出來，但夢依然揮之不去，他的模樣清晰地印在心裡。

她猛地坐起來，感覺很不舒服，彷彿根本未曾入睡。可惡！

她有預感今天鐵定很難過。

會客室不算小，但壓迫感很重又很悶。裡面有一張棕色的桌子，牆壁漆成深淺不一的綠色。除了桌子和兩張椅子，什麼都沒有。

彼得．波東坐在其中一張椅子上，望著桌子對面的傑克。門外有獄警守著。傑克不認為會有必要求援，波東的體格不怎麼起眼，他大約五呎十吋，體重不超過一百八十磅，體格不錯，但肌肉並不結實。

即使現在，過了這麼多年，他的眼睛依然有種奇異的力量。有點可怕，讓人發毛。他一看到傑克，又聽到獄警保證會守在門外，就露出詭譎的笑容。

「看來他不知道你曾經扁我一頓。」波東說。

「我沒有。」傑克反駁。

波東歪著頭，不以為意地聳肩。「抱歉，你應該是差點掐死我。」

「你看來活得挺好的啊！」

「我的確很好。非常好，謝謝。」

他淺棕色的頭髮只有幾點灰，詭異的眼睛是棕色的，彷彿可以隨意改變深淺，專注看人時幾乎有催眠的力量。他的聲音低沈而厚實，不大聲，但再遠都聽得到。

「我直呼你的名字會不會太親密？我該叫你狄雷修警探，但我總覺得很瞭解你。我知道你渴望看到我得重病，緩慢而痛苦地死去，每天被嘔吐物嗆個半死。你的心中有太多危險與憎恨，但我原諒你。」

「去你的原諒。」傑克咬著牙說。波東想引他發怒，那是他的天賦之一。傑克發誓絕不再上當。

他從外套口袋拿出灰姑娘的現場照片，推到波東面前。「她是怎麼死的，彼得？為什麼殺她？」

波東冷冷地望著照片，接著又抬起雙眼直視傑克。他緩緩畫了個十字。「很明顯，警探，她是被謀殺的，否則你不會大駕光臨。原因我就不知道了，不過我會為她的靈魂祈禱。」

「彼得，她的喉嚨被割開，耳朵也被切除，指尖都被切掉了。她死得很慘，跟五年前的其他受害人一樣。」

「我從沒殺過人。」

「你叫別人去殺。」

「不，警探，你弄錯了。我絕不可能下令取人性命。」

傑克搖頭。「雖然沒有證據，但大家都知道你是幕後黑手。」

「受害的女孩也許曾惹我不高興……也或許我不特別喜歡她們，我很注意不表現出來，也許有人發現我對那些女孩感到失望，所以……她們死了。」

傑克往前傾。「皮耶教宗，他們都這麼叫你，你聚集了一群愚昧迷惘的人，他們對你言聽計從，他們把你宣傳的教義奉為上帝的箴言，把你虛構的永恆喜樂當成真。他們把一切都奉獻給你的教派，更全心全意地擁戴你。」

波東笑了，忽然不再裝神弄鬼，雙眼和聲音中催眠的力量也消失了。「我騙過幾個人，我犯下詐欺和逃稅的罪行，但我正在服刑贖罪。沒錯，我和一些女人上過床。好吧！很多女人，很多美女。嫉妒嗎？傑克，用不著嫉妒，你知道。你滿身散發出男性賀爾蒙的味道，你經過時女人都忍不住想摸你一把。所以嘍，別計較我小小的享樂。傑克。我們都知道法律不禁止成年人進行雙方自願的性行為。」

傑克坐回原位。波東一點也沒變，他說的每句話、撒的每個謊都那麼冷靜平和。他凝視波東的雙眼。「南希到底發生了什麼事？」他逼問，聲音比波東更柔和而無情。

波東望著他搖頭。「傑克，傑克，傑克，你活像跳針的唱盤。她是你的搭檔，可是當年沒有和你一起來騷擾我。不過我知道她的事，她是電腦奇才，對吧？審判時我才知道，建議調查我謀殺之外的其他罪名的人，原來是她。但我不知道她發生了什麼事。我只知道她的車在運河裡，僅此而已。說真的，傑克，控制一下自己。我是聰明人，聽得出弦外之音。我知道你的搭檔有什麼毛病。呵，我可是靠瞭解別人的弱點賺錢呢！你跑到這裡，堅決又熱血的警察先生，擔心這個新的屍體之後還會出現更多……其實你根本不在意這女孩，對吧？都這麼久了，你還是想親手掐死我，已便相信你的情人沒有因為在丈夫和你之間難以抉擇而自殺。」

這次，傑克按捺住脾氣。「南希不是自殺的，波東。她是我的搭檔，不是我的情人，但那並不是重點。她是個堅強的女性，她絕不會自殺，不管是為了我、她丈夫、或任何人。她遭人謀殺。不管你怎樣辯解，我依然相信是你派人殺死她，因為她知道了你的秘密。**她到底查出了什麼，彼得？**不管是什麼，一定是現在這件事的關鍵。你我都很清楚。」

「現在這件事？除了你手裡又有一樁新案子，還有什麼事？」

「一定有，只是我們還沒看出來。我認為你一定知道，查清楚這件事就能阻止更多殺人事件。」

「只是一個女孩死了，你怎會覺得有神秘陰謀？隨時都有人死。」

「但一般死者的指尖不會被切掉，喉嚨和耳朵也不會被割。不只如此，彼得，我認為和你共謀的人還逍遙法外，昨晚有人闖進我的船屋。」

「闖空門嗎？有沒有東西被偷？」

「沒有。」

「你可能真的瘋了，傑克。幻想出這一套陰謀論。搞不好根本沒人去過。」

「不，彼得。真的有人闖進我的船上想找什麼。」

「喔，來想想看吧，你不是警探嗎？不可能是我，獄警可以證明。那會是誰呢？我敢打賭，你的前搭檔一定有船屋的鑰匙。」

傑克目瞪口呆，波東得意地笑了。

「我就知道她有，也許你最好去找她丈夫問問。」

「我問過南希的丈夫了，他說他完全不知道鑰匙的事。」

「要知道，你和他老婆有一腿，就算他這輩子都不放過你，也不稀奇。」

「說真的，我覺得他更不會放過你。而且他不像我，他沒有宣誓要維護法律。他大可以拿把槍將你幹掉，然後宣稱擺脫不了妻子死亡的痛苦而暫時性精神異常，而擺脫殺人之罪。」

「也許你該去查查那個年輕人，傑克。說不定他比我更瘋。」

「你最好說出現在這名死者、還有南希的事，否則我絕不會相信她的失蹤和五年前你搞的鬼無關。」

波東凝視著傑克，眼睛眨都沒眨。他憂傷地搖頭。「她失蹤時你剛好忙著騷擾我的教派。你想把這兩件事扯在一起，卻又找不到理由。我敢說你的上司一定也在想：可憐的傑克，一心想找個理由證明都是別人的錯。你知道車禍多常發生，路況不良、氣候惡劣，有時就連警察也難免超速。人總有失意、不正常的時候，可能性太多了。你知道嗎，傑克？我真的很遺憾。」

「我懂，要是你能幫忙一定會幫。」

波東用手指敲著桌面，表情完全沒有波動。「你有沒有看過魔術表演，傑克？」

「什麼？」

「你知道，魔術全是靠煙霧和鏡子，加上靈活的雙手。觀眾看不出真相，因為他們的眼睛看著別的東西。你看到的是魔術師和旁邊的辣妹助手。」

「波東，你到底想說什麼？」

「你知道，我在這裡花了不少時間看書。我幫其他受刑人做諮商。」一瞬間他的視線動搖了一下，嘴角浮起憂傷的微笑。「我找到了上帝，以及生命單純的美好。」

「你『找到』了上帝？你不就是上帝嗎？還有一批死忠信徒，你現在才說找到上帝？」

波東擺擺手。「我當年是為了錢傳教。我很有群眾魅力，我是個魔術師、表演者。但現在……我只想活下去，傑克。我很快就能出獄，我是模範受刑人，我想你早就知道了。」

「你知道我會盡全力再把你關進來。」

「幸好你是警探而不是法官或陪審團。真好笑，我欣賞你，傑克。你很能幹，你知道。也許太能幹了一點。你自己要當心，傑克。」

「你在威脅我，波東？」

「我？不，怎麼會。我們都知道我從沒殺過人。事實如此，就算你不能接受也一樣。

我只是說，你是個好警探，但沒有人永遠都贏，傑克。也許你該接受這件事。」

傑克搖頭。「我沒有永遠都贏，但這一次我絕不想輸。」

「傑克，你來找我只是白費力氣。我已經被關了這麼久了。」他聳肩。「天知道那個自殺的傢伙，哈利．坦能，到底是不是殺死五年前那幾個女孩的兇手。我見過他幾次，當時就覺得手裡多了個可悲的廢物。他太渴望找到人生的意義，以致懷恨那些和他生活方式不同的女孩。說不定他性無能，痛恨能正常過日子的人。也許他是個殺人狂。」

「我不認為以他的聰明才智，能有兇手的組織能力，」傑克說。「兇手很聰明，清除了指紋，拖延查證死者身分的時間。把屍體藏在肥沃的土地上，讓大自然幫他毀屍滅跡。這些都要夠狡詐、有知識的人才做得出來，那不就是你嗎？」

「如果你想要我認罪，想要我招供，說出我雖然人在監獄裡，但我養了一個暗殺集團，我從遠方控制這些人的心智，那你就錯了。我說過，我花了很多時間反省過錯，我找到了上帝。」

「當然嘍！波東，你若真找到了上帝，你會把所知道的一切說出來，確保不再有人遭到殺害。」

波東凝視著他。「煙霧和鏡子，傑克。這個世界上到處都是煙霧和鏡子。我不想再說，也不會再說。以後除非有律師在場，我不要再和你說話。」

「你也會怕，是吧？」

波東又披上冷淡的外表。「我在服刑，傑克，如此而已。能說的我都告訴你了，傑克。你是警探，自己去查。」

傑克相當失望。波東主動結束談話。他不知道他到底希望波東說出什麼。他一心以為見到波東就看得出來，但他卻比之前更無法斷定。

他從口袋拿出一張名片。「如果你決定想告訴我……」

「好啦，老套了。」波東說。他看著傑克手裡的名片一會，才伸手接過。他直視傑克，傑克等著。

「當然。也許我會打電話給你，警探。我說過，我其實很欣賞你。回家的時候小心開車，你來這趟花了多少時間？四、五個鐘頭？或者總局的警探可以在郡內隨意超速？」

「的確花了些時間。」傑克冷冷地說。

過了半晌，波東聳聳肩。「我有你的名片，」他說：「要是想到什麼有用的事，我會聯絡你。」

傑克知道這次談話結束了，他站起來敲敲玻璃要獄警開門。

他離開監獄後在心中整理談話的經過。**煙霧和鏡子。魔術師。轉移觀眾的注意力……**

波東到底在說什麼？他腦中想起另一句話。**……我只想活下去，傑克。**

他走出鐵絲網，快接近車子時又停下腳步。**我只想活下去，傑克。**

波東是不是害怕什麼人？

他口袋裡的手機響了。他拿出來，「狄雷修。」

「警探，我是卡尼吉。抱歉這麼晚才回電。你想問佛瑞夏案的事？」

佛瑞夏案。他幹嘛多管閒事？

當然是因為雪麗．孟泰格。因為……

她似乎很肯定她沒看錯朋友，就像他知道他沒看錯南希。因為她讓他想起南希。也因為……

媽的，承認吧。因為你在夜裡夢見她。

「卡尼吉，謝謝你回電。我現在在中部，但我正要回去。方面見個面嗎？」

整個上午雪麗都在課堂畫素描。史督華在病床上，他的父母彼此依偎，傑克．狄雷修站在船屋甲板。她也畫了坐在旁邊的亞內。她想起剛才就座時他說的話。

「嘿，我們昨晚去妳叔叔那裡吃飯。」他告訴她。

「我聽說了，你和連恩對吧？」

「對啊，我昨天和他約在靶場見面，順路過去吃點東西，想給妳打打氣。妳似乎為了朋友的事很難過。但妳不在也沒關係，反正我們也要吃飯，尼克的料理超好吃。」

「謝謝。」她忽然餓了，但布瑞南隊長已經開始上課，所以她只好忍到中午，在那之前先畫畫分散心思。

下課了，她放下鉛筆抬起頭。慘了，布瑞南盯著她。

他看到她在畫圖了。他一定以為她都沒聽課。她心裡發寒，上星期才有兩個同學因為考試沒過被退訓。

她的成績沒有問題，她安慰自己。

午餐時她和朋友聊起史督華的狀況，以及有人建議她去請狄雷修幫忙。「我找他談過，基本上他表示無能為力。但後來他又出現在醫院，答應要去找負責的警官。」

「他有給妳任何希望嗎？」關妮問。

「不算有，但……這件事情沒有表面那麼簡單。我只祈求……我只祈求史督華能快點醒來，幫忙澄清疑點。」

「布瑞南也許想告訴妳更多消息，」關妮說。「不然他不會整個早上都盯著妳。」

「真的？」完了，他已發現她在畫圖。她心裡七上八下地回到教室。

雪上加霜，午休過後穆瑞處長也來了。他沒有和同學說話，只是靜靜觀察。

雪麗覺得他好像也盯著她。

她找了個機會湊到亞內旁邊小聲問：「我瘋了嗎？我怎麼覺得穆瑞也像老鷹似的盯著我？」

亞內挑挑一邊眉毛。「也許他看上妳了。」

「別鬧了。」

「妳很可愛啊！孟泰格。」

「亞內，下課你就等著瞧。」

他咧嘴笑著。關妮從他背後靠過來。「小麗，妳是不是有罰單逾期未繳？布瑞南上午原本就一直盯著妳，現在他們兩個都在看妳。」

她只好努力專心聽講，整個下午都沒有碰過鉛筆。

下午的課程終於結束。她有點想留下來問他們有沒有那場意外的消息，但逃之夭夭的感覺更強烈。

不過由不得她選，她才剛站起來，穆瑞就叫住她。

「我想和妳說幾句話，請過來一下。」

「是，長官？」

「孟泰格？」

卡尼吉很好相處，十分樂意和傑克約在一家咖啡廳見面討論他的偵察進度。

他們約四點，傑克直奔會面地點還差點遲到。

卡尼吉五十多歲，可能快退休了。儘管他們在同一個警署服務多年卻從沒見過。不過這次會面很順利。他們之間有種惺惺相惜的感覺，因為他們都滿心疲憊，卻也都撐了過來。

「不過你也知道，」他對傑克開誠布公地說：「那對夫妻一直纏著我，吵著要我查出

『內幕』，因為他們的寶貝兒子不可能吸毒。」

「我見過他們。」傑克說。

「父母都不肯承認孩子學壞。我調查過一件死亡事故，一個小鬼胡亂飆車肇事，不但有證物、還有證人，但他父母說什麼也不相信。」

「我瞭解，」傑克說：「但我認識那孩子的一個老朋友，她也說他不是那種人。」

卡尼吉有雙明亮的藍眼，雪白的頭髮，因為長年風吹日曬，臉上皺紋很多。他塊頭很大但不肥，有牆一般的厚實感。

「我對天發誓，真有內幕我也想查出來。只是我也無處著手。那孩子穿著內褲在高速公路上閒逛。天知道他在車流裡看到了什麼，他血液裡毒品濃度高得嚇死人，他還活著已經算好運。撞到他的人發誓說沒看到他衝出來。其他兩輛車因為煞車不及而撞成一團，他們也都沒看到。我們徹底調查過第一輛車的駕駛人。他在北部開家具行，有三個孩子，每星期都上教堂。海軍退役，去過中東，紀錄良好，連張罰單也沒有。他只看到那孩子從分隔島跑進他前方的車道，雖然已經來不及，但他仍試著煞車。他不知道他從另一頭過來、從天上掉下來、還是從車上摔出來的。我們分局有警力去附近挨家挨戶地問。我們還做了廣告，請知道任何線索的民眾通報。我們問過他的父母，但他們說不知道他最近在做什麼。他幾個月前忽然行蹤成謎，好像躲起來寫東西。他似乎刻意隱姓埋名。到目前為止，他賣了幾篇報導給一家叫《深入報導》的三流雜誌。我去過那家雜誌社，總編很欣賞佛瑞夏，聽到他出事也很難過。他說那孩子最近很興奮，好像挖到了大新聞，但在查證前不肯透露。我猜想他可能在調查時遇上了麻煩。相信我，我們沒有不重視這件案子，只是現在走到死胡同了，我們不知道該往那個方向查。」

「我瞭解。不過至少可以肯定，那孩子不會憑空出現。」

「沒錯。他一定是從什麼地方出來的，只是不知道哪裡。我們查過當地旅館和汽車旅館的紀錄，也沒有收穫。要是他原本在附近民家，目前也沒人出面承認。如果他是從車上下來，也沒人看見。我們祈禱能盡快找到線索。我們還沒放棄。」

「那孩子還是可能清醒過來。」傑克說。

「是啊，只是希望不大，」卡尼吉說。接著他換了個話題。「你最近如何？我看過最近那起謀殺案的報導。聽說你從沒有正式終結當年的舊案子，也不接受那個瘋子的自白當作破案證明。已經多久了……四、五年了？」

「快五年了。」

卡尼吉急切地看著他。

「你覺得前後兩個案子有關連？」

「我覺得很有可能。當然，也不能排除有人想做掉那個女孩，剛好又知道當年的教派命案，所以決定有樣學樣。我們目前還沒掌握到什麼。甚至連死者的身分都不知道。」

卡尼吉點點頭，凝視著他，一時間似乎不想多問，但又接著說：「那你搭檔的死呢？有沒有新的進展？」

傑克搖頭，覺得有些無力。這位老警察顯然也聽到流言。唉，還有誰沒聽過？當年可是公開調查呢！

「沒有。」他簡潔地說。

「很遺憾，真的很遺憾……雖然每次聽說警察死亡都很難過，但……她似乎是個好女人。然而不管你多努力，有些案子就是破不了。」

「的確如此，」傑克淡然同意。「但不會是這一件，我到死都不會放下它。」他站起來和卡尼吉握手道謝。「要是有什麼突破，能不能盡快通知我？」

「沒問題。要是你覺得能幫我查到什麼，也請別客氣。我不是年輕小伙子，我不在乎別人插手，有人幫忙我才感激不盡呢。」

死定了。雪麗想，雖然不清楚原因，但她要被踢出去了。她一定犯了什麼錯。布瑞南隊長和穆瑞處長看她的眼神都很奇怪。

「請坐，別緊張，孟泰格小姐。」穆瑞說。

她坐下，但還是一樣緊張。

「我看過妳的資料。」穆瑞對她說，顯然由他負責開鍘，他到底是人事處長。

「是？」她等著受死。

「妳花了很多年主修美術。」

「是。」

「怎麼沒有把學位唸完？」

她蹙眉。「因為我決定進入警校。」

「為什麼？」

她的眉頭糾得更緊了。「因為我對執法工作有興趣，我父親生前是警察。」

「但妳依然保持對美術的愛好。」

這不是問句，她感到一陣冰冷不安。他們真的抓到她在課堂上畫素描，雖然只有一次。

她聳肩，努力裝出沒事的語氣，又不失有禮而尊敬。「我熱愛美術。當然我還保持對美術的愛好，但我不認為會對警務工作造成妨礙。大部分警察私下都有嗜好，其他行業的人也一樣。我有一些當警察的朋友，他們有的喜歡航海，有的很會唱卡拉OK。雖然有職業級的歌喉，但執法工作才是他們的最愛。」

她滿頭霧水地看著他們微笑的臉，全身僵硬。「如果我犯了錯要被退訓，請直說。」

「妳沒有被退訓，」布瑞南安撫她。「事實上，妳的表現很出色。」

「妳將要離開警校，」穆瑞說：「但妳可以隨時回來完成課程。」

「很抱歉，但我完全聽不懂。」

「我有份好工作給妳。我們急需鑑識藝術家，妳將以民間雇員的身分工作，直屬上司是艾倫課長，他也是該單位的民間雇員。」

「這份工作很搶手喔！」布瑞南輕輕加上一句。

「但我……我對鑑識工作只有基本概念，」她說。「那……那份工作的內容是什麼？」

「大部分是根據目擊證人的證詞做素描、攝影，最後是用顱骨做顏面重建。」

「我接觸過一點攝影，但──」

「學攝影很容易，但找個對臉孔極富天分的人才很難。」

她不解地望著他，弄不懂他到底是什麼意思。

穆瑞笑了。「請原諒，那天妳扔進垃圾桶的幾張素描被我撿出來了。」他拿出一張壓平的紙，上面是她畫的傑克．狄雷修的素描。她覺得臉頰發燙。「簡直維妙維肖，這張素描比傑克大部分的照片更傳神。」

「他是很好的素材。」她聽見自己說。

「沒錯。我相信妳有十足的決心想成為警察，雪麗。我說過，妳隨時可以回來補完剩下的課程。妳沒辦法和同屆同學一起結業，但我可以保證，妳的努力不會白費。這份工作非常有意義也非常艱辛，但不會比在街頭執法更困難。而且薪水很好。」他說出來的價碼是她當警察望塵莫及的，就算再過幾年也達不到。

他們一起望著她。

「我……我有點反應不過來。」她說。

「我們不期望妳立刻決定，但我們需要妳。如果妳願意，明天早上來見艾倫課長後再決定。」

她緩緩點頭。「我想這樣比較好。」她說。

「很好。」他告訴她明天早上八點整過去。「艾倫和他的屬下會更詳盡地說明工作內容。我給他看過妳的畫，他十分欣賞，並極度希望妳能過去幫忙。要知道，這份工作很重要。我認為妳能勝任才會來找妳。」

「謝謝。」

「妳有極高的天份，」布瑞南說：「我也很不捨得妳離開警校，我很高興有妳這麼好的學生。」

她也對布瑞南道謝。雖然他們還在觀察她對這個提議的反應，但她知道她可以離開了。

「八點。」她說。

布瑞南咧嘴一笑。「不管妳決定如何，明天早上都能多睡一個鐘頭。」

「沒錯，馬上就有好處了。」她再次謝過他們後道別。兩位長官目送她離開。

亞內和關妮在停車場等她。「老天，怎麼回事？他們該不會要踢妳出去吧？不可能吧！」關妮激動地說。

她搖頭。「他們確實希望我離開警校。」

「什麼？」亞尼義憤填膺地說。

她解釋完之後，他們兩個都傻了。

「哇，」關妮過了一會兒說，接著大笑起來，「見鬼了，要是他們逮到我在課堂上畫畫，我一定會被踢出去。」

「對啊，我也是，」亞內附和。「真酷！真是天降驚喜。」

「可是我不能當警察了。」

「他們不是說妳隨時可以回來把課修完嗎？別傻了，雪麗，這是妳夢想中的工作：藝術加上執法。快去吧，我們這些基層警員只有羨慕和仰望的份。」關妮揶揄地說。

「我想……」

「別想了！關妮說得對，快快把握。」

「我今晚還可以考慮一夜。」

「還有什麼要考慮的？」關妮說，她抱了雪麗一下。「恭喜妳，我不知道還能說什麼。」

「我得走了，今天我媽過生日，」亞內說：「就算忙著認識高級長官也別忘了我們喔！」

「別傻了，她才不會忘記我們呢，」關妮說：「等她腦子清醒過來，正式工作後，我們一起慶祝一下。」

「當然，如果我決定接受，」雪麗說。但她現在漸漸明白這是個多麼好的機會，不把握就太傻了。「我也得走了。我要先回家換衣服，然後去醫院。」

雪麗回到餐廳，很高興店裡很平靜。裡外的座位都有幾個客人，但今天人手很足。尼克、莎蘭和山迪坐在一起。雪麗先去找他們，等不及想把今天的事告訴叔叔。

他們三個人反應一致。

「哇！」尼克說。

「太棒了！」莎蘭對她說。

「好消息！」山迪開懷地笑著。

「我該接受嗎？」她看著尼克忐忑地問。

「親愛的，依我看妳毫無損失，」他告訴她：「人事處長不是說妳能隨時回去把課修完。」

「但我想和同學一起結業。」

「到時候這個機會可能就沒有了，」尼克反對。「雪麗，妳有機會用妳的天賦真正去幫助別人呢。好好想想吧！」

「你說得對，一點都沒錯。」她說，對山迪笑了一下，接著跳起來。「尼克，今天的特餐是什麼？我想帶兩份去醫院給史督華的父母。」

「妳去換衣服，我們會幫妳包三份，」莎蘭說：「妳自己也要吃晚餐，尤其妳的中餐又是在『蟑螂車』買的。」

「我不能和他們一起吃飯，」她說：「我想陪著史督華，讓他們一起吃。」

「那妳要先吃完才能出門。」莎蘭十分堅持。

「好啦！好啦！」她笑著回答。她吻一下叔叔的臉，接著是莎蘭，山迪算見者有份。

「哈，我認識那麼多警察，」山迪說：「現在又多了一個鑑識科的藝術家。」

她燦爛一笑後離開，沒走幾步又回過頭。「你今天晚上有看到狄雷修警探嗎？」

「沒有。」尼克說：「不過他早上跟我說要去出差。」

「喔。」她盡力不流露出失望。

「怎麼了？」莎蘭問：「我可以去船屋看看他回來沒。」

「他答應幫我查一點事情，」雪麗解釋。「但不用麻煩了。我不想讓他覺得我在催他，我從醫院回來再去看他在不在。」

「要是他來店裡，我會轉告他妳在找他。」莎蘭說。

「太好了，謝謝。」

今天她到醫院時，只有露西一個人在休息室。她看到雪麗似乎很驚喜，給了她一個歡迎的擁抱。「親愛的，妳真的不用特地跑一趟。納森和我……只是在這兒坐著。」

「現在你們不用『只是坐著』了，」雪麗說：「我進去陪史督華，讓妳和納森享用尼克餐廳今晚的特餐。」

「雪麗，妳真貼心。」她似乎快熱淚盈眶了。「謝謝。」

「不用客氣，你們吃飯時我剛好可以和史督華說說話。」

雪麗覺得歉咎。她想過，要是她和史督華保持聯絡，現在也許不會這樣。至少她會知道他最近在做什麼。

她和露西去史督華的病房，雪麗和納森換班。她坐在史督華身邊握著他的手和他說話。她告訴他新工作的事，她既興奮又擔心自己能力不足。史督華沒有說話，她也沒有感覺到他的回應。沒關係。她繼續說著，能隨心所欲地說話真好。不過更棒的是，他就算醒著，她也能同樣開懷暢談。

她不知道過了多久，門開了，露西進來換班。她出去之後，納森感謝她來醫院看他們、還有晚餐，以及請狄雷修幫忙的事。

「他有沒有打電話給你？」她問納森。

「還沒。嘿，我並不期待奇蹟出現。」

她點點頭。「凡事都需要時間。」

「回家吧，小姑娘，我知道妳累了一天。」

她正要開口說今天不累而是很特別，但她急著回家找狄雷修，決定明天再把事業上的大轉折告訴佛瑞夏夫婦。

她和他們道過晚安。她經過休息室時發現裡面的人和昨天一模一樣，包括納森指給她看過的那名狗仔記者。

她匆匆離開。

她離開醫院時還不算晚，但今晚夜色特別黑。她其實沒有注意到，因為她滿腦子都在想她該打電話給凱倫和珍妮報告史督華的狀況。

不過她要先去找狄雷修，希望今晚能見到他。

她覺得很奇怪，停車場裡竟然沒有人。她走在水泥地上，越走越覺得腳步聲不對。她停了一下，詭異的不安感覺讓她心底發毛。

她腳步一停，那個聲音也停了。她回頭張望。停車場很亮，但柱子和車製造出幢幢黑影。她的車停得很遠。她停車時沒有多想，因為那時進出的人很多。

她緩緩轉身察看各處陰影。什麼也沒有。

她重新啟步，一開始她沒聽見怪聲。接著那個詭異的回音又開始了，很接近……

她停下腳步快速轉身。沒有人。雞皮疙瘩爬滿她的手臂。直覺大聲警告要她小心。

她拿出鑰匙，手放在遙控器上，隨時準備按下緊急按鈕。她再次查看周圍的車輛和陰影。

一聲嗶響嚇得她差點跳起來。她轉過身看到一對夫婦走出電梯。他們說著話走向車子，她心中的不安稍微解除。雪麗繼續向前，笑自己傻。

那對夫婦的車就在電梯旁邊，很快就發動引擎離開。她離她的車還有一段距離。她加快腳步，把遙控器捏得死緊。

那不是錯覺，她又聽到腳步聲迴響。

她轉過身大聲扯了個謊。「我是警察，我有槍！」

什麼也沒有……

停車場裡空無一人，也許是她神經質才會以為有人在跟蹤她。

她轉身繼續往車子前進。

這次絕對不是錯覺。腳步聲雖然還有一段距離，但她聽出對方在跑。她看到一個人影跑過來，穿著手術服、戴著口罩。

她轉身飛奔，按下緊急按鈕。沒有反應！附近車子太多訊號被擋住了。她繼續狂奔，感覺追她的人越來越接近，停車場裡沒有別人，腳步聲被回音放大，彷彿在水泥墓穴裡奔跑。

那個人追著她，腳步聲越來越響。越來越近。

雪麗終於到了車子附近，她再次按下遙控器上的緊急按鈕。這次車燈大閃，警鈴喧囂。

她聽不見腳步聲，不知道追她的人有多近。她奔向車子，手忙腳亂地開門、上車，接著用力把門甩上發動引擎。車子立刻從車位後退，接著急轉彎，她擔心對方可能會用槍或鐵撬攻擊擋風玻璃，於是用力踩油門。

她飛快看了停車場一圈，什麼都沒看到。穿著手術服、戴口罩的人不見了。不見了……

或躲在陰影裡。

她打著哆嗦飛車開向出口，她在閘門口停下，把剛才的狀況告訴管理員。

「妳確定有人在追妳，女士？」

「當然！」她不平地說。

「要報警嗎？」

「要，我要報警。那個人說不定還躲在哪裡，準備襲擊別人呢！」

她憤怒地把車停在旁邊下車等。

來。

來了兩位穿制服的警員，負責寫報告那位是米卡警員。她正在描述外型，他卻停下筆

「那個人穿著醫院的手術服？」他說。

「是，還帶著手術用的口罩。」

他不再寫了。

「怎麼了？」她問。

他聳肩。「晚上的停車場有點恐怖。孟泰格小姐。腳步聲有回音，燈光又不夠。妳確定那個人在追妳？」

「確定。」

他還是沒寫。

他嘆了口氣。「可能只是累壞了的外科醫生想快點回家，也或者是護士，很容易會弄錯。」

「我說過，警察先生，我是警校生。我不會被想像出來躲在影子裡的妖怪嚇到。有人在追我。說不定有人會因為覺得醫院停車場理所當然會有穿手術服的人，而遭綁架或強暴。」

她快控制不住脾氣了，這樣更沒幫助。

「好吧，」米卡警員說：「我們會去找一個穿手術服的人。雖然會影響醫護人員換

班，但我們保證會查。」

他寫了幾頁報告交給她簽名。他照她所說的寫，但她知道他依然認為她只是想像力過盛，把剛好跟在她後面的醫生當成壞人。

「謝謝。」她的語氣和他的保證一樣毫無誠意。她覺得萬分沮喪，但也無計可施。

米卡警員意興闌珊地重複保證會追查。他給她一張名片，告訴她可以打電話關切，如果他們抓到追她的人也會主動通知。

「如果這個人真的有惡意，很可能現在已經跑了，」米卡的搭檔和善地說。「他穿著手術服，所以只要躲進醫院就行。但如果我們有查出任何結果一定會通知妳，也會要求醫院的保全人員特別留意。」

雪麗看了看他的警徽。克列頓警員，他比米卡好多了。

「非常感謝，」她對他說。「可以也給我一張名片嗎？」

雖然一點都不覺得放心，雪麗還是上路回家。現在危機過去了，她覺得氣憤更勝害怕。她逃過一劫，但不是每個人都這麼幸運。米卡的態度也讓她很火大。她試著要自己體諒，她的故事可能有點難以採信。她也明白，就算他們相信她的話，在醫院找一個穿著手術服的人不啻大海撈針。

她回到尼克餐廳，她的停車位被佔走了。她低罵了一聲，停在比較遠的位置，因為離開了安全照明的範圍而有些不安。

她很快就要離開警校，繳回配槍，但現在她手裡有槍而且知道怎麼用，她怎麼沒想到要隨身帶著槍？

因為她一輩子都住在這裡，從沒遇過需要用槍的場合，她提醒自己。

但，還是……

她下車後，下意識地四處察看，特別留意暗處。

她加快腳步走回餐廳。她本來想從私人入口進去，但轉念又決定還是從碼頭旁邊的後門進去。

面對碼頭的門廊上還有幾個客人。她放慢腳步，還在生氣，接著停下來望著長長的碼頭。

她找到狄雷修的船，船上的燈亮著。

她輕快地走過碼頭。接近他的船時，開始猶豫。她不想做個纏人的討厭鬼，追著他問有沒有盡力。

管不了這麼多了。史督華在醫院昏迷不醒，他的父母分秒益加憔悴。

她重新開步，沒想到他就在甲板上，她嚇得差點跳起來。他坐在藤椅上，赤腳架放在面前的欄杆。他拿著一瓶啤酒，似乎望著黑暗的水天交界處發呆。她不知道他有沒有看到她過來；總之他沒有動。她想也許他喝太多啤酒睡著了，他完全沒有動靜。她想著該不該回頭，腳步卻又緩緩向前，他出聲叫她。

「晚安啊，孟泰格小姐。請上船。」

「怎麼好意思呢，警探先生，看得出來你很忙，不眠不休地追查案子。」

「其實我正在追查案子。」

「我一直覺得，要是有一天當上刑警，喝啤酒發呆應該是不錯的查案方法。」

「上來吧！」他對她說。

她從碼頭踏上甲板。

「自己去拿喝的，啤酒、可樂，隨便。」他對她說。

「既然盛情難卻，我就不客氣了。」

「進船艙的時候小心頭，艙門很低。」他告訴她。

她其實不想喝東西，但深入他家內部的機會太誘人。她走進主艙房。廚房、餐廳和客廳連在一起形成一個意外寬敞的空間。艙房很整齊乾淨，不亂但也不空洞。她走進廚房，彎腰打開小冰箱。裡面有汽水、果汁、啤酒和水。

「輕鬆一下，孟泰格，拿瓶啤酒吧！」他大聲嚷。

她拿了瓶美樂淡啤酒，走回甲板找他。

他完全沒有動過，幾乎是躺在椅子和欄杆之間。

「今天夜色不錯，對吧？」

「天氣很好。」

「但妳一點都不想談天氣，對吧？」

「你和負責史督華案子的警官談過了嗎？」

「談過了。」

她靠在欄杆上望著他，接著舉手投降。「然後呢？」

「卡尼吉是個好人。有點老派，做事很老練。」

她無奈地嘆口氣。「他說了什麼？」

「他說他盡力了。他喜歡佛瑞夏夫婦，希望他們的想法沒錯。但他沒有證人，連出面證實看到妳朋友走上高速公路的人都沒有。撞上他的駕駛直到最後一刻、他已經在車子前面，才看到他。」

她一定一臉頹喪，因為他突然不耐煩地說。

「妳到底期待什麼？瞬間撥雲見日？這種事不可能發生。相信我，有的案子就算投入好幾年的時間也破不了。但至少這件案子還有找到答案的可能，妳的朋友說不定不會死。」

「不是說不定，他一定不會死。」她沮喪地察覺她的語氣有些可悲，她本來想說得更強而有力。

沒想到他不屑地冷笑一聲。「憑什麼？就因為妳和這傢伙睡過，所以他一定不會死，且真相一定會揭露。他不但能完全洗刷清白還會平安無事？能這樣就好了。」

她冷冷地瞪著他，極力否認只會讓他更得意。「你醉了？」

「沒有，孟泰格，我只是告訴妳實情。有時候，人就是無能為力。」

「你真是個討厭鬼，你知道嗎？」她怒氣沖沖地說完，轉身準備下船。

「孟泰格。」他叫住她。

她停下腳步，自己都弄不清楚為什麼，她又不欠他。

「既然妳這麼會說話，怎麼不懂得說：『警探，謝謝你花時間去查』？」

「哇，謝啦，警探。你真了不起。」

「聽著，我瞭解卡尼吉有多喪氣。他需要敲門磚，不然這案子會困在死巷裡。誰都不清楚史督華過去幾個月在做什麼，包括他的父母。他們告訴卡尼吉他在幫一份叫做《深入報導》的三流雜誌做採訪。他不願意讓任何人知道他在寫什麼，連雜誌總編也完全不曉得。」

雪麗瞪著他。「可是一定有……答案吧。」

「答案？妳知道他在做什麼嗎？」

「不知道。但很顯然，他在調查一件事情，被人發現了，他們想殺他滅口。我們得查出他在調查什麼。」

狄雷修陡然站了起來，動作很流暢，完全沒有酒醉的樣子。

「我們得查出來？妳根本還沒當上警察。而我是刑警，這些資料卡尼吉已經掌握到了，我說過，他是個好警察。就算妳**真的**發現什麼，也要立刻去找卡尼吉。」他煩躁地吁了口氣。「或我。總之，一定要告訴某個人，千萬不要自己去查，明白嗎？也不要騙自己。他很可能是認識了什麼敗家子學會了吸毒，不管妳喜不喜歡、相不相信，這不是完全沒有可能。」

她驚愕地發現，她幾乎被他壓在欄杆上。他的語氣沒有威嚇，只是很堅決。他沒有大吼也沒有大聲說話。他的聲音很低，但蘊藏著驚人的情緒。

雖然兩人之間幾乎沒有空間，她還是昂起下巴。

「我現在就能告訴你，史督華一定查到了重大秘密。今晚我去看他，回家時有人在停車場跟蹤我。」

「什麼？」他困惑地後退了些。

「我不知道有沒有關連。我的車停在醫院停車場，我去取車時，有人跟在我後面。我跑到車子旁邊時那個人不見了。我本來以為只是遇上色狼，但也許他是衝著我來，說不定因為我認識史督華，也單獨進入病房才差點被攻擊。」

「有人跟蹤妳……誰？看起來像什麼樣子？」

她搖搖頭，後悔不該說出來。「他穿著醫院手術服，還戴著手術口罩……我連性別都弄不清楚，不過我覺得是男的。」

「一個穿著手術服的人跟蹤妳，在醫院？」

她不耐地嘆氣。「對。」

他沈默下來。她越來越清楚地意識到兩人站得多近。他身上有剛洗過澡的香味，還有海風的味道，加上一絲啤酒味。他的皮膚是古銅色的，胸膛有黑色捲毛，肌肉線條分明。她看著他的臉，那張極度適合素描的臉，表情深不可測。她不知道如果有鉛筆她會畫出什麼。她發現自己摒著氣，趕緊強迫自己呼吸。他高大的身材和釋放出來的能量，令她難以招架。

接著他搖搖頭。

「聽著，就算妳朋友受傷了、妳神經很緊張，也不該幻想出這種情節。」

「才不是我幻想出來的。都是真的，我還報案了。」

「那妳以後最好不要一個人去醫院。」

「我以後要當警察呢！」其實也許不會，至少不會太快。鑑識藝術家的工作實在不容錯過，但她不打算告訴狄雷修。

「但妳今晚被嚇到了。」

「我沒想到醫院會有危險，沒帶武器。」

「也許妳被嚇得還不夠。」他氣呼呼地說。

「為什麼每次跟你說話，最後都變成吵架？」

「這不是吵架，我只是教妳不要做傻瓜。」

「你對我到底有什麼不滿？」

「我對妳沒有不滿，我只認為妳是個自大的新手，自以為全世界只有妳關心這件案子，也只有妳才有辦法找到關鍵。」

她覺得無比心寒。她沒有眨眼，定定地注視著他。「天啊，真多謝。謝謝你幫忙，狄雷修警探。失陪了，我該去睡了。」

「我送妳回去。」

「不用麻煩，我不用兩分鐘就能進家門。」

「我送妳。」

「為什麼？」

「妳今晚覺得有人跟蹤妳。警察會彼此照顧，孟泰格。」

「太好了，那之後我是不是還要送你回船上？然後整個晚上來來回回。」

「聽聽妳說的話，妳根本沒把我的勸告聽進去。」

「反正我是個自以為無所不能的自大新手，你還期待什麼？」

他後退。她幾乎聽見他咬牙，全身的肌肉繃得快斷裂。「好吧，孟泰格。對不起，我不該說話那麼衝。妳是個可愛的小朋友，該有的妳全都有。我這個老人家看過太多壞事，好吧？順著我一次吧！」

他開步走，經過她身邊時握住她的手臂。他沒有拉她，但他握得很牢。她跟著他走，再次被他的話刺傷。

可愛的小朋友？

「那裡有道門通往我房間。」

「太好了。」

他跨過隔在碼頭和海岸間的矮牆。她也跟著跨過去，他送她到門口。

「謝謝你送我。能安全回到家，可愛的小朋友非常感激。」

「很好。開門進去。」

她舉手投降，接著伸手翻皮包找鑰匙……卻怎麼都找不到救命的鑰匙。她胡亂翻著皮包裡的東西。他還站在那裡。她不耐煩地蹲下，把所有東西倒出來。真是太神奇了，她的鑰匙立即現身。

他彎腰幫她把錢包、筆、口紅、粉盒和其他有的沒的撿起來扔進皮包裡。

「我自己來，謝謝。」她說。

他起身，沒有回答。她把鑰匙插進鎖裡一轉，開門進屋。「好啦，我進來了。」

「晚安。」

他轉身走回船屋。她咬著下唇，看著他的背影。就這樣，他走了。又一次，他只給了她事實和打擊。她難道妄想會有不同的狀況？妄想他會迎接她上船，認真和她討論案情，告訴她只要一起努力，他們一定有辦法找出答案？

當然不是。

但她也沒想到他會當她是個小孩送她回家，而且還確定她找到鑰匙，看她安全進門。

難道她希望他會跟進來，看看房間，再次靠近她、用那沙啞的聲音綿綿細語？

甚至留下來？

可愛的小朋友。到底為什麼這個討厭鬼對她有這麼大的吸引力？

她從不認為自己可愛。她不嬌小，也沒有圓臉或酒窩。她也許不算美如天仙，但她知道自己相當迷人，她的身材不錯，而且至少還有些許嫵媚。

他真是個討厭鬼。

但當她站在那兒，和他靠得那麼近……

妳難道不會只想做愛嗎？

會，凱倫！現在就很想，而且對象是個超級可惡的傢伙。

他站在那兒嚴詞教訓她，而她忍受侮辱的同時，想著的竟是她好喜歡他眼睛的顏色及臉部的線條。他的肌膚。他裸露的肌膚。他偏偏要住在船屋裡，使得只穿著及膝褲在甲板上閒坐如此天經地義。

他轉過身，她還站在門口目送他。

「進去把門鎖上。」他不耐煩地大喊。

她關門上鎖。

傑克回到船上時滿肚子沒來由的緊繃與氣憤，連他自己都覺得奇怪。他的脖子很痠。一天開這麼久的車來回很累，換來的卻只是挫敗，波東案和佛瑞夏案都讓人挫敗。

還有尼克的姪女。她衝得太快了。

他覺得喪氣……因為他想搖醒她，因為他不希望她受到傷害。

不，因為他想要的不只這樣。他不明白，怎麼會過了這麼久才發現雪麗．孟泰格的眼睛不只是綠色。她說話時，那顏色從冷靜的檸檬綠轉變成憤怒的翡翠綠。她不只纖細、修長、輕盈，她的曲線很美。她身上帶著一絲隱約幽微又溫柔的香味。她的頭髮不是胡蘿蔔色，也不是亮紅，而是更深的紅，和她的香氣一樣，如熱情軟語般誘人。

他打開冰箱，本想再拿一瓶啤酒。

他關上冰箱，轉身環顧船屋。他比之前更確信昨晚有人潛入關朵琳號。所有東西都沒少，只是他知道有人來過。

現在雪麗又說她在停車場差點遭到襲擊。

這兩起事件可能沒有關連。但依然……

傑克煮上一壺咖啡，在電腦前坐下，叫出存檔多年的檔案。

是因為這樣嗎？

有人闖進船屋偷看他的檔案，證實他把許多偵察相關的資料存在家用電腦裡，而沒有存在警局電腦？也許吧。

明天他要找人來換鎖，其實今天就該做。

他雙手交叉抱住後腦，想起稍早和波東的談話。

煙霧和鏡子……

瑪莉．西蒙確信哈利．坦能是瘋子。說他有幻聽。拉撒路……死而復活。

史督華．佛瑞夏在寫一篇報導。

雪麗．孟泰格擁有他看過最綠的眼睛，靈活有神。胸部很不錯，臀部漂亮、緊實。

他大聲罵了自己一句，望著電腦螢幕開始打字，他的背僵硬痠痛。他揉揉頸背，記下今天的印象和重點，任何可能很重要的話。

拉撒路。那孩子瘋了。他有幻聽。

煙霧和鏡子。

史督華．佛瑞夏在做調查報導。

雪麗．孟泰格有漂亮的——

他殺掉這個句子。他關上電腦，重新走上甲板。

要命，她近在咫尺。就在草地另一頭。

很好。很不好。她不該當警察。她沒有耐性。她沒有……

才怪。她很可能會是個好警察，就像南希。但南希犯了錯而死去。很多警察都犯過錯，他們也都死了。

煙霧和鏡子。

拉撒路。

萬一那孩子沒瘋呢？也許他不是幻聽，教派裡可能有人名叫拉撒路。

他多希望波東在這裡，多希望能合法把他壓在欄杆上強迫他說出一切。

真可惜。這種感覺很磨人，他肯定答案近在眼前，但他看不見。煙霧和鏡子。波東發誓他和南希之死沒有關係。傑克從沒帶她去找戒律會的人。他去過那裡兩趟，都是自己去。第一次，她去找發現屍體的觀光客問話。第二次她忙著追蹤波東的財務紀錄。

後來……她就失蹤了。

真奇怪。波東沒見過她，卻好像知道很多她的事。包括她和布萊恩之間的問題。

煙霧和鏡子。拉撒路。

睡一覺也許就能想通，他無奈地告訴自己。也許早上能理出一點頭緒。

他鎖上關朵琳號，上了床卻怎麼都睡不著。

他又作夢了。

他在森林裡，到處都是鏡子。一個穿著白長袍的老人在樹林間走動。拉撒路。死而復生。

鏡子碎成水晶屑，粉塵般隨風而逝。森林消失了，他看到碼頭邊的海岸。一個女人朝他走過來。柔媚修長，性感地緩緩移動，十分誘人。細緻的肌膚映著月光，頭髮著了火似的紅。

她全身赤裸，緩緩走上碼頭。

沒多久她就在船上、在他身上，接著……

他猛然驚醒，滿身大汗地怒罵自己。

這個夢要命的鮮活，他全身汗濕。他強迫自己完全清醒。該死，以後不可以直接回家。他太執迷了。他要出去散心，今晚他該去海邊的夜店才對。

他坐著不動仔細聆聽。他是因為夢境醒來？或是被驚醒的？他悄悄下床，赤腳巡視船屋並仔細聆聽。他專心回想，有個聲音……不在船上，可是很近。

嗯，這一帶又不只他一個人住。可能是別的船主回家。或者有人離開尼克餐廳。說不定是尼克出來倒垃圾。

他走回床邊，打開床頭櫃的抽屜拿出槍。他穿過艙房打開通往甲板的門。

他走出去。夜色寂靜，只有海浪拍打船身的聲音，以及船隻撞上緩衝器的聲音。

他走到碼頭上看過去，一片平靜。

他望著草地對面。

雪麗．孟泰格在那兒，就站在門口。她穿著一件長T恤，上面印著卡通人物和一些字。

無比銷魂的睡衣。

他站了一會兒，看著她，知道她也在看他。

他跳過欄杆大步向她走去。她看了看他手裡的槍，接著看著他，但她沒有動。

「你要來逮捕我嗎？」她問他。

「不是。妳出來做什麼？」

「我聽到奇怪的聲音。你出來做什麼？」

「我聽到奇怪的聲音。」

「我們會不會是聽到彼此弄出來的聲音？」

「有可能。」

晚風輕輕吹過，溫和而涼爽。他們就這樣一直看著對方。他聽著她的呼吸，看著在棉衣輕柔包覆下的胸部隨呼吸起伏。

「你拿著槍。」

「保險關著。」

「還好。」她潤潤嘴唇，她的眼睛，極深的翠綠色，凝視著他。「那……？」

他聳肩，覺得身體像滿是岩漿的火山，隨時可能爆發。他離她有段距離，但她似乎噴射出點點火花，佈滿兩人之間。

「媽的。」他嘀咕著搖頭。他到底在搞什麼鬼？

接著她說：「你家還是我家？」

很小聲。他知道，她想裝出大膽的語氣但沒有成功。接著她搖頭，他以為她後悔了，要收回這句話。

但她沒有。

「你家，」她說完做了個鬼臉。「這裡到底是我叔叔的家。」

他沒有回答，只用空著的手拉住她的臂膀，回頭穿過草地。

紅。

他只看得到一片豔紅。醇厚的色彩披散在他的枕頭上，纏繞著誘惑，原罪般誘人。

傑克確信他瘋了，當然。不過沒關係。他們兩個都瘋了。

也許瘋狂可以互相抵銷。

在這一刻，她絕對是他見過最美、最引人遐思的女人。沒有別的女人有像她那樣的動作。翠眸如火。她的嘴唇……他從沒看過這麼完美的唇。她踏過的每一步，空氣中都充滿電流。從來、從來沒人能讓棉布T恤顯得如此勾魂。

天啊，她真完美。

她到底在做什麼？雪麗想著，很快又把這個問題逐出腦海。她夢想著這一切，夢想著他。天啊，他真完美。臉龐粗獷，但線條仍帶著古典的美感。俊美而陽剛，寬厚的肩膀與胸膛，平坦的腹部，緊實的臀部肌肉分明，肌膚映著月光泛出金黃。他身上的氣味……迷人。海洋、鹽、肥皂……極淡的刮鬍乳液香，巧妙地撩人、魅惑。

傑克告訴自己，她隨時可以叫停，可以退縮，可以拒絕。因為他沒那麼偉大、也沒那麼堅強，現在已經無法後退了。

她沒有開口。

事實上，他們完全沒有交談。他們默默踏上關朵琳號，他停下來鎖門，就連他指示主臥房方向時也沒有說話。她脫掉T恤時他沒有說話，無法說話，因為他無法呼吸。她的黑色蕾絲高叉內褲和幼稚的卡通T恤形成強烈對比。

這樣的對比讓他的腎上腺素如噴泉般激發。

他像魔術師般流暢地扯掉被單，露出下面乾淨的床單，她上床往後躺、等著，鋪天蓋地的紅讓他什麼都看不見，他彷彿看到豔紅在血管中奔流，一如看到它在床單上蔓延。

終於他開口了。「老天。」他喃喃低語。簡單的兩個字。沒有褻瀆，只有讚嘆。

他急著到她身邊，忘了他還穿著褲子。他的注意力從豔紅的髮色轉移到那一抹黑蕾絲。**直奔重點啊，老弟？**他奚落自己，管他的，他們又不打算慢慢誘惑對方。他爬到她身上，眼神與她短暫交會……

色彩，更多的色彩。綠色，貓眼般的綠，貓眼般的媚。星眸半張，睫毛低垂。

她的唇……濕潤，半開著，吐出急促的喘息。她再次用舌尖輕舔雙唇。也許是因為慾望難耐。他忘掉她的唇，不管那有多誘人。他腦袋裡只有一個念頭。

他低頭貼在她身上，嗅著她肌膚甜美的香氣。舌尖從雙峰間的幽谷往下細細品嚐。天啊，那一抹蕾絲。他在肚臍上稍事停歇。他愛上了她用的香皂、乳液、香水。或者那是她肌膚天然的香氣？那種觸感，像絲綢，卻又火熱鮮活。向下，他的舌找到那抹蕾絲，在邊緣上流連，撫弄著粗粗的質感。他感覺到她抽了一口氣。他先用嘴刷過緞子與蕾絲，接著手指勾住鬆緊帶，布料漸漸往下滑。那一小塊布掛在他手上。

紅。

他腦中一炸，彷彿被色彩射穿。她的手指揪著他的頭髮。她這時開口了，但說出的話七零八落。也許她沒有說話，只是出聲輕喘、吟哦。她動了，柔媚性感地往上拱起身子。他手指上的鬆緊帶一彈，那一抹絲緞和蕾絲隨之消失，他逗弄、品嚐、舔舐，再次逗弄、吹氣……他一開始沒注意到她用力抓著他的頭髮有多痛。她充塞他的感官。他的血液奔流，彷彿敲擊著斷奏的節拍；他的整個人、整副心思都充滿她的味道和香氣。他敏銳地感覺到她的動作，溢出她雙唇的聲音，知道她已瀕臨極限，如貓兒般拱起身體，碎裂成飄揚的水晶煙塵。她的手指無力地鬆開。他回到她身上，低頭往下看。她再次半張著眸子，睫毛輕拂面頰，夜色……豔紅……

還有她的嘴。他吻她，她重新綻放出生命。她摟著他，手指緊握著他的肩，舌頭與他的糾纏，濕潤、火熱，加倍誘惑。但她回應他濕熱激情的同時卻也推開他，堅持她的唇也有探索的權力。他完全沒料到，那片紅焰竟沿著他的身體往下掃。她的唇極盡能事地在他肌膚上玩耍，舌頭戲弄著他胸前的毛，沿著身體的線條盤旋向下，濃密的紅髮隨著每個動作搔著他的皮膚。

她的手指落在他的褲腰上，靈巧、緩慢……磨人又逗人地緩慢。她的手溜進褲腰裡。手指握住他賁張的勃起。他祈求著自制力。在他循環系統中雷鳴般的血流就快背叛他了。他輕輕掙脫，脫掉褲子，握住她的手臂，趁她引燃他無法抗拒的瘋狂之前吻住她，滑進她的體內。她柔軟又激情，如火、如水銀。他從未有過如此激烈洶湧的慾望，抵達高潮前的每一刻都感覺到甜蜜、美妙的折磨。只有內心爆發出驕傲的嘶吼才攔住激越的瘋狂。

她在他身下繃緊，如弓弦般拱起身體，叫聲脫口而出，她貼著他的頸子壓抑住。他任由雷鳴的血流掌控，自己也達到高潮，那瞬間的釋放彷彿偷去了他所有的生命力，和每一絲氣息。饜足，汗濕，激情後全身沈重……

想到這裡，他的四肢忽然生出力氣從她身上往旁邊躺。他緊摟著她貼近他的身體。她還在顫抖，他抱著她，兩人一起恢復呼吸。

過了許久，他輕聲說：「想談談嗎？」

「不想。」

簡單明瞭，十分堅決。

但她沒有起身離開，他也沒有退開。

光線昏暗，船身輕搖。她在他懷裡好性感，細柔紅髮火焰般披在他身上。她是靜止的絲綢。生氣勃勃的絲綢，如此鮮活，如此真實。他的手沿著她的手臂向上，又順著背脊往下。

要命，多美的背。

他的手指拂過臀部隆起處。

過了幾秒，他拉起她緊貼他的堅挺，血液的激流讓他的心跳快得過頭。她濕潤、熱燙、緊窄，身體後仰，她的動作有如冶艷的舞蹈。他的手指扣住她的上身，捧著她的雙峰，愛撫、索求……最後落在她的髖骨上，牢牢握著直到兩人再次爆發。即使已經宣洩，他依然不願離開，於是留在她體內，在熱度包圍中緩緩平靜。

他的手指輕撫她的肩，撥開搔著鼻子的如火長髮。她似乎依然不願說話，於是他也保持沈默，抱著她。這時他才察覺，他好久沒有覺得這麼安適。他從來沒有光是抱著一個女人就如此喜悅，不管是事後或進行中。海浪柔柔輕拍船緣，他閉上眼睛。

露西．佛瑞夏坐在兒子旁邊。他沒有起色，但她不打算放棄。史督華一定還在，他有鋼鐵般的意志。她一次又一次不斷說著愛他。

她握著他的手靠在椅背上。已經很晚了，她閤上眼睛。不到幾秒，雖然心痛不止，她還是漸漸睡去。

她聽到喀的一聲……很小聲，但她還是驚醒了。她坐正，四處張望。一定是納森來換班，叫她回家休息。不然就是那個貼心的護士來看史督華，想盡力讓他更舒服。

她望著門。隔著玻璃，她看到外面有個人影穿著綠色手術服。她挺起背脊，擠出笑容，準備打起僅有的精神迎接來人。

那個人影有看到她；她相當肯定，儘管她很累、又愛睏。

門沒打開，那個人停了一下就走開了。露西困惑地站起來走到門邊。她打開門往外望，但走廊上沒有人。她聳聳肩回到座位，把椅子往兒子身邊拉近。她輕聲說：「你一定會好起來，史督華，一定的！你必須好起來，你知道。」雖然她守在那裡這麼久了，但淚水依舊盈眶。「一定要，史督華。你爸和我……你爸和我都很愛你。你是我們的全世界，史督華……求求你，史督華。」

唯一的回應只有呼吸器來回起伏。她握緊他的手。「我們絕不會放棄。我們會在這裡，不管發生什麼事情。」

鬧鐘聲刺耳到受不了。傑克跳起來，雙手按著前額。「狗屎。」

「狗屎。」他旁邊出現回音。

她也半坐起來，床單掛在身上，頭髮糾結蓬亂，野火般環繞著臉。

在晨光下她更加誘人，冶豔、性感……又帶著點柔弱。但晨光也喚來現實。

他們望著彼此。

他到底在想什麼？傑克自問。她是尼克的姪女呢！自以為是、自信過度，鐵定會惹出麻煩的人，他怎麼可能會需要她。去他的，這只是性。沒別的。雙方你情我願。很棒，精彩絕頂，但也只是性。

才怪。這個女人不一樣。沒碰她之前，她已深入他的心裡。他不懂，這些年他偶爾來尼克餐廳，在遠處看過她，也許她還端過啤酒給他。他一直只當她是尼克的姪女。一個孩子。但，她絕不是個孩子。她是熊熊烈火，而他已被火紋身。

天哪，他是個白癡。她依舊是尼克的姪女，而且在念警校。法規並沒有阻止警察交往，只要不影響工作就行。但她依然是個警校生。而且他們沒有交往，他們只是上床。

自大的麻煩人物。

而且她現在看著他的眼神幾乎是驚恐。

她到底在想什麼？雪麗自問。她根本沒有想。他的頭髮凌亂，膚色古銅，臀部也果然和預期中一樣完美，但……

他可是狄雷修警探呢！

而且她不會做這種事。凱倫偶爾會，她想過，但……她就是不會和陌生人上床。

而且他看著她的眼神，彷彿身邊躺著一條眼鏡蛇。

她跳下床四處找睡衣和內褲。「幾點了？」

「六點半。妳最好快一點，才趕得及七點上課。」

「我今天八點到就可以。」內褲不見了，她得光屁股跨過草地了。

「為什麼？」

「我——要去見某個人。你才最好快一點呢。喔，對喔。你可是狄雷修警探呢！幾點上班你說了算，要做什麼也隨你便。不過你沒說錯，我的確得快點走了。」

雪麗套上T恤，快步走上兩級階梯，穿過客廳奔向大門。她很高興能這麼瀟灑地離開。

可惜她不會開鎖。他跟上來幫忙，他穿上褲子了。

「雪麗？」

她沒有看他。

「什麼事？我趕時間。」

但她感覺到他在旁邊，抬起頭直視他的眼睛。

「小心點，好嗎？別自以為能解決全世界的問題，或是妳朋友的謎團。」

「我很小心。」

他點點頭，他的眼神讓她臉紅。接下來，他八成會說昨晚的事沒有任何意義。

但他沒有。他微笑著，聲音很輕柔。「謝謝妳過來。我好久沒有這麼棒的夜晚了。」

她睜大眼睛。「喔，呃……謝謝。」

「很棒的性愛。」他打開門。

她不知道她是怎麼了，嘴巴竟然自動說出一句：「我有生以來最棒的一次。」

她真想揍自己一頓，不過既然門開了，還是先溜為上。

雪麗的早晨相當眼花撩亂，不過大致上很愉快，她幾乎立刻被交給曼蒂．奈廷傑，她溫和友善，而且極度專業。曼蒂，她堅持直呼名字，介紹了鑑識工作的種種專業領域，還帶她四處參觀。她說他們常常遇到恐怖的事情，接著頓了一下，顯然想知道雪麗能否勝任。雪麗說攝影她稍有接觸，但不算專精。曼蒂似乎不以為意，她答應會照顧她，教她需要知道的一切。

「我可以教妳攝影，」她說：「我看過妳的畫，那種天份很少見。」她接著說明雪麗將以民間雇員身分在總局服務，但她隨時可以回警校完成訓練。「我沒有強迫妳的意思，但這個位置很少空出來。」

雪麗點頭，不過她已經下定決心了。「我最擔心的部分是顏面重建，我完全沒有相關經驗。」

「下點工夫就能學會了。」

她們接著聊了一會兒。中午，穆瑞處長回來，雪麗表明願意接下這份工作。

接著是漫長的文書流程。之後，穆瑞告訴她下午可以休息。明天開始曼蒂會負責訓練她。

馬丁打電話來，滿懷歉意地說他會遲到。他大概是吃壞了肚子或病毒感染，總之他無法離開廁所超過十五分鐘。

專案小組開會時傑克很想念他的搭檔，儘管其他人也是優秀可靠的警官。貝克四十五歲，老練、理智，任何狀況下都有種冷靜的力量，詢問證人時很有幫助。羅沙略稍微年輕幾歲，他們搭檔很多年了。貝克冷靜，而羅沙略在必要時可以很火爆，彼此相輔相成，總能查出大量消息。里佐和麥當諾年紀更輕，但同樣經驗豐富，里佐擅長搜索，而麥當諾處理現場的能力誰都沒得比。他們討論各自訪查的經過，把挨家挨戶查問的報告跑過一遍，接著再次分析法醫報告。

最後還有富蘭克林。他又開始賣弄調查局的經驗，在他眼裡調查局有無上的地位，但他查遍了調查局電腦裡所有資料，也和全郡的執法人員談過，依然找不出他們需要的突破點。富蘭克林高大、黑髮，自以為無所不知。他常受邀上電視分享過人的知識，因此更洋洋得意。「查出那女孩的身分前，一切都是白搭，」他看著所有組員說：「我們急需查出她的身分。」

傑克瞟了羅沙略一眼，差點忍俊不禁，他肯定他們都在想同一件事。

這用得著你說嗎，混蛋！

「這件案子調查局也沒有神奇的解答，」富蘭克林說：「要靠各位做好警方的工作。」

傑克覺得怒火中燒。據他所知，這件案子目前依然歸郡警局管轄。

「傑克？」隊長靠在辦公桌上皺著眉頭說。他們在隊長辦公室開會，方便他掌握進度。

「富蘭克林探員說得沒錯，」傑克聽見自己很有禮貌地說：「各位，我們回去工作吧！」

傑克逃回辦公室，先打電話給鑑識科，接著找嘉納法醫。他看看錶，發現他有時間跑一趟南部。片刻之後，他抓起外套和公事包出門。

「波東先生？」

「是？」

彼得．波東坐在運動場上曬太陽。獄警很有禮貌，所有獄警對他都很有禮貌，他們沒理由對他兇，他廣受敬重，而且確實表現良好。

「有你的電話，你獲准接聽。」

「是誰？」

「你表弟理查，好像你家裡有人生病了。」

他被帶到電話旁邊。彼得拿起話筒。「我是彼得．波東。」

「警察去找過你？」

他握緊話筒，不讓自己表現出任何情緒。「對。」

「然後呢？」

「他什麼也不知道。」

「希望能保持如此。」

「一定。」

「沒錯，我們會確保不出差錯。」

電話掛斷了。陪同的獄警在旁邊等。「不太嚴重，」他對獄警說：「我的姪兒病了，但很快就會好。」

回到運動場，彼得繼續曬太陽，但陽光已沒有之前溫暖。他回想被捕當時，警察依法可以在偵訊中對嫌犯說謊。狄雷修也充分利用這一點。因為他嗅出異狀。

但彼得沒有露半點口風，他還順利通過測謊。即使如此，他還是因為詐欺與逃漏稅入獄。

他微笑昂起下巴。他不介意這點小事。他一開始就決心不做愚蠢的逃獄計畫，乖乖服完刑期了事。他很高興他選擇這麼做。

至少他找到了上帝。

他只希望也能找到一些勇氣。狄雷修還死咬著這個案子不放，其他人還沒看出端倪。他絕不能鬆口。

否則他會沒命。

在大樓外面，雪麗打電話給凱倫，報告史督華的近況和她工作上的大轉彎。凱倫吵著晚上要去醫院，還說她會聯絡珍妮。至少她們能給佛瑞夏夫婦打打氣，雪麗同意了。之後，凱倫忍不住為雪麗興奮。

「太完美了。妳可以幫警察工作，還可以用上妳的美術天份，學到很多東西，更別說還有錢拿，還不少錢呢！」

「這也算好處之一啦！不過我一定會回去把警校唸完。」她遲疑了一下。「刑警和其他專家能做更多。」

「不過至少要奮鬥個十來年吧！就算妳以後真的想當刑警，現在多累積經驗也有幫助。」

雪麗不得不承認她說得對，她掛電話之前告訴凱倫她六點去接她。

她正要按下結束鍵，忽然一陣風從背後襲來。她吃了一驚，輕聲尖叫了一下轉過身去。原來是亞內和關妮。亞內把她抛起來，好像她完全沒有體重，然後又接住。關妮捧著她的臉在兩頰上狂吻。

「嘿，恭喜升官！」亞內說。

「我們聽說已經定案了，妳已經簽好文件正式成為鑑識藝術家了。」關妮說。

雪麗點頭。「這個機會實在太好，我無法拒絕。」

「拒絕？妳知道那位子有多少人搶嗎？」亞尼搖著頭。「我們要幫妳慶祝。」

「你們真好，我一定去。」

「今晚好嗎？」關妮問她。

「今晚不行，我答應陪兩個朋友去醫院。」

「妳朋友的狀況有改善嗎？」亞內問。

雪麗搖頭。「沒有，但見到他的父母我覺得好多了。」

她說話的同時，有隻手臂摟住她的腰。她轉身，沒想到竟然是連恩。

「嘿，小子！」她調侃。「你辭掉巡警的工作啦？」

「沒有，小姐，怎麼可能？我只是又落入了文件地獄，我剛聽說妳有高就了。」

「唉，其實不算啦！」雪麗辯解。

話嗎？」

「才怪！」他誇張地搖著手。「太神奇了。妳升官之後還願意和我這種低層小巡警說話嗎？」

她笑了。「我沒有升官，」她抗議。「只是換了條跑道，而且我還要學更多東西。」

「我們要幫她慶祝，」亞內告訴連恩。「要不要一起來？」

「當然，可以的話我一定會去。什麼時候？」連恩問。

「我們正在商量。」關妮說。

「星期五好不好，小麗？」亞內說。

「星期五應該沒問題。除非……除非，你知道，史督華有什麼變化。」

「嘿，」關妮說：「妳又不能搬進醫院裡，對吧？妳說他父母整天都在，但他們是他的父母，妳不能走火入魔。」

「我知道，但我覺得多少能幫一點忙。好吧，星期五晚上慶祝。聽起來真棒，」雪麗說：「我可能會帶兩個朋友一起去，你記得凱倫和珍妮吧？」

「他認識凱倫和珍妮？」亞內說。

「我們去奧蘭多時連恩也去了，」雪麗解釋。她聳聳肩觀察連恩的反應。她多麼希望他能把心放在凱倫身上。「他在那裡見過她們。」

亞內裝作懊惱地嚷了一聲。

「她們可愛嗎？」

「當然，我的朋友都很可愛。」她告訴他。

「那星期五我一定會很高興認識她們，人多更熱鬧。」

「太好了。」她說完看了看連恩。

從他的表情上看不出什麼，但他說：「好啊。我很期待，也很期待能再見到那兩位小姐。決定好要去哪裡了嗎？」

「一號國道附近的班尼根餐廳。那家店不錯，好玩又不貴，我們其他人可沒加薪啊！」關妮說。

「我請客。」雪麗說。

「怎麼可以。我們要好好巴結妳，妳以後說不定會上電視、變成出名的鑑識專家。」關妮說。「我們還是有薪水的啦，妳知道。」

雪麗大笑。「那就太好了。」

「我們得回去上課了，」亞內說：「我們這些沒才華的可憐蟲要是被抓到上課塗鴉鐵定會被踢出去。」

「我也得走了，」連恩說：「我只是剛好看到妳，過來說聲恭喜。」

「妳不用去畫圖嗎？」關妮問。

雪麗笑了。「不用，我下午放假。」

「唉，這就叫特權吧？」關妮搖著頭開玩笑。

「我想妳的假沒了。」連恩看向雪麗身後的大樓門口說。

她轉身，穆瑞處長朝她走來。他很和善親切，廣受敬重。他和大家打招呼，他們都說很高興雪麗找到最適合她的工作。

「的確，」穆瑞說：「只是我告訴她下午可以休假，不過現在反悔了。」

她揚起眉毛。

「可以嗎？」

她擠出笑容。「如果有需要，我會盡力配合，穆瑞處長。」

「跟我來吧，我在路上慢慢解釋。」

她對其他人揮手道別，跟上穆瑞隊長堅定的步伐。

「我們要去哪？」

「郡立驗屍間。」

驗屍間有很重的消毒水味，雖然裡面躺的都是死人，但就連醫院也沒這麼乾淨。磁磚地面、鍍鉻的器具，所有人員都穿著白色制服。

傑克從門上的玻璃看進去，女屍已經被搬出來，他第一眼就看到嘉納。但他沒想到人事處的穆瑞也在，還有奈廷傑。他的心一沉，她是最棒的犯罪現場攝影師，但繪畫技巧有待加強。

接著他吃驚到嘴巴差點合不攏。

雪麗．孟泰格站在奈廷傑身邊。她的視線對上他的，她早就知道他會來。

他看看嘉納又看看穆瑞，希望有人解釋一下。

「傑克，我想你應該認識雪麗．孟泰格吧？你們是鄰居呢！」穆瑞說。

「是。」可是她怎會在這裡？這個案子太重大，怎麼會讓警校生參與？

「孟泰格小姐剛成為鑑識科的民間雇員。她的文件還在跑，但嘉納打電話給我們，於是只好先請她來了。」

他呆望著雪麗，她平穩地回看他。

「因為……？」

「她是我這幾年見過最有才華的素描畫家。」穆瑞說。

他這才發現雪麗拿著素描簿和鉛筆。他們的無名女屍，可憐的灰姑娘，沒有遮蓋地躺在旁邊。

「我會清理頭骨，依照計畫由鑑識科的梅森負責顏面重建，但既然你這麼急著想登報協尋，孟泰格小姐似乎是目前的最佳人選。」嘉納告訴他。

傑克十分僵硬地把手交握在背後，點點頭。他知道他看著雪麗的眼光近乎兇惡。沒辦法，他討厭意外。

「既然你推薦她來試試，那就看她的能耐了。」他聽見自己說。看到雪麗．孟泰格臉色有些發青，他忍不住竊喜。他知道她念警校時受過訓、看過不少東西，她也絕對看過驗屍現場。但很少有屍體會像眼前這具，展示出兇手的殘虐。

奈廷傑也拿著素描簿。她似乎察覺緊繃的氣氛，走過來對傑克說：「這是第一次試畫的成果。」

他接過素描，用力咬住下唇。

畫得很好，好得不可思議。他看看手中的素描，又看看解剖檯。

雪麗竟然能為女屍灌注個性。她根據殘餘的臉作畫，屍體左眼變形得很嚴重，但右眼正常。嘴唇死白，而且一邊嘴角有嚴重瘀血。雪麗筆下的臉孔很均衡。他相信有些部位她不得不靠直覺與想像力，但他看看可憐女子破損的遺體再看看畫像，他不得不承認，他看到她活著的模樣。

他把畫交回給奈廷傑。

「不錯。我想妳應該會多畫幾張吧？」他對雪麗說。

「是，他們要求我多畫幾張。」她回答。

他點點頭。「很好，我一個鐘頭後回來。」

「傑克，我會把畫像送過去——」嘉納說。

傑克搖頭。「不，我來就好。我想親自比較，找出最像的一張。」

他離開時很驚訝地發現，他必須鬆開一直緊握的拳頭才能開門。

他太常來驗屍間，知道哪裡有咖啡。他坐下，拿出裝著筆記的資料夾，他確信只要重讀再重讀，一定能找出線索。煙霧和鏡子。

媽的，他不能專心，他在生氣。

為什麼？

她早就知道了，知道她不會當警察，至少短期內不會。她一定早就知道她要加入鑑識科，竟然一個字也沒說。

不過他們也沒有真的交談……

她該告訴他的。不過這是件好事，天大的好事。現在她不用在街頭執法了。世上有很多女警。他也不是大男人主義者，他無權希望她遠離街頭。要命，他甚至不知道她是畫家。

他喝了口咖啡，已經冷了。他煩躁地把筆記放回檔案夾裡，動身回解剖室，很想看到畫像。

她畫了好幾張。每張都很好，每張畫上都有個活生生且相當迷人的年輕女子。一定有人愛過她。愛她的人應該沒想到會發現她死了，而且還死得這麼慘。

「警探？需要修改嗎？有什麼建議？」奈廷傑問。

他想嫌棄，想要她出錯。

不，他不想要。他想要破案。他只是不希望雪麗．孟泰格……這麼出色。

不，他們需要出色的人手。他只是討厭意外。

「傑克？」曼蒂・奈廷傑又問。

「沒有。畫得很好。」他說完把畫收進檔案夾。

他沒有向畫家道謝，儘管禮貌上應該道謝。他對嘉納和其他人點頭致意，包括雪麗，接著轉身離開。但他終於強迫自己回頭。

「謝謝各位，我會選一張登上明天的報紙。」

他最多只能做到這樣。他轉身離開，惱火地發現他又得鬆開拳頭才能開門。

雪麗該深深感到滿足與自豪。嘉納、奈廷傑、穆瑞都十分讚賞她的作品，而且都非常滿意，穆瑞甚至有幾分得意。他的職責就是瞭解人的天賦與弱點，找出他們能為大眾服務的方式。曼蒂・奈廷傑也很好，告訴她其他技巧慢慢學就可以，而她在文件審核完成前已經達成一項重大任務。連嘉納法醫也不斷讚嘆她能畫出可信度這麼高的畫像，因為屍體的臉部損傷相當嚴重。

那具屍體。噢，老天。

她看過屍體，雖然大多是錄影帶，但她也參觀過驗屍。她從來不曾昏倒或嘔吐。她堅守立場，知道不管她感覺如何，她的職責是要為傷者和死者盡力。

可是她從沒看過、甚至想都沒想過，會有像那具無名女屍那麼恐怖的屍體。她感覺膽汁湧上喉嚨，身邊的空氣好像都凝結了，好一陣子她都無法呼吸。但她終究嚥下噁心感，催促自己振作，不去理會眼前飛舞的金星。她強迫自己以畫家的身分思考，設法找出可辨識的五官，與能夠重現女屍生前模樣的線索。不過整段時間，每一分鐘，她都想拋下素描簿，尖叫著衝出去。

但她沒有逃跑。她完成了素描，而且畫得很好。她該為自己的成就感到高興，但她很氣自己竟然不覺得高興。都是他的錯。

經過昨晚，這種感覺更難受。不。昨晚只是一時瘋狂，幾乎像在水裡太久後急著吸一口氣。他肯定對她沒感覺，甚至可能依舊討厭她。

她開進餐廳停車場，很高興她的車位空著。思緒太過專注沈思而沒注意到四周。

「嘿，雪麗，恭喜！」

她嚇了一跳抬起頭。她看到一個男人獨自坐在戶外桌上，她之前看過他。他大約三十五歲，塊頭很結實，黑髮，有著親切的國字臉。她想起看過他和狄雷修在一起，他是傑克的搭檔。

「謝謝。」她說。

她走向那張桌子。他笑著說：「我是馬丁・摩爾。」

她也笑了。「很高興能正式認識你。不過我好像在這裡看過你。你都是星期天晚上來，每次都點威士忌加水，對吧？」

他笑嘻嘻地往後靠。「記憶力不錯嘛。我不太常來，不過我想以後會常來，因為傑克搬到這裡了。」

「真好。」她努力保持笑容。

「天啊，難道我那個讓人頭痛的搭檔已經來找過麻煩了？」他問。

她搖頭。「不是……只是……」

「聽說妳今天下午幫我們的無名女屍畫了很不錯的素描，大家都抱著很大的期望，希望畫像一見報立刻有人出來指認。」

「消息傳得真快。」她說。

「噢，沒那麼快。我和傑克約在這裡碰頭，是他告訴我的。我該一起去的，但我昨天吃壞肚子。」

「真遺憾，希望你的晚餐沒問題。」

「沒問題。你們這兒有位貼心而且很迷人的女士，她建議我點麵包、清湯和烤雞胸。我已經覺得好多了。難怪這裡這麼受歡迎，氣氛舒適，靠近海邊，還有妳叔叔安逸的風格。」

「我也很喜歡這裡。」

「很高興聽妳這麼說。很多年輕人都等不及想自己搬出去住，妳知道。」

雪麗聳肩。「我很小的時候父母就去世了，尼克和我處得很好。我從來不是個惹麻煩的小鬼，他也不是嚴厲的監護人。我很愛這個家。」

「妳也喜歡海水吧？」

「很愛。」

「傑克也是離不開海水，」馬丁說。接著又笑了。「妳確定他沒有找麻煩？」

「沒有。好吧，有一點，可是只針對我。」

馬丁嚴肅地看著她半晌，仔細觀察她。「他可能想幫尼克看著妳吧！」

「為什麼？我又不是唯一從事執法工作的女性。」

馬丁有些傷感地聳肩，用詞很謹慎地說：「在我之前，傑克的搭檔是位女性，妳知道嗎？」

「完全不知道。」

「她是位好警察。」

「後來呢？」

「她死了。」

「噢，天哪！怎麼會？」

「她的車衝進運河。幾乎快五年了，當時剛好發生了三起很殘酷的謀殺案。」

雪麗點頭。「今天去驗屍間的路上，穆瑞和我講過這幾件案子。」

馬丁點頭。「傑克一直不相信南希．列西特自己開車衝進運河。他確信她發現了兇案的線索而遇害。她的死因是頭部重擊，符合撞上擋風玻璃的模式。她沒有繫安全帶。」

「真遺憾，太慘了。」

馬丁猶豫了一下接著說：「也許我不該和妳說這些，到底我們才剛認識。但妳和傑克之間顯然有些緊張。妳住在這裡，而且以後說不定會在工作上遇到他。南希．列西特結婚了，她丈夫偶爾也來這裡。那段婚姻有很多摩擦，南希的丈夫布萊恩，確信她和傑克發生過關係。他們當時的確很親近。傑克沒有四處宣傳，但……我想局裡的人都覺得他們的關係有點太親密。總之，儘管所有證據都顯示南希自殺，但傑克一直拒絕接受。他有很強烈的罪惡感，後悔沒有強迫南希說出她查到的消息，以致她因此喪命。總之，我想說的重點是，妳是尼克的姪女。也許他害怕妳也會因為急著想證明自己，惹上麻煩。」

她搖頭。「那他現在應該很開心嘍，我已經退了一步。我會成為民間雇員。我至少要先工作一陣子，才能回警校把課修完。」

「他知道妳今天要去畫像嗎？」

「連我都不知道我今天要去畫像。」

「別擔心，你們之間的問題終會解決。」

「對，而且總局這麼大，絕對有很多一起工作的警察不欣賞對方。」

「當然。嘿，我還沒看過妳的畫，不過聽說很出色。我很快就會看到，我和傑克約了——」他看看錶。「五分鐘後見面。」

「太好了，希望你會滿意。我得走了，我稍後要接朋友去醫院看另一位朋友。」

「在高速公路上出車禍的那個年輕人？」

「對。你知道這件事？」

「那天晚上是我送傑克去醫院，我聽說妳覺得這件意外另有隱情。」

「沒錯。」

「妳自己要小心。」

她微笑。她喜歡馬丁，他沒有像別人那樣搬出毒品的老套。

她揮揮手匆匆離開，快步越過草地從碼頭旁邊的門口進屋。她看了看手錶，脫衣服進了浴室。熱水灑在身上，她動也不動地站著享受滲進身體的溫暖。今天很漫長。也許有人會覺得今天她立了大功。在專業層面上，她知道該想辦法忘記那具女屍的樣子。這是她的選擇，是她想做的事，她不能有陰影。

她只是覺得……心碎。她從不曾如此被一個人吸引，從不曾有這種近乎荒唐的激情與衝動。這幾乎像是高中生的迷戀，但她已經不是高中生了。她一定是瘋了才以為能在縱情一夜後，全身而退。自從咖啡事件那天起，她就無法自拔。

她強迫自己關水，胡亂擦乾身體、穿上衣服。她決定經由餐廳離開，讓尼克知道她回過家又出門了，她有好多事想告訴他，但要等一會兒。

她經過餐廳時看到凱蒂在吧台後面，她在店裡做了很多年，幾乎已經是副理了。她看到雪麗似乎鬆了口氣。「嘿，能不能來幫忙一下？」

「噢，凱蒂，」她歉然說。她很喜歡凱蒂，她是愛爾蘭裔，黑髮黑眼，皮膚細膩潔白。四十出頭的她很有幽默感，工作能力也很強，十年前喪夫後獨立支撐五口之家，全靠在尼克餐廳打工。她的孩子長大後也偶爾會來端盤子。「凱蒂，很抱歉，但我真的沒辦法。我要去接幾個朋友去醫院。我有個朋友——」

「我知道、我知道，尼克和莎蘭也去了醫院，」凱蒂嘆口氣說：「剛才店裡一個客人也沒有，所以我說如果他們想去看妳的朋友也沒有關係。但現在突然忙了起來。」

山迪坐在吧台邊。「妳不用出來，凱蒂，我來幫忙出菜。」

「山迪，你是客人呢！」凱蒂堅決地說。

「我不是客人，我是固定班底，」他淘氣地笑著說：「快去吧，雪麗。先說好喔！我可是要酬勞的。」

「沒問題。」

「我說的不是錢，我想聽妳新工作的事。」

她吃驚地望著他。

「尼克餐廳有很多客人是警察，記得吧？」他笑著說。

她吻吻他的臉頰。「我會好好報答你，讓你聽到耳朵都掉下來。」她保證。

她到的時候凱倫已經在家門外等了。「我知道，我遲到了。」

「幾分鐘而已，」凱倫說：「對一般人而言不算什麼，但妳通常都很準時……」

「我恐怕失去守時的美德了。」雪麗喃喃說。

「嘿，妳有權利遲到。這個星期發生這麼多事。我剛打過電話去醫院。他們不願意在電話上多說，但總之，史督華還努力撐著。妳今天下午有休息個夠吧？」

「沒有，我接到第一件任務。」

「別鬧了！」

「真的。我們先去接珍妮，路上再告訴妳們。」

她們按了好幾次喇叭，珍妮才匆忙出來，她邊道歉邊解釋說，剛才她在講電話，假裝成自己的經紀公司接洽演唱的工作。接著凱倫告訴她，雪麗已經接到第一件任務了。雪麗告訴她們下午的事。

「嗯！」珍妮在後座發出怪聲。

「嗯什麼嗯？」凱倫兇巴巴地說：「昨天她還是無名小卒，今天已經是鑑識科的藝術家了呢。」

「藝術家那部分很棒，」珍妮說：「但妳難道不能畫活人嗎？」

「能啊。如果目擊證人在現場看到可疑人物，我便根據描述畫出素描。這次是因為……因為死者樣子很慘，警方不能直接拍照刊在報上。」

她們又聊了一下雪麗的工作，接著珍妮說：「醫院不會讓我們進去看史督華，對吧？」

「我昨天晚上有進去。他爸媽告訴醫院的人說我是親戚。」

「能不能讓他再多幾個表姊妹呢？」凱倫問。

「也許吧。嘿，妳們絕對想不到，我剛才去找尼克想告訴他我要出門，結果凱蒂說尼克和莎蘭已經去了醫院，尼克和納森以前都常去學校幫忙，所以認識。他應該是想去替老朋友打氣。」

「我敢說莎蘭一定帶了一大堆吃的。她很努力想……」凱倫說。

「想什麼？」雪麗瞄了一眼前座，看著凱倫的眼睛。

「想扮演繼母的角色吧。我是說，她花了很大的工夫……和你們相處，想變成家裡的一份子。」

雪麗聳肩。「她不用討好我。我已經二十五歲，是個大人了。」

「但妳是尼克的心肝寶貝。」珍妮插嘴。

「而且，」凱倫說：「她要角逐公職。」

雪麗笑了。「妳覺得她幫我們烤餅乾、去醫院探望傷患是因為想拉票？」

「天知道？」凱倫說。

「唉呀，管他的，」珍妮說。「那些餅乾好吃得要命。」

「她不用巴結佛瑞夏家的人，」雪麗還是覺得好笑。「他們根本不住在這個選區。」

「沒錯，」凱倫同意。「好吧，也許她真的不是別有用心。日久見人心嘍。」

「嘿，差點忘了，我和我的警校同學星期五晚上要出去玩，妳們也一起來吧。」

「『前』警校同學，」凱倫提醒她。「是什麼場合？」

「慶祝我的新工作。」

雪麗把車開進停車場，她皺著眉頭說：「嘿，妳們一定猜不到昨天晚上發生了什麼事？」她告訴她們在停車場被人跟蹤的事。

「穿著手術服的人嗎，雪麗？也許是醫院的工作人員趕著取車。」珍妮說。

「珍妮，這一套警察已經說過了。」雪麗說。

珍妮聳聳肩，雪麗搖頭。連她的好朋友也和別人一個鼻孔出氣。「真的，我確定有人跟蹤我。」

「那我們該停在這個停車場嗎？」她挖苦地問。

「我相信就算真有跟蹤狂躲在停車場，現在也早跑了。更不用說雪麗還報警了。嘿，妳有收到任何消息嗎？」

「還沒，我也沒去問。」

她把車停好，她們一起下車，三個人都不安地四處張望。

「我們很靠近電梯，」雪麗說。「而且還是三個人。」

「而且她是未來的警察。」凱倫說。

「已經不是了，」珍妮回嘴。「雪麗，妳有沒有帶槍？」

「其實……沒有欸。我該把槍和警徽繳回去了，我現在是民間雇員。」

「沒關係。反正還有別人在。」珍妮比比往電梯走去的一大群人，他們帶著花和印著「是男孩！」字樣的氣球。

所有人都笑容滿面地擠進電梯。沒多久她們就到了加護病房的休息室。她們進去時，露西和尼克、莎蘭一起抬頭，接著站起來迎接她們。凱倫和珍妮給露西．佛瑞夏溫暖的擁抱，露西謝謝她們，稱讚她們是難得的好朋友。

「真不敢相信有這麼多人支持我們，」露西說：「尼克真是個大好人。還有莎蘭，她真貼心，帶了蝦子給我們當晚餐，還有手工餅乾。」

「她的餅乾最棒了。」雪麗說完對莎蘭燦爛一笑，莎蘭也報以微笑。

「我付錢要她這麼說的。」莎蘭說笑著。

「那個袋子裡是你們的晚餐嗎？」雪麗問：「納森呢？你們該趁熱快點吃。」

「既然妳來了，那我去叫他。我忍不住覺得史督華知道他的朋友來陪他了。」她看了看凱倫和珍妮，接著聳肩。「他們一定知道我說謊，但史督華多幾個親戚應該無妨，我去找護士說說看。尼克、莎蘭，你們要和我們一起去餐廳嗎？」

「露西，我很想留下來，」尼克說：「但我得回餐廳去了。」

「對，我們該走了。」莎蘭附和。

尼克吻吻雪麗和兩個朋友。珍妮用手肘推推雪麗，壓低聲音說：「我還希望他會陪我們去開車呢！」

凱倫用手肘推推珍妮。「沒關係啦！就算雪麗沒帶槍，我皮包裡也有噴霧器。」

「妳們在悄悄說什麼？」莎蘭問：「有什麼事嗎？」

「沒事，」雪麗連忙扯謊。她不想讓他們知道昨晚發生的事。「老實說，幸好你們要回去了，凱蒂好像快忙不過來，丟下她一個人，我覺得很有罪惡感。」

「我得多請幾個人手了。」尼克喃喃說。

「山迪在幫忙。」

「山迪？」尼克說。

「嘿，店裡的客人他也許比我們熟呢，」莎蘭安撫他。「好啦，小姐們，小心開車喔！」

露西帶著納森一起回來，他誠摯地和大家打招呼，顯然很高興看到兒子的朋友。經不起他一再邀請，尼克和莎蘭答應和他們去餐廳坐一下，只是尼克似乎有點焦躁。雪麗真希望剛才沒有多嘴。

「雖然一次只能進去兩個人，但他們姑且相信妳們都是親戚，」露西告訴她們。「我們很快就回來。」她似乎有些憂慮。

「我們會等你們回來。」珍妮說。

幾位長輩離開了，雪麗說：「妳們先進去，我昨天已經看過他了。」

凱倫點頭，她和珍妮一起走向病房。雪麗四下張望，發現一本雜誌於是坐下來看。

之前她只隱約注意到休息室裡有個男的用報紙遮住臉。她一坐下，他立刻放下報紙走過來，嚇了她一跳。

他就是上次納森指給她看的那個狗仔記者。

「你要做什麼？」她厲聲質問。她沒必要壓低音量，反正休息室裡只有他們兩個。

「別嚷嚷，」他說：「大家都以為我想挖新聞寫灑狗血的報導，就連佛瑞夏夫婦都不相信我是他們兒子的朋友。」

「我從來沒見過你。」她告訴他。

「對，但妳和史督華多久沒見了？」他問。

這句話正中死穴。

「他們為什麼不相信你是他的朋友？」

他嘆息。「因為我幫八卦雜誌寫文章，儘管他們知道他也幫同一家雜誌寫東西。也許他們覺得我有責任吧！他們好像知道是我向總編推薦史督華，而他正好在那時從他們生活中消失。他們叫警察來問我話，天哪，他們的問題可真狠。我想我大概和佛瑞夏夫婦犯沖吧！他們不相信我。很不幸，我出了名的專寫一些鬼話，像是『外星人綁架我的雙頭連體嬰後又誘拐我』。」

「哇，真有新聞良知。」

「嘿，大家都得生活，對吧？」

「既然你認識史督華，又知道他在做什麼，為什麼不告訴警方？」

「我告訴他們了。我說他告訴我他對經濟、農業很感興趣，而且想調查大企業在沼澤區的活動，那就是他在做的事。到處找水道、污染……妳知道，環保議題。但他真的很興奮，他覺得好像碰上了大新聞。問題是，我真的不知道他在追什麼消息，更搞不清楚他明明在調查環保問題，最後怎會扯上毒品？」

雪麗仔細觀察他。他和她年紀差不多，留著相當長的棕髮。他的眼睛很大、很藍、很誠懇。他的襯衫和西裝外套都很合身，看上去誠懇而有學問，不像會寫雙頭外星嬰兒故事的人。

「我和警方談過，他們也和雜誌總編談過。史督華完全投入臥底調查之前，提過本地幾個大人物。警方找他們談過，但妳一定不相信，他們一個比一個清白。後來警方就要我閉嘴滾蛋，不管我說什麼警方都不再當真。」

「那你為什麼來找我？既然你除了惹麻煩一點貢獻都沒有，我憑什麼要和你攪和在一起？」

他聳肩微笑，笑容漂亮而遺憾。「我聽說妳是警校生，我知道妳不相信史督華吸毒。所以我就想，如果真的有人能為他奮戰，應該就是妳。」

她仔細審視他。他似乎很誠懇，他想幫忙卻惹得一身腥。

他相信史督華，這一點很重要。儘管知道不該驟下判斷，但他似乎比納森想的更有道德。

她終於微笑了。「抱歉，但我已經不是警校生了。」

他蹙眉。「妳被退訓了？真不敢相信，不像史督華口中的妳。」

「他和你提起過我？」

「對呀，妳知道，隨口聊到的。有天晚上我們去妳叔叔店裡，大約一年前吧！妳不在，妳叔叔根本沒出現。不過他聊起你們以前感情有多好，還說要打電話找妳出來聚聚。酒保說妳在念警校。」他又給她一個誠摯的微笑。「我很想幫忙，我很擅長調查。」

「你以為你有辦法查到警方查不出來的事情？」

「我已經查到了。」他告訴她。

傑克還在露台上；馬丁離開二十多分鐘了。向馬丁說明今天的進度只花了幾分鐘。今天他突然很想去波東當年的總部看看，買下那塊地的農夫很大方地讓他隨意走動。一畦畦田地延伸到運河邊。傑克凝望河水良久，想著這塊地離最後一位死者陳屍處很遠。但南希撞進運河的地方只離這裡再往東幾哩。

他四處察看時，農夫的妻子過來找他。

「我們以非常便宜的價錢買到這裡，」她告訴他，眼神很著急。「你該不會認為這裡會出現屍體吧？」

「希望不會。」傑克對她說。

連馬丁都不懂他想在戒律會已經離開那麼久的地方找到什麼。

「不知道。我只知道線索就在眼前，但我們看不到。」傑克說。馬丁不以為然。但他去找波東那天馬丁沒去，沒聽到煙霧和鏡子那段話。

他接著說明專案小組會議以及他去驗屍間的經過。

「畫像明天就會見報。我很肯定，只要一見報定能有所突破。」傑克最後說。

馬丁看著他的眼神有點怪。「真有那麼好？」

「十分傑出。如果她是本地人，很快就會有消息。」

「那你幹嘛對畫家那麼兇？」

傑克一僵。「她這麼說？」

「沒有。我只是……唉，傑克，我也是警探。我懂得觀察人。」

馬丁不久就走了。傑克留在原位，望著空咖啡杯。

「嘿，傑克，我請你喝杯啤酒如何？」山迪說。

傑克吃了一驚，這老傢伙打哪冒出來的？

「不用錢喔！」山迪自豪地補充。「我今天晚上在這裡打工。」

「怎麼會？」

「所有人都去醫院看那個年輕人，凱蒂忙不過來。」

「他們一起去的？」傑克問，自己都不懂這有什麼關係。

「不是，雪麗回來前，尼克先想要去。我想應該是莎蘭的主意。她又烤了餅乾，想給那對父母一點愛心小吃。小麗好像要去接幾個朋友吧！來杯啤酒？」

「不用了，我還要工作。」

「你腦子有在工作啊！傑克。」

「可惜不夠努力。」

山迪濃密的白眉毛糾成一團。「嘿，傑克，」他壓低聲音說：「這也許不關我的事，但……別太苛責自己。大家都知道你……唉，你的老搭檔出事你很自責，這個新案子又把當年的事全翻出來，簡直像突然挨了一巴掌。」

「山迪，你知道太多了。」

「關心周遭的人，是我唯一能做的事了。人難免犯錯，也都有低潮的時候。我那天在這兒看到你和布萊恩．列西特。那個混蛋對老婆不忠，害她傷心難過，所以……就算你——」山迪頓了一下。「那不是你的錯，傑克。你必須學著釋懷。」

「謝謝你的建議和鼓勵，山迪。」他站起來。「啤酒改天再讓你請。」

「哼，那時我就得付錢了。」

「我可不想讓你誤會我看不起你，以為你請不起。」傑克打趣說。他沿著碼頭漫步走回關朵琳號。他最近養成習慣，在插鑰匙前先檢查門和鎖。他還是沒時間請人來換鎖。

進到艙房，他登入電腦叫出一份名單慢慢捲動。約翰．梅斯特。這個名字躍進腦海。

但梅斯特死了。

煙霧和鏡子。

十五分鐘後，他察覺自己依然盯著螢幕。

所有人都以為他亂放煙霧。南希死於意外，這是很合理的論斷。但他就是知道……他知道。媽的，他知道。

而他也用別人對待他的態度去對待雪麗．孟泰格。要清醒、合理、理智。但有時這些都只是屁話。他滿懷心事地關上電腦。

「天哪！抱歉，」雪麗旁邊的男人忽然說。她這才注意到他是聽到有人從走廊過來了。「我得走了。」

「不！」雪麗說。他雖然幫三流雜誌寫稿，但他觸動了她心中的警報。她跟著站起來。「你不能走。你還沒告訴我——」

「我必須離開，他們會以為我騷擾妳。」

「不行，你不能走！我要把事情聽完。」

「我會再找妳，別擔心。」他已經到了門口。

「等等，真是的！」她追到門口時，他已經不見人影。她看到佛瑞夏夫婦回來。

「你們真快。」她說。

「我們不想離開太久。」露西解釋。

「凱倫和珍妮還在陪史督華。」雪麗說：「我去看看她們準備出來沒。」

「不急，親愛的。我晚點才要進去在病房的躺椅上睡一下。納森要先回家洗澡更衣，處理一些事情再回來。早上再輪到我回家。」

雪麗去病房換珍妮和凱倫出來。史督華的狀況沒有變化，但看到他臉色稍微好了一些，她又鼓起希望。她握著他沒有插針的手，娓娓說著今天的點滴。她告訴他狄雷修的事情，坦承因為一時愚蠢的衝動而去了他家，現在她覺得自己像個白癡，竟然對那個人神魂顛倒、無法自拔。她告訴他，有時候會遇到一個你喜歡、又吸引你的人……你忍不住在意他，儘管明知不該。說完之後，她沈默下來，想不出還有什麼要說。

「噢！有個你在報社的朋友，至少他這麼說的，他跟我說了一些事情。我連他的名字都不知道，不過應該查得出來。可是我不想去問你爸。因為他真的很不喜歡他。」

她看看錶，沒想到和他說了這麼久。但她總算能對朋友一吐為快，儘管他在昏迷中。她從來沒辦法輕易說出私密的事情，就連對珍妮和凱倫也說不出口，她們卻能大方地說出愛情生活、徵詢別人的意見。

「我要出去了，你媽才能進來睡覺。」她吻吻他的前額，捏捏他的手，握了一下才離開。

她到休息室時，詫異地看到連恩也在。

「嗨。」她說。

「嗨。我想該過來一下。我告訴佛瑞夏夫婦，雖然我只是小警察，但能幫得上忙的地方請他們盡量開口。」

「太好了，這下有人陪我們去車上了。」珍妮開心地說。

「而且又高又帥，」凱倫輕快地說：「還有帶槍。」

「去停車場怎麼會需要槍？」

「噢，妳也知道，那裡很黑嘛！」雪麗對凱倫使個眼色。她不想讓佛瑞夏夫婦擔心她晚上來看史督華會不安全。「我們該走了，讓你們好好休息。」她對佛瑞夏夫婦說。所有人一一擁抱吻別後才離開。

「雪麗，」凱倫說，他們正走出電梯進入停車場。「妳不覺得該讓佛瑞夏夫婦知道妳在停車場被跟蹤嗎？」

「妳怎麼沒告訴我。」連恩略帶責怪地說。

「我根本沒機會說，」雪麗告訴他。「我又能說什麼？大家都覺得我腦筋有問題，自以為被穿著手術服的人跟蹤。」

「我絕不會覺得妳腦筋有問題。」連恩對她說。

「我不想讓他們多擔心。他們已經夠難過了。」雪麗說。

走著走著，凱倫突然停下腳步。「噓！」她說。

「怎麼了？」珍妮問。

「腳步聲，往這裡來。」

「我有槍。」連恩壓低聲音說。他們全都靜了下來。

「是從電梯那裡來的。」凱倫小聲說。

「妳有看到人嗎？」珍妮問。

「柱子太多了。」雪麗喃喃說。

「別動。」連恩伸手到夾克裡。他一定戴著肩式槍套，雪麗想。

「一直往這裡來。」凱倫輕聲說。

的確，雪麗想。但腳步聲很重，不像暗地跟蹤的感覺。

一個人影出現了，越來越近，天花板上的日光燈照出的影子讓他面目不清。

高大、黝黑……寬肩。他漸漸接近，走進明亮的燈光中。

「傑克・狄雷修。」雪麗鬆了口氣。

他也看到他們了，邁著大步嚴肅地朝他們的方向走來。

「是妳畫過的那個人。」凱倫說。

「他是警察。」連恩說。

雪麗瞪了他一眼。「你認識他？在奧蘭多那時你怎麼沒告訴我。」

他蹙眉看著她。「我聽不懂妳在說什麼。他也去了奧蘭多嗎？」

「不是啦，去舞廳那天晚上，我畫過一張他的像。」

連恩依舊滿臉不解。

「他去付帳了，小麗。」凱倫說。

他走過來時他們一起閉上嘴巴。

「狄雷修警探，」連恩說：「你怎麼會來這裡？」

狄雷修對連恩揚起一道眉毛。「我來看史督華．佛瑞夏。你呢？」

「我也是。我是雪麗的朋友。」連恩解釋。

「這兩位是我的朋友，凱倫和珍妮，」雪麗匆匆介紹。「我，呃，我不知道你認識連恩。」

「他們都是警察，雪麗。」凱倫說。

「邁阿密市有幾千個警察，不可能全都彼此認識。」雪麗連忙辯解。

「所有人應該都認識狄雷修警探，我念警校時他來上過幾堂犯罪現場講座。」連恩說。

「你現在在南區工作，對吧？」傑克問連恩。

他今晚心情不錯嘛，雪麗想。不像在驗屍間遇到的那個大魔王。

「是，長官。」

「你還喜歡這份工作吧？」

「毫無疑問。」

「你有查出什麼新的消息要告訴佛瑞夏家人嗎？」雪麗問。

狄雷修深黑的眼睛轉向她，「沒有，很抱歉。我只想告訴他們我見過卡尼吉，能幫上忙的地方我會盡力。他們說妳剛離開，我本想看看能不能趕上妳。」

「喔？」

「不過既然妳有朋友在，那就晚點再說吧。」

「我先要送凱倫和珍妮回家再回餐廳。」她說。

「好吧。我先走了，晚點再找妳。凱倫，珍妮，幸會。連恩，很高興見到你。」

「彼此彼此，警探。」連恩說。

狄雷修轉身離開。

「到底怎麼回事？」

「我今天幫他的案子畫像，可能是要修改吧。」

「他不該為了工作的事下班後還追到這裡來。」連恩忿忿不平地說。

「不是啦，我請他幫我查史督華案子的資料，」雪麗急著澄清。「我回家再去找他就是。」

「嘿，如果妳想早點回去，我們可以坐計程車。」凱倫說。

連恩十分有騎士精神地挺身而出。「別傻了。我們先送雪麗上車，我很樂意送兩位回家。」

「連恩，你真貼心。你真的不介意？」雪麗問。「我急著想知道他有什麼事。」

「沒問題。」

他們送她上車，她匆匆道別後加速離去。

她一路都在超速邊緣，等不及想快點到家。

連恩先送珍妮回家。一有機會和凱倫獨處，話題立刻變得更深入。

「雪麗在局裡表現很好，雖然她要暫時轉任民間雇員。狄雷修是局裡最受敬重的人物之一。」

「而且還是個帥哥，」凱倫說完後轉向他。「不過，陰沈型的人永遠不懂得放鬆。雖然我不認識那個人，但……嗯，你知道……他好像很嚴肅。拿你來說好了，你也是警察，對工作也很投入，但那天晚上還不是玩得很開心。我都忘了該謝謝你帶給我們那麼愉快的一晚。」

連恩對她微笑。「妳謝過了，」他柔聲說。她靠得很近。友善、溫和……主動？他突然想多瞭解她。「那麼……妳們要一起來幫雪麗慶祝吧？」

「當然，既然你們都邀請了。我家到了。」凱倫指著前面。

他把車開上車道。「這地方很漂亮。妳一個人住？」

「是啊。雖然不是什麼豪宅，但是我自己的房子。不對，是銀行和我一起擁有的。」

「真不錯。」

「想進來看看嗎？」

「當然想。現在不會太晚嗎？」

「一點都不會，我是夜貓子。請進。我可以弄點咖啡或茶……還是你想喝啤酒也有。噢，對不起，你是警察，而且還要開車。」

「我們可以先喝啤酒，然後再喝咖啡。」連恩說。

凱倫緩緩笑開。「好啊！」

進去之後，凱倫自豪地展示小而漂亮的家。

「這一帶有些房子從二〇年代保留到現在。更之前，這裡是沼澤中央。不對，我在說什麼？沼澤區不算沼澤，因為水經常移動。」

他笑了。「我懂妳的意思。」

「好啦，我去拿啤酒……並把咖啡煮上。」凱倫說。

她拿了啤酒，打開音響，他們坐在客廳的古董沙發上聊工作。沒過多久，她發現他在瞄他的空啤酒瓶。「我還有啤酒，可是……我怕你被抓到酒駕。」

「對呀，能再來一瓶就好了，但……」

「嘿，這是張沙發床，歡迎你留下來住一晚。」

她就坐在他身邊，長長的腿盤起來。他們的臉靠得很近，他輕碰她的下巴。「我不知道能不能克制自己睡沙發。」他溫柔地說。

他聽到她吸了一口氣。「我也不很想讓你睡沙發。」她說。

他靠過去輕輕吻她。他們分開時，她的嘴唇濕潤、呼吸粗重。

「我去拿啤酒。」她喃喃說。

她去廚房好久都沒有回來。接著他聽到她叫他而回過頭，她站在臥房門口。沒有別的說法可以形容，總之就是全裸。修長、纖細、美麗，而且全裸。

他不明白怎會突然生起氣來。

看來這年頭所有女人都很淫蕩。

他的心中越繃越緊。

他站起來，感覺雙手因盛怒而緊握成拳。

「你的啤酒在這裡喔！」她溫柔的聲音性感誘人。

蕩婦。

「真的？」他以同樣溫柔的語調回應。她走進臥房，他跟著進去。她躺在床上擺出動人的姿勢。他看了她好一會兒，覺得全身肌肉緊繃。這就是雪麗的朋友。**雪麗。**

「警察先生？」她柔聲挑逗。

他撲過去，她尖叫一聲。

只有一聲。

雪麗把車停在私人車位，暗自祈禱露台上沒人。幾張桌子上有客人，但都成雙成對共享浪漫晚餐。她沒看通往露台的小路，逕自快步走上碼頭。

接近傑克的船屋時她躊躇了。他說有話要跟她說，但她還是覺得尷尬。

她沒察覺自己幾乎沒有前進。她看看船上。窗簾拉上了，但她確定裡面有燈光。不安爬過全身，她的腳步更慢了。

她終於走到船邊，心跳如擂鼓般響亮。她謹慎地從碼頭踏上甲板，站了好幾分鐘才走到門口，遲疑了一下才舉手敲門。門自行往裡打開。

她剛才看錯了，艙房裡根本沒有燈光。她正準備出聲喊他時，聽到呼地一聲，但已經太遲了。她試圖轉身，想尖叫但被人從背後勒住，她看不到對方的臉，她被勒得喘不過氣來，尖叫變成無聲的喘息。

她發現自己在空中飛，落地時對方的體重巨石般壓住她。她又開口想尖叫，急迫地大口吸氣，想甩開落地時腦中冒出的千萬顆星星。

一隻手摀住她的嘴，她的尖叫聲還沒到嘴邊就消失了。

露西．佛瑞夏突然醒來，她看看黑暗的房間，什麼也沒看到。她笑自己太敏感，長期緊繃的狀態讓他們神經衰弱了。

她靠回躺椅上。史督華躺在病床上，入院後他就一直是這個姿勢。病房很安靜，小夜燈昏暗，一切都平靜無聲……

她猛地跳起來。

寂靜無聲。

不該這麼安靜！她應該聽到呼吸器的聲音，在這段無比漫長的時光中，那個緩慢規律的呼咻聲一直陪伴著她。

她奔向兒子床邊，他臉色發青。她看著螢幕，沒有訊號。

史督華沒有呼吸，他的心不跳了。

死了……

不！

她衝到門口拉開門尖叫呼救，護士飛奔而來。她看到病房的狀況，大聲叫護理站的人呼叫代碼。醫院人員抵達後露西被趕出病房。

露西開始尖叫，生命似乎由四肢快速流洩。她慢慢倒在地上，依然尖叫著，她不相信。

她啜泣顫抖，連禱告的力量也沒有。

她只是不斷尖叫：「不！」終於有人拿來鎮定劑，針頭刺進她的手臂。

「雪麗？」

摀住她嘴巴的手鬆開來。

「傑克？」她難以置信地說。

岩石從她身上移開。一隻手伸過來在黑暗中找到她，拉她站起來。一時間連黑夜都在轉。

燈光亮起，灑滿闗朵琳號。她直直望著傑克。他只穿著海灘褲。他雙手插腰，眼神凌厲。「妳偷偷摸摸地在做什麼？」他質問。

「我沒有偷偷摸摸！」她忿忿回嘴。「你說有事要告訴我。我才要問你在搞什麼鬼，所有客人都得先挨你一頓揍嗎？」

「妳躡手躡腳地上船。因為之前有人偷闖進來……」

「天很黑。我無法確定你在不在，會不會已經睡了……你說什麼，有人偷闖進來？」

「有人前幾天晚上闖進來，我感覺得出來他們又來了。」

「有東西被偷嗎？」

「別傻了。」

「不要叫我別傻了，那是完全合理的推測。不然為什麼要擅闖偉大的狄雷修警探的聖地？難道是為了跟別人炫耀？」

他暴躁地瞪她一眼，轉身走上通往甲板的階梯。她跟過去。他在船艙周圍的狹窄甲板來回踱步。他停下來，遙望通往尼克餐廳的碼頭。雪麗也跟著看。

沒有動靜。

他突然轉身。「妳沒事吧？」

「當然。我最喜歡被人撞倒在地上了，耳鳴不停的感覺最棒了。」

他伸出手來碰她時，她差點閃開，但她還是克制住了。他揉著她的頭。

「說真的，妳沒事吧？」

「嚇到了，不過沒事。」她說。他的語氣變得還真快。

他收回手，再次望著黑夜。

「傑克，到底怎麼回事？」

「我不知道。這是第二次有人偷上船了，他們一定是想找什麼東西，但是看得到的東西都沒丟。」

「他們想找什麼？」

他搖頭。「不知道。」

「你有鎖門嗎？」

「有。」

「鎖有沒有被撬開過？」

「沒有。」

「那麼……」

「這次真的只能怪我自己，我早該換鎖的。」

她猶疑了一下。「誰有鑰匙？」

過了好一會兒，他聳聳肩。「尼克有一把。」

她感覺背脊僵直、牙關緊扣。「尼克絕對、絕對不會沒有得到允許就上你的船。如果你以為他把你的鑰匙亂放，那你最好拿回去。」

「我完全信任尼克。」他打斷她。

她沈默了一陣。「所以呢？」

他聳肩。「幾年前……我還有另一把鑰匙。」他的睫毛垂下來。「我的搭檔有一把。好久以前了，不是馬丁……另一位搭檔。」

「去世的那位女警？」雪麗輕聲問。

他的眼睛盯著她的。「對。」他轉頭望著酒吧四周柔和的燈光。接著他又聳肩。「我之前沒想過……直到最近。我以為是她先生拿走了，但他否認。」

「你何不找指紋小組來？說不定能找出什麼。」

他點頭，但似乎沒有當真。

他的視線接觸到她的。「我敢打賭，闖進關朵琳號的人一定不會留下指紋，他們一定會戴手套。」

雪麗沈默了一下。「沒有東西遺失，但你確定有人闖入。還戴著手套。我實在不想質疑你，但你會不會有點神經過敏？因為……因為早該了結的案子再次浮現？」

他微笑，有些喪氣地說：「不，我沒有神經過敏，雖然我也許有點強迫症。我一個人住。我知道所有東西的位置，我知道東西動過……雖然只有一點點。我桌上的紙角度不太一樣，階梯下面的小地毯稍微移了一點。諸如此類。」

「為什麼呢？」

「不知道。可能有人以為我掌握到什麼，但我一點概念也沒有。」

他轉身走向黑暗的船艙。她皺眉看著他。他停了一下，轉身問：「要來嗎？」

「我，呃，我來是因為——」

他已經走回船艙裡了。她慢慢跟上去。

「妳要留下嗎？」他問她。

這麼直接的問題嚇了她一跳。她不知道該怎麼想，該因為被他攻擊而憤恨，還是該關心他的住處被入侵，或是生氣。他們已這麼親密，至少算得上朋友，但他在驗屍間時竟然把她當垃圾。

「你找我有什麼事？」她裝出有些尖銳的語氣。

他揚起一邊眉毛。「當然是為了道歉。」

她的怒氣如盛暑中的冰一般全融了，她不該這麼輕易就原諒他。

「妳要留下嗎？」他重複。

她發現自己在點頭。

14

傑克走過來，她立刻在他懷裡。他的唇熱烈如岩漿般濕潤灼燙，他的舌在她口中的動作彷彿連她的內心都有感覺。光是一個吻就彷彿交合纏綿，愛撫到身體其他地方，她的體內急得發疼，希望、渴望這一刻延長，迫切地想要他，要他立刻進入身體裡。她艱難地拉開些許距離。薄薄的海灘褲下，他的堅挺清晰可見。她勾住褲腰往下拉，引得他從喉嚨深處發出咆哮般的呻吟，同時他的舌更加深入。他繼續吻著她，手伸進她的針織上衣裡，蕾絲胸罩下，他的手移動著，找到她的乳尖，在上面與周圍挑逗地畫圓。她努力抵抗快感，讓雙手繼續探索，終於握住他來回撫摸。他的觸感滑順，脈動如雷。

他們的唇分開，她的上衣被從頭頂上脫掉。接著他的唇貼上她的喉嚨，她攀著他的肩，感覺自己離開地面坐上流理檯，同時他俐落地解開她的胸罩。她費力踢掉鞋子，感覺他的手放在她牛仔褲的鈕釦上。她沿著他的身體滑動，他的雙手伸進牛仔褲裡捧住她的臀瓣，接著把牛仔褲從她身上剝掉。他的海灘褲早已落在地上。她再次被舉起，他的手扣住她，接著下降到他火熱、搏動的賁起上，她緊貼在他身上好幾秒後又坐回流理檯上，世界天旋地轉，所有感覺都消失了，只剩下瘋狂的需求，要他成為她的一部分，在她身體裡，堅硬而生氣勃勃。淚水突然湧出，她徹底屈服於對他的強烈渴望。她把他的肩膀摟得好緊，他得用力才能拉開一些距離吻她的肩膀，封住她的呼吸，用炙熱雙唇、牙齒與舌頭挑逗她，用雙手與嘴吞噬她，即使在此同時情慾的節奏已近乎瘋狂。

就算現在外頭發生爆炸她也不會知道。她的心跳聲侵蝕掉現實。她只隱約感覺到彼此汗濕的肌膚，他的肌肉起伏伸展，以及她所坐的檯面。她緊鎖住他，濃烈、迫切，她口中溢出叫聲，而非話語。她用力拱起身體，壓緊、扭動，隨著瘋狂滋長，她感受到甜蜜，快感越升越高。她緊緊夾住他，愉悅不斷攀升，終於抵達如此爆炸性的高潮，她奇怪自己怎麼沒有粉身碎骨。他顫抖著抵達高潮釋放，用力抱住她，將兩人牢牢鎖在一起，爆裂的狂喜佔據，彷彿強烈震波般在兩人身上蕩漾。

她的頭垂在他肩上，再也不怪自己這麼輕易原諒他，這麼快就陷入。她沒想到他會極其溫柔地抱起她，小心翼翼走下通往臥房的階梯，彷彿她是最珍貴的寶物。她落在他的床上，寢具依然因為昨夜激情而凌亂，很快他就躺在她身邊摟著她。

他的眼神專注而嚴肅，一時間她被捲入那個眼神中更濃郁深沈的感情，但她發現自己輕柔地問：「我忘了問你為什麼道歉，為了我上船時攻擊我，還是你在驗屍間的惡劣態度。」

她被自己的話弄得緊張起來，她摒住呼吸，不自在的敏銳感受到周遭的一切，床和床單的觸感，他摟著她的手臂強壯而汗濕，他臉龐的輪廓，垂落的頭髮，深黑的雙眸。

「都有，」過了一會兒他說。他伸手撥開一束黏在她臉頰上的濕髮。「都有。妳今天下午嚇了我一跳。我連妳有鉛筆都不知道，更別說這麼傑出的天份。我會生氣大概是因為覺得我該知道。仔細想想，妳也該道歉。」

「我該道歉？」

「妳可以告訴我，妳正考慮要從警校轉進民間雇用單位。」

「呃……」她的聲音有些沙啞。「我們又不是什麼交情深厚的朋友。我不真正瞭解你……你也沒多瞭解我。」

她很意外地看到一抹悵然的微笑浮上他的嘴角。

「我自以為多少瞭解妳。我是說，仔細想想，隊上有多少男人知道妳的脊椎底端有個小小的花朵刺青？或是妳大腿內側上方有條小疤？」

她臉紅了，真希望她投懷送抱的速度不是快到這麼丟人。

「事實上，我甚至不確定你是不是討厭我。」

他大笑，把她摟進懷裡。「妳的脾氣的確夠火爆，孟泰格小姐。」他的笑聲褪去；他的眼神很嚴肅。「而且莽撞冒險。」

「那你又有多圓滑親切？」

他聳肩。「妳燙到我呢，小姐。」

「我可沒看到疤，也沒有長遠的影響。」

他沈默了半晌。接著他靜靜地說：「恐怕比妳想的更長遠。」這句簡單的話讓她有種暈陶陶的奇怪感受。他的唇刷過她的唇時，那種感覺彷彿比他們之前所做的一切更為親密。

吻漸漸深入。他退開，用手肘撐起身體細細看著她。

「我自己都不知道要去做那份工作，我們……我見到你的時候，甚至還沒決定。我今天早上就是去鑑識科瞭解這件事。我沒有告訴你，是因為我也還不確定。」他依舊沈默看著她。她說得太多了，她知道，但依舊繼續。「我也是在前往驗屍間的路上才知道要去做什麼。我一直都是主修美術，而且……唉，一般人會先交往才上床，而不是先上床……」

她的聲音拖長，她還不確定他們是否在交往。

「閉嘴吧。」他的嘴唇貼上來，溫柔依舊，但多了幾分濃烈的急切。只這樣一個接觸，她就觸了電。她投入他懷中，貼著他的肌膚。她感覺他的舌在口中動著，那份溫存似乎暗示著接下來會有更肉體的活動。她沐浴在他的體溫中，他極度巧妙的輕柔碰觸，強烈的渴望取代了細膩的挑逗。她不知今夕何夕，此處何地，遺失了現實。之後，當她再度靜靜躺在他身邊，她飄進夢鄉又醒來，知道他也醒著。

「傑克？你今晚怎會來醫院？是不是問到了什麼？」

「沒有，很抱歉。」他沒有翻身面對她。

「但你相信我吧？你相信史督華的事情另有蹊蹺？」

他沈默了一下，接著轉過身。

「雪麗……我不知道該相信什麼。我只知道卡尼吉是位好警察。我可以自己做些調查，尤其是他投稿的那家雜誌社，但……妳得仔細思考，妳的感覺是絕對實在的，還是……」

「還是什麼？」

他用手肘撐起上半身嚴肅地說：「還是妳可能有罪惡感，因為和他上過床又失去聯絡。」

她覺得被澆了一桶冰水，也用手肘撐起身體面對他。她才不要回應他錯誤的胡亂猜想。「是嗎？那你覺得有人闖進你船上，也是因為你和你的搭檔上過床嘍？」

他激烈的反應嚇了她一跳。他沒有碰她，但他離開時的力道如此驚人，像一陣旋風刮過臥房。他赤腳走出艙房，應該是去找他的海灘褲。

雪麗躺在原處，感覺空氣忽然變得冰冷。她咬著下唇坐起來，決定這段瘋狂、一觸即發的關係——結束了。至於這段關係在她心裡勾起了什麼感情……她根本無從得知。她只知道她必須走了。

她到處找衣服才想起它們散在客廳裡。她放下尊嚴走出臥房，踏上兩級階梯走進客廳。通往甲板的門開著。一陣微風吹來，帶著一絲鹽和海水的氣息。她狂亂地找衣物，聽到他的聲音嚇了一跳。

「別走。」

她才剛找到胸罩，聽到他的聲音轉頭站起來，頭敲到流理檯。他重新走進艙房，隨手關上門。他直直朝她走來，完全沒注意到她抱在胸口的少少衣物。他伸手揉著她的頭，雙眼凝視著她。「別走。如果妳願意，請聽我說。」他的手指緊纏著她的頭髮，她只能輕輕點頭。他沒有傷到她；她不想讓他覺得有。

「我在聽。」她輕聲說。

「我沒和南希上床，從來沒有。我不知道是誰告訴妳的，很多人都以為我們有過婚外情，其實從來沒有。她已結婚。沒錯，我愛上她，但我們從沒上過床。有幾次差點發生，但總是有一方打退堂鼓。她依然相信婚姻的誓約，我則是因為愛她。她必須自行選擇和布萊恩和好或離婚，我不能干預。她真的是我最好的朋友。我這輩子很少那麼瞭解一個人。我會執著於我的想法，是因為我瞭解她，而不是因為和她睡過。她不會自殺，也不會因為心情不好就跑出去狂歡、酗酒、嗑藥。我不管局裡的心理醫生所做的推測有多可靠，真相絕不是那樣。」

他停了下來。他的眼睛如此深邃，可以半點不洩漏心情，也可以像現在這樣燃燒著激動與說服力。

「你知道嗎？」她說。

他有些訝異，輕輕皺著眉頭，沒想到她會這樣回應。

「什麼？」

「我從沒和史督華上床。他是我的朋友，最好的朋友。」

揪住她頭髮的手鬆開來，他緩緩微笑。「嗯，也就是說，我好像又該道歉了。」

「沒錯。」

「我真的很抱歉。妳這麼拼命幫他說話，我早該想到是出於友誼。我們很像，比我一開始以為的更像，」他說。她發現自己放鬆下來。「我要去鎖門，設定咖啡機。」

「好。」

她站在原地，剛撿起來的胸罩又掉回地上。

不久後，船屋鎖好，明天早上咖啡也會自動煮好。回到臥房，雪麗躺在床上告訴傑克她和史督華感情有多好，她多喜歡他的父母。

「你們那麼親近，怎沒變成小情侶？」他質疑。

她笑了。「那是家很大的公立學校，」她提醒他。「我們總是成群結隊。那時後我暗戀一個足球隊員。史督華廣播讓全校都知道，我都快羞死了，但那人喜歡這一套，後來我們交往了幾年。那就是我了不起的青春戀曲。」

「但你們分手了？」

「喔，幸好。我發現他是全世界最可惡的爛人。」

「比我更可惡？」

她悵然微笑。「唉，你有時候會讓我聯想到他。他希望一畢業就結婚，和我住在尼克的家裡，由我賺錢供他上大學。他拿到足球獎學金，但不是全額。他認為藝術只是嗜好，不是正業。他覺得既然他是男人，該有權去酒吧和朋友——當然還有女大學生——鬼混。

而我得到他那種男人，該謝天謝地，不管他做什麼我都該同意。我當時竟然傻到差點答應，幸好史督華說，只有白癡才看不出自身的價值，我瘋了才會放棄藝術。我聽了他的話。但後來……我不知道。我真的很想當警察。可能是因為我爸吧，我也許以為這樣能更接近他。我還是想把警校念完，但我也知道鑑識科這份工作的在職訓練能讓我學到很多。」

「一定的，」他說，「我想我這種老傢伙大概看不出新世代的潛力。」

「新世代？」

「妳該說我不是老傢伙。」

「你幾歲？」

「快三十五，在隊上十三年。」

「你一直想當警察？」

「不，我本來應該去當律師。當年我某些方面的確很像妳那個爛人足球隊員。」

「你依然很大男人。」

「才不是，已經不是了。除了……」

「除了和我在一起的時候？」

他猶豫了好久。他一咬牙，聳聳肩才開口。「妳有時候會讓我想起南希。」

「她是警察，刑警。而且你愛她。」

「是啊。但我知道、真的知道，她單獨去冒險才會遇害。她犯了錯。」

「男警察也會犯錯啊，連你也會。」她提醒他。

他微笑。「是啊，的確。」

「但你還是在外面跑。」

「可不是。」

「那麼……」

「妳知道嗎？」他轉向她，雪白的枕頭襯著他古銅色的臉。「警察也有壞人。不論性別、性向都有可能。警察不只是帶著槍、雄赳赳的男人，和肩上別著階級章的女人……他們也是人。有些人會變壞，真的很壞。但大部分的警察都是好人。我年輕的時候遇到一位好警察。他導正了我的行為，我看到他能為別人帶來改變。對我而言，這份工作的意義就是這個。為別人帶來改變。我常看到警察這麼做，儘管有時只是小地方。我知道有時候就是找不出答案，但並不表示可以放棄。如果妳保密，我甚至願意承認我執迷於波東案。我知道現在這具無名女屍一定跟他有關連。我很肯定只要找出關鍵，就能真相大白。也許就是這樣，我才瞭解妳對史督華的信心。但我敢打賭，妳的畫明天一見報，很快就會知道無名女屍的身分，也就是說，我以後會忙得不得了，所以妳要諒解，我可能無法投入太多時間。」

她用指尖畫過他的臉。「你肯出力我就很感激了。」

他抓住她的手，用舌頭逗弄著。「嘿，妳該不會是因為我很會調查，能幫妳找出答案才和我在一起吧？」

她感覺嘴唇揚起微笑。「我和你在一起是因為你別的方面很棒。」

「什麼，原來是看上我的身體。」

「大腦或身體，隨你選。」她對他說：「你和我在一起難道是因為我會畫畫？還是因為我容易得手，身材也不錯？」

「容易得手，身材不錯……加上頭髮，紅頭髮對我有致命的吸引力。」

她大笑，他把她拉進懷裡。他的指節滑下她的背脊，指尖在她的臀部上嬉戲。她忽然有個念頭。

還是因為我讓你想起南希？

她沒有問。

他的唇貼上她赤裸的肌膚，她連想都不願想了。

鬧鐘沒有響。雪麗相當肯定天還沒亮，但敲門聲大得連死人都會被吵醒。

「怎麼……？」他嘀咕了幾句才跳下床撿起海灘褲。

「傑克！」

「是馬丁。」傑克喃喃說著走出艙房。

雪麗坐起來，半睡半醒地眨著眼睛。她聽到傑克開鎖，馬丁衝進來。

「找到了。」馬丁說。

「什麼？」

「報紙才剛出刊，就有人通報灰姑娘的身分。」

納森．佛瑞夏坐在醫院椅子上，臉埋在掌心中，幾乎無法承受打擊。

露西也進了醫院。她的血壓飆高，非常可能引發心臟病。她打了鎮定劑，在醫院另一頭安睡。他十分心痛。他該陪她，但她堅持要他過來，陪在兒子身旁。

「佛瑞夏先生？」

他抬起頭，史督華的主治醫師靜靜站在旁邊。

他的樣子一定很慘，醫生才會特地蹲下。「佛瑞夏先生，你兒子真的很堅強，全靠求生意志熬過了這一次。」

納森點頭，他知道無論如何都該謝天謝地。史督華死裡逃生。雖然依舊沒有清醒，但至少還活著。

「尊夫人的心臟科醫生保證，只要好好休息她就不會有事。」

「謝謝。」他聽到這句話，但感覺一點都不像他的聲音。

醫生清清嗓子。「現在，我需要你的協助。我們昨晚差點失去你兒子，因為有一個插頭被拔掉了。太多人進入病房探望他。幸好他沒有放棄，他自己呼吸撐了很久。我們不知道多久，但……這是個好現象，也是個警告。這裡是加護病房，不能讓人隨便進出，瞭解嗎？」

納森點頭。「是，是，當然。」

「佛瑞夏先生？你自己也需要睡一下。」

「我不能離開我兒子，我不要離開我兒子。」

醫生點頭，也許他也有孩子。「那麼至少在躺椅上睡一下。我晚點再來。」他說完就離開了。

納森聽著呼吸器的聲音，心懷感激地閉上眼睛。

但依然保持警戒。

「傑克，我──」馬丁忽然停下來。「噢，老天，有別人在。老兄，對不起。」

「什麼？」傑克順著馬丁的視線，看到雪麗的胸罩在地板上。他暗暗責罵自己。

「沒關係。灰姑娘的身分是？」

「早報一出來，夜班人員就接到電話。」馬丁說。但他還來不及多解釋，他們就聽到尼克家突然傳來尖叫聲。他們一起望向門口。

連恩．格林把車停在離尼克餐廳稍遠的地方，他下了車，悄悄走向那棟房子。他打算繞一大圈到後面。太陽還沒出來，還有很多樹木可以藏身。他應該可以神不知、鬼不覺地摸到雪麗住處的門口。

一聲驚天動地的尖叫劃破黎明，他停下腳步不敢妄動。

雪麗的手機響了，她聽到鈴聲，但不知道昨晚把皮包扔在哪裡。她只知道她的衣物四散在客廳裡，而傑克和馬丁聽到叫聲衝了出去。

在手忙腳亂中，她沒時間去找內褲和鞋子，她邊穿牛仔褲邊跳，到門口才連忙套上上衣，她赤足跑過碼頭，看到傑克、馬丁、尼克和莎蘭都在露台上。

她跑過去加入他們，山迪也搔著一頭白髮從船屋出來。

「怎麼了？天啊，怎麼了？」雪麗嚷著。

大家好像都在看她，除了傑克，他看著莎蘭。

「雪麗！」莎蘭說。

「為什麼要尖叫？出了什麼事？」雪麗追問。

「因為擔心。」尼克簡潔地說。

「擔心？」

「我在報上看到妳畫的圖，」莎蘭解釋。「我立刻認出那個女的。我跑去妳房間，可是妳不在……所以我就尖叫了，我很害怕。」

「妳為什麼要為雪麗害怕？」傑克問。

「我們根本不知道妳接下那份工作了。」尼克望著姪女說。雪麗的心一沉。他的確不知道。他養育她、做她最好的朋友，但她竟沒有把這麼重大的決定告訴他。

「對不起。」

「畫像上有她的名字嗎？」馬丁困惑地問。他也盯著雪麗看。她懷疑自己臉上是否寫著：**對，我和傑克．狄雷修上床了**。

「雪麗的畫我一定認得出來。」尼克嚴正地說。

「我也是。」莎蘭也說。

「尼克，這件事昨天才發生。」雪麗辯解。

「那個女的是誰？」傑克焦躁地質問，打斷他們的對話。

莎蘭的視線轉向他。「她的名字是凱西．賽維爾。」

「妳怎會認識她？」

「她在這裡做過房屋仲介。她幾個月前從中部搬到這裡，我們合力賣過一棟房子。」

「怎麼沒人向警方報告她失蹤？」馬丁問。

「呃，據我所知……」她深吸一口氣後接著說：「這筆交易沒有談成。我試著聯絡她，她的同事說她莫名其妙辭職了，辦公室裡有人說她應該是戀愛了。我只知道這些。雖然我不太欣賞她的工作態度，但當我看到她的臉……而且是雪麗畫的……」

「她工作的公司叫什麼名字？」傑克問。

「艾吉蒙與派拉喬。」莎蘭說。

傑克轉向馬丁。「我直接過去，你去局裡看看夜班那裡有什麼消息。」

「好。」馬丁答應。

傑克轉身回船上。尼克和莎蘭盯著雪麗，她繃緊神經準備聽叔叔訓話。

但他沒有說話，只轉身走回酒吧。

「沒──沒關係，親愛的。」莎蘭說。

「有，有關係。」雪麗搖著頭說。

「尼克，對不起。」

她追上尼克。他已經走到吧台後面，正在倒咖啡。他知道她在旁邊，卻不肯說話。

「妳已經二十五歲，不管是工作或愛情，想保密都請便。」

「尼克！別這樣！」

她走到吧台後面，摟住他、頭靠在他胸口，她從小就常這樣。「我很抱歉。我昨晚沒有機會和你說話，因為你已經去醫院了。後來，我回家的時候……」

「是喔！妳有回家喔！」

他甩開她。

她好一陣子說不出話來。「我還以為你喜歡傑克・狄雷修。」

「是啊，但那是他和我的姪女上床之前。」

她牢牢站著。「尼克，就像你說的，我二十五歲了。你一定知道我……我有過……」

「性行為？」他粗聲說，轉過身注視她。「對，我大致知道。妳高中時和那個混小子在一起。我不是白癡，妳知道。沒錯，妳二十五歲了。只是……去他的，我自認在妳心裡，我應該比一個剛搬進碼頭的警察有地位。」

「噢，尼克。我知道我該先告訴你。我知道你看到那幅畫一定很震驚，但一切發生得太快。」

「現在想告訴我了嗎？」

她凝視著他的眼睛，點點頭在吧台旁坐下。「幫我倒杯咖啡好嗎？」

他遞給她一個杯子。

「尼克，那真是太美妙了。」

「我不想聽妳和那個臭警察過夜的事。」

「不是啦，是工作。我聽了你的建議接受了。後來，我還沒正式上班，他們就決定要帶我去驗屍間畫那張像。一切都發生得太快了，尼克。」

「和狄雷修的事也是？」尼克低聲說。

她嘆息。「對。」

「妳幾乎不認識他。」

「我以為他是你的朋友，你欣賞他。」

「我的確很欣賞他，但妳不認識他。他很執著、強硬，而且是工作狂。我佩服那種男人，但我不認為他適合妳。雪麗，外面有很多傳言——」

「我知道那些傳言。」

「雪麗——」

他打住，因為莎蘭進來了。她進退兩難地站在門口。「真對不起。我知道你們在說私事，但我……呃，得回臥房換衣服。」

「莎蘭，別見外，」雪麗說：「直接過去就是。」

莎蘭深情地看著尼克，接著微笑說：「我愛你們兩個。」說完匆匆走過。

「小姑娘，」尼克把杯子放在吧台上靠過來。「我不希望妳受傷。我不希望妳和這種人在一起，在男人眼裡他也許很了不起，但對女人而言，我——」

他再次打住。儘管他們在談沉重的話題，她還是擠出笑容。山迪穿著及膝褲赤腳站在門口，手裡拎著雪麗的皮包。

「打擾了。狄雷修要我把這個交給妳，雪麗。」他說。

「拿進來吧！」尼克嘆著氣說。

山迪走過來。「有咖啡嗎，尼克？」

尼克和雪麗彼此對看一眼。「我能跟我的姪女找個時間去別家餐廳吃個飯嗎？」

她開懷地笑了，傾身探過吧台親吻他的臉頰。

「當然沒問題。」

她的手機又響了。混亂中，她都忘記有人打過電話找她。是同一個人打的嗎？她翻皮包拿手機，山迪在吧台旁坐下。

「雪麗？雪麗．孟泰格？」

「是。」

「是我，大衛．華頓，在醫院和妳說過話的人。我需要見妳，有人想殺史督華。」

雪麗和大衛約在咖啡店見面，是他提議約在人來人往的地方。

回房洗澡前，她先花了快二十分鐘打電話去醫院找佛瑞夏先生。一位義工唸了史督華的病歷給她聽，紀錄顯示毫無變化。護士不肯幫她轉接病房。她好不容易在一本舊通訊錄找到納森的手機號碼，她打過去，暗自慶幸號碼沒換。

但和納森通話也沒用。他的聲音十分疲憊，雖然和平時一樣和善，但他堅持不讓她去醫院——昨晚太多人出入病房，在紛亂中有一個插頭被拔掉了，史督華險些喪命。

雪麗不敢相信。她是最後一個進去看史督華的，她確信她沒有把插頭弄掉。她也很確定史督華的呼吸器運作正常。她試著解釋，納森打斷她，說他太太現在也住院了，不管她相不相信，事實如此。接著他道歉不該對她大聲，但一再堅持他們想獨處，至少幾天。

她在震驚中洗好澡，開車去咖啡店見大衛．華頓。

他彬彬有禮地打招呼後在她對面坐下。咖啡一來，他立刻切入正題。「傳聞說妳們之中有人拔掉插頭。」

「不可能！」她忿忿不平說：「要是你真知道什麼內幕，最好現在就說出來。」

「嘿，是我主動找妳的。妳再耍警察那一套，我立刻走人。」

雪麗往後靠，嘆息一聲看著他。「插頭不是我們拔的。到底怎麼回事？」

「我怎會知道？」

「你在那裡，不是嗎？」

「對，但不在病房裡。妳想他們會讓我進去嗎？」他搖著頭問：「不過我可以保證，露西．佛瑞夏不是神經病，她不可能失心瘋、潛意識裡想讓他走。雖然我不在病房裡，但我一直守在外頭盯著走廊和一切動靜。出入病房的只有他的父母和醫院員工，或者『看起來』像醫院員工的人進出過。」

服務生過來點餐。雪麗忽然覺得很餓，點了豐盛的早餐，大衛只要了簡單的柳橙汁和吐司。他似乎覺得她的食量很有趣。

「妳平常都吃這麼多嗎？」

「只有很餓的時候。」服務生離開後，雖然沒必要，她還是靠向前。「換句話說，你認為有人假扮成醫生或護士混進病房、拔掉插頭？」

「對，我就是這個意思。別說我電影看太多。」

「我沒有這麼想。」她完全相信他，如同她確信自己在停車場被假扮成醫生的人跟蹤。「我相信你，實在太可怕了。那麼，有人穿著手術服進去拔掉插頭，露西怎會沒有察覺？」

「她在躺椅上睡得很熟。」

「她應該會醒過來。」

「很難說，可憐的老太太一定累壞了。而且下手的人很高明，喬裝溜進去而不被發現。那個人一定是高手。」

雪麗沈思了一下。他很像在憑空瞎扯，但她告訴警察有人在停車場跟蹤時也很像胡思亂想。如果她說的是真的，他說的也很可能不假。

「如果你說的是真話，那麼史督華此時此刻正有危險。」

「我知道。但現在是白天，醫院人很多。他父親也在那裡。而且，我想妳應該可以去醫院。」

雪麗搖頭。「納森以為是凱倫、珍妮或我不小心弄掉插頭。」

「也許妳可以說服他。」

「也許我們該查出真相，」她靠過去。「那天晚上你說知道一些事情，已經有所發現。到底是什麼？」

他遲疑。「如果我告訴妳，妳要保證先幫我查證之後，再向警方報告。」

「要是你的發現站得住腳……」

「我不確定我掌握了什麼。史督華進行的工作，我知道的都告訴警方了。他確信有個議員可能圖利他人，但警方去查問時，她氣沖沖地說，所有公民都有權對商業與生態的關係表示意見。後來查證她是清白的。」他聳肩。「根據警方調查，她從沒做過違法的事。」他遲疑了一下。「她的孩子幾年前因為吸毒而送命，因此她不遺餘力對抗本郡毒品氾濫的問題。我還從史督華的筆記裡找出幾個可能。其中有一條糖業公司的大醜聞，警方去查過了，也一樣無法證實。所以嘍，我不但幫不上忙，還被當成找麻煩的傢伙。警方再也不肯聽我說。」他凝視著她，手指敲著桌面。「說實話，我也想挖新聞。但我沒騙妳，我真的是史督華的朋友。可惡，自從他被撞，我一直無能為力，只能去煩警察和在醫院監視。」

雪麗啜著咖啡，一邊消化他的話。她搖頭。「我不知道能幫什麼忙。」

「我有一個地址。妳可以去查一下，不，我們一起去查。」

「地址？什麼地址？既然你有地址，幹嘛不交給警方？」

「我才剛查到，我翻遍了史督華的筆記才發現，還沒機會去察看。加上昨晚……唉，我不知道該怎麼辦。枯坐在醫院根本沒用，但一離開又擔心出事。」

「那個地方在哪裡？」

「本郡的西南部，農業地帶。」

雪麗望著他。去看看也無妨。他說得對，她開始覺得史督華有生命危險。

「我也不知道該怎麼辦，」他喃喃說：「妳或許不是警察了，但……妳一定有辦法，能找到願意聽妳說話的人。」

她遲疑了一下。傑克雖然愛說教，但他會聽。但可能是因為跟她上了床，覺得有義務聽。

她不想讓任何人覺得必須聽她說話，但她也不希望為了面子而失去幫助史督華的機會。尤其他現在很可能真的有危險。

狄雷修今天不會理她。無名女屍的身分剛獲證實，他一定忙著像獵犬般追查線索。

不過……她需要他幫忙。

她這才發現她不知道如何聯絡傑克，但她知道誰能找到他。

「等我一下。」她對大衛說完離開座位。

她真的快得妄想症了！竟忽然害怕有人聽到她講電話。她走到角落，打電話去鑑識科找曼蒂．奈廷傑。轉接一陣之後曼蒂接起電話，她熱烈地恭喜她的畫像一見報就立功，雪麗連打招呼的機會都沒有，不過她終於問到傑克的手機號碼。

傑克的電話響了好久才接，而且口氣惡劣。「我是狄雷修。」好像電話聲響讓他很火大。

「傑克，我是雪麗。」

「雪麗，」他一時似乎不知道她是誰。接著匆匆說：「噢，雪麗，幹嘛？我很忙。」

「我知道，我知道……我會盡快說完。我可能要求太多，但……史督華昨晚差點死掉。不是因為傷勢，」她匆匆說：「而是他的呼吸器被拔掉了。醫院說是因為太多人出入病房，但我知道、我肯定，我們沒有拔掉插頭。我相信史督華有生命危險。你能不能想辦法請人守著病房，確認所有進出的醫院人員真的是醫院人員？如果要請警察公餘兼差，我願意出錢。」

他沈默了一下。「雪麗，我正在處理謀殺案。」

「我知道，傑克。但我不是疑神疑鬼的傻瓜，我想預防一起謀殺。傑克，拜託！你應該記得我們聊過，因為對某些人的瞭解而『知道』一些事情？求你，我沒有別人可以找了。我知道你在忙，要不是走投無路我絕對不會來煩你。請你幫幫我！」

「我想想辦法。」

她還來不及多說他就掛斷了。她呆望著電話咬住下唇，完全不知道該怎麼辦。

就在她回去找大衛時，回電來了。

不是傑克，而是馬丁。他詢問細節，要她把整件事再說一次。她盡可能詳細解釋，他答應會找警察兼差分三班守衛，他會親自去和卡尼吉與納森．佛瑞夏談談。

「雪麗，警察願意在公餘時間幫忙其他警察，而且說不定哪天會需要刑警幫忙寫推薦函，但還是要花一些錢。」

「我懂，」她遲疑了一下。「沒關係，我們會負責。」他在電話那頭沈默了一陣，於是她繼續說：「馬丁，很不好意思……為這種事情麻煩你。」

「不是這樣，雪麗。警察會彼此照顧。我只是很希望能免費幫妳，但我們無法正式增加人手，因為醫生認為是訪客太多導致插頭脫落。所以如果妳真的認為有危險，只能私下請人。」

「我明白，馬丁。我只是有種感覺。」

她聽到他哼了一聲，但她確信他不知道她聽見了。她道謝之後掛斷電話。佛瑞夏家雖不富裕但也是小康人家，等她說明過狀況他們一定會願意出一部分。她自己有一小筆存款，正式上任後薪水也很不錯，她可以幫忙負擔。一定沒問題。

她走回位子，重重坐下，感覺精疲力竭。

「我請警察在公餘時間去做保鑣。」她說。

大衛挑起一邊眉毛，眼神彷彿她創造了奇蹟。接著他皺眉。「妳有告訴他們要注意醫院人員嗎？」

「有。」

他微笑著往後靠。「那我們可以去兜個風了。妳開車還是我開？」

「我的車停在路邊，時間可能快超過了。開我的車吧。」

蘿娜・派拉喬一看到報上的畫像立刻打電話到總部指認從前的員工。傑克抵達後，她非常樂意配合，她很難過手下發生這麼恐怖的事情，而且毫無道理。

「她沒做多久，」蘿娜坐在辦公桌後，緊張地用鉛筆上的橡皮擦敲桌子。「她來應徵的時候，漂亮、開朗、有朝氣，任何時段都願意工作，感覺上非常適合這一行。」蘿娜・派拉喬本身也是個美人，傑克想。中年，一頭銀髮盤得很漂亮，苗條又很會打扮。外貌對她肯定有一定的重要性。

「顯然，」蘿娜繼續說：「她沒有親人，沒有近親，至少她說明搬到佛州的原因時是這麼說的。她說之前在中部工作，所有保證人我都對過。她因為在邁阿密有朋友才搬過來，何況所有人都想搬來邁阿密。她在公司大約三個星期……有一天她打電話來說，她有了新的方向。當然，我試過和她談，但她只肯說這些。我從沒見過她的朋友，其他仲介員應該也沒見過。我的檔案裡有她最後的地址，我也會列出名單讓你們去問……但我不知道還能給你們什麼。我很願意配合，發生這麼恐怖的事情……如果沒有親人出面，公司願意負責後事。雖然她沒做多久，但……我覺得這樣做才對。」

「由妳決定，派拉喬女士，」他說。「她在哪裡辦公？」

「我帶你去看她的辦公桌和電腦。但她離開後已經有新人來了。」

「沒關係，任何東西都可能有幫助。」

幾分鐘後，他拿到仲介員的姓名地址清單，接著去凱西．賽維爾的辦公桌。一個友善的女助理幫他整理了電腦裡的資料，查出她負責的案件。他手裡又多了一份清單，這下跑不完了。唉，他們不是一直想要著力點嗎？現在則太多了。

他花了大半個上午和凱西．賽維爾以前的同事說話。公司不大，大家都很配合，可惜他們提供的資料和蘿娜．派拉喬差不多。凱西很漂亮而友善，但和誰都不熟。

沒人見過她的朋友。她甚至從來不曾談起，只說她在邁阿密有幾個朋友。

問話到一半，調查局的富蘭克林打電話來。他不得不讚賞富蘭克林，他讀過一堆堆的檔案，在中部部署了探員，對死者已有相當的瞭解。國家資料庫將這名死者和全國其他案例比較過，沒有找到類似案件，除了五年前那幾起。他查到凱西曾在加州橘郡工作，那裡的同事和她比較熟。她友善、體貼，信仰虔誠，考慮過當修女。她很受同事歡迎，辭職時曾告訴大家要搬去邁阿密，因為她在那裡交到了新朋友，覺得比較可能在這裡的教會認識合適的對象。但他們清查過當地天主教區的資料，卻毫無斬獲。他決定下午帶著照片去拜訪幾位神父。

「她會不會被邪教組織引誘？」富蘭克林說：「從她的資料看來，這似乎是很顯然的結論。既然你提起過惡勢力可能重新抬頭——」

「但你好像不以為然。」

「既然已經知道身分，很快就會有突破。」富蘭克林說。

「我實在佩服你能在這麼短的時間查出這麼多資料。」

「你是個好警察，我知道你覺得我很討厭。的確，我不善於與人相處。但我進匡堤科前就拿到犯罪學碩士。天啊，為了不在移送證物時遺漏細小纖維，我們甚至得花好幾天學摺紙。我很努力，」他悵然說：「我不是故意惹人厭。」

「你一點都不惹人厭。」傑克說，同時回想他有沒有這樣對待富蘭克林。

「是喔。總之，細節由我包辦，而直覺那玩意……應該是你的領域。所以，要是你有什麼靈感，記得告訴我。我會負責查證。」

「沒問題。不過現在我一點想法也沒有。」傑克說。他在說謊，他知道他缺了一個關鍵。而且就近在眼前。**煙霧和鏡子。**

「還有事嗎？」傑克打斷自己的思緒。

「有，我想讓你知道，彼得．波東申請假釋，很可能下星期一就會出獄。」

「我早料到會這樣。謝了。」

掛斷電話後，傑克繼續問話。女助理把資料蒐集好了。傑克打電話去鑑識科，請老朋友史基普幫忙。

「傑克，我要到晚上才有空。你也知道弄完後你家會一團亂，你真的要做？」

「對，就算整艘船都變成黑色也無所謂。我欠你一次。再幫我一個忙，這件事千萬不要讓人知道。噢，如果我不在，酒吧的尼克．孟泰格有鑰匙。」

史基普停了一下。「你確定不是尼克進去你家？」

「我什麼都不敢確定。」

「那布萊恩．列西特呢？」

「我也不敢保證。」

史基普一定會找到布萊恩的指紋。布萊恩上過他的船，爛醉如泥，所有東西他都碰過了。他疲憊地揉揉前額。

手機又響了，是馬丁。「我在凱西．賽維爾最後的住址。房子又租出去了，但新房客不介意我們四處看看。」

「我馬上到。」

傑克收好清單後上路，他在車上大略看了一下地址。

那些地址都相當接近五年前南希開車衝進運河、帶著所有秘密離開人間的地方。

一路上雪麗不斷質疑自己是不是瘋了。她根本不認識坐在旁邊的男人，也不確定要去哪裡、又為何要去。大衛外表十分正常，甚至算得上英俊，眼神很機靈、經常掛著笑容。她開車時注意到，以新聞記者而言，他的體格未免太好。他一定花很多時間健身，才能有那麼寬的肩膀和胸膛，削瘦的臀部和長腿。

「最好走那個交流道。」他們上路之後他說。

「好像是，」她附和。「你到底在哪裡找到這個地址的？怎會這麼久才找到？」

「史督華留了幾本雜誌在我家，裡面都有關於沼澤區的報導。我想知道他到底在查什麼，所以翻遍了那些雜誌，其中夾了一張紙。上面他寫了幾個名字，名單我已經交給警方了，」他有些遺憾地說。「我後來又翻了一次，看到他在雜誌上還寫了地址。因為用鉛筆寫的，字跡有點模糊，所以之前沒看見。」

「你確定我們沒有找錯地方？」

「當然，」他說：「應該吧。」他轉過頭。「嘿，是不是該再打個電話給納森．佛瑞夏？去當保鑣的警察抵達時，他一定覺得奇怪。」

「好，我來打。」

納森接電話時似乎振作了一點，但依然疲憊。她匆匆解釋，既然她很確定沒有弄掉插頭，所以認為請幾位警員下班後去保護史督華應該不錯。納森說第一位警察已經到了，他還以為是卡尼吉安排的。過了不久，他向雪麗道謝，並且歡迎她去醫院，但務必單獨前往，他們恐怕好幾天都不會讓任何人進入病房。

她掛斷電話看看大衛。「第一位警察已經到了。」

「妳確實認識有力人士。」

她決定打個電話給珍妮和凱倫。就算打不通，也可以留言報告最新進展。她打去凱倫的學校，但凱倫今天請病假。她家的電話和手機都沒人接，雪麗想起昨晚是連恩．格林送她回家的。於是她留了話，然後打去分局找連恩，但他也請病假。

「怎麼了？」大衛問。

「我想愛情快萌芽了。」她說完打給珍妮。珍妮也沒接電話，於是雪麗又留了一次言。

「我們該從這裡下去。」看到交流道時大衛說。

「你來過？」

「嗯，我在這一帶住過。」

「可是你不知道我們要去哪裡？」

「不知道。」

他向前挪了一下位置，置物匣被膝蓋撞到而打開。雪麗的槍和警徽都在裡面；她一直沒有空帶去總局，她接下民間雇用工作後依規定該繳回。

「嘿，好酷喔。我們可是有武器的危險人物呢！」他說。

「關起來。」

「妳應該會用槍吧？」

「我會。」

他微笑著關上置物匣。他的表情讓她有些不安，她在心裡提醒自己，在繳回前要把槍收進皮包隨身攜帶。

「你接觸過槍嗎？」她裝作不經意地問。

「練習過，」他說。她瞟了他一眼，他聳肩，「預官訓練營，」他指指右邊。「那裡……先往西邊，然後再轉向南。」

她依照他的建議，但他們隨即遇上運河而不得不掉頭。

「真會選路。」她嘀咕著。

「又不是我的錯，這裡到處都是池塘和運河。」

選錯幾次方向後，他們找到一條能通的路，終於到了應該是地址所在的地方。至少從地址看來，應該就在那一片無盡的田野間。

雪麗把車停在路邊，雖說是路但也只是塵土和泥巴。以前可能鋪過柏油，輪胎下面還有一些殘渣。

她熄火，兩個人一起望著窗外。「這片田很大。」雪麗說。

「連棟房子都看不見。」大衛喃喃說。

「有……在後面，看……那個不是穀倉，而是某種附屬建築，好像是筒槽。」

他凝視了一會兒聳肩。他們看到的東西像一個圓塔，連接著某種儲藏室或穀倉。「可能是農夫搭起來觀察草莓生長的守望塔，」大衛嘆著氣說：「我不知道。希望我們能混進去。想去看看嗎？」

「擅闖私人土地是違法的。」

他緩緩笑開。「我是記者，本來就該目無法紀。」

「大衛，我們沒有權利——」

他不理她。「前面遠處，靠近房子的地方，看起來像菜園。那棟房子很大，似乎種了不少糧食。」

「大衛，農夫都種很多糧食。他們靠農產品賺錢。」她煩躁地說。

「他們開墾了很大一片田地……可是妳仔細看，田地另一頭的後面長滿了樹和灌木。」

「那又怎樣，」雪麗說。「他們總不能阻止灌木在不屬於他們的土地上生長。」

他看著她。「這個地方只是看起來像農場，他們裝得很像。」

「這裡真的是座農場，」她譏刺。「而且地址還不一定對。要是一切都合法又合理，我們該怎麼辦？」她問大衛，更問她自己。「我認為我們要先多找一點資料，大衛。」

「沒錯，我正打算去找。」

雪麗沒想到他當真開門下車。她低罵一句，打算下車跟著他。她和大衛．華頓有一個共通點，他們都相信史督華不是自願衝上高速公路被車撞個半死。

她打開置物匣，儘管知道她的警用佩槍早該繳回，絕對不該拿出來用。不過有槍總是好，她想著把槍拿出來放進皮包裡。

大衛已經跑到農地邊緣了。農作物很低，她擔心會被人從遠處望見。

「大衛，你要去哪？」她質問。

「到那排樹那裡。」

「大衛，要是有人往這裡看，一眼就會看到我們。」

「那就蹲低呀。」

「車子會被看到。」

他停住不動。「對喔。快回去把車停到那排樹後面，那裡是地界。快。」

「你瘋了。難怪警方會生氣，我該乾脆把車開走才對。」

「可是妳不會。妳不會丟下我，而且妳知道史督華一定查到了什麼秘密。」

他邁開大步走向可以藏身的樹叢。雪麗抱怨著回車上盡快將車子移走。她懊惱地想，要是有人在看守，一定會覺得他們形跡可疑。

她匆忙把車移走，那裡顯然是這片土地的東界，不但立了籬笆還有樹木花草。她下了車，張望著長長一排樹。

「大衛？」她說完才發現雖然附近應該沒人，她依然壓低了音量。「大衛？」她提高聲音再叫一次，語氣有點兇。

她咬牙沿著那排樹快速前進。籬笆上有鐵絲網，但她沒看到通電的警告，看來只是單純標示地界。籬笆兩側都長著樹木花草，她一路往南，籬笆忽然向右轉了個大彎，再過去，整齊的田地不見了，她彷彿誤闖原始密林。一隻蚊子在她臉邊嗡嗡打轉，她惱火地一掌拍上去。

她轉頭往自認沒錯的方向走。不久後，她發現自己在田中間，四周都是蕃茄。有個男人彎腰工作，他穿著牛仔褲和剪去袖子的牛仔襯衫，脖子上圍著一條汗巾，頭上戴著鴨舌帽遮陽。雪麗還來不及躲回樹叢裡，那個男人突然站直。他很年輕；他脫下帽子擦汗，她看到他的頭髮是沙色、剪得很短。他對她微笑。「妳好啊。妳從哪裡來的？」

「我……呃……很抱歉，我迷路了。」

他的笑容多了點禮貌的奚落。「妳在蕃茄田裡迷路了？」

他朝她走來。他的動作一點都不兇惡，依然笑容可掬。她注意到他剛才站的地方有一籃鮮紅的蕃茄。他的腰部下方鼓鼓的，她差點學起老喜劇演員的口吻大喊，**你的口袋裡有槍？還是見到我太興奮了？**

那是把刀。他走近時她才看清楚他腰帶上掛著一個刀鞘，感覺是把大刀。

現在是白天，陽光灑在悠閒的田地上。那個人和她年齡相仿，笑嘻嘻地顯然很和善，對有人擅闖似乎不以為忤，只是覺得好笑。

她還是很高興皮包裡有槍。

「原來妳迷路啦……總之，歡迎光臨。需要用電話嗎？要不要進屋裡喝杯水？」

「我有手機，謝謝。」

他點頭。「要不要喝點東西？外頭太陽好大。」

不！她覺得既白癡又無比尷尬，只想盡快離開。若是這裡真的有什麼犯罪活動，這個人也不會請她進去喝水了。

不過這是個好機會。她可以和這個年輕人聊聊，順便看看屋裡。

「真的很抱歉，打擾了，」她連忙說。「我來附近看房子，這一帶要找門牌號碼幾乎不可能。我還以為沿著籬笆……隔壁就是我要找的地方。」

「應該不是，」年輕人伸出手。「我叫迦勒．哈里森。進屋裡來吧。看起來很遠，但其實很近。」

「不用了，我不想打擾。」

「一點都不會。住在這種偏僻地方很少看到人，所以有人來我都很高興。這裡的生活方式回歸基本，工作很辛苦，但能享受悠閒，懂吧？」

「懂。」她提醒自己她有槍，而且知道怎麼用。要是錯過一探究竟的機會就太笨了。

她伸出手。「我叫莫妮卡．許平，」她隨口報出第一個想到的名字。「謝謝，我就不客氣了。」

他比著他的蕃茄和草莓。「房子四周種了蔬菜，長得很好。隔壁種的是柳橙，這裡不太適合那種作物，但他們堅持要種。」接近房子時，她注意到還有好幾棟建築往後面延伸而去。「看，」他在菜園邊停下。「甘藍菜、胡蘿蔔，應有盡有。我們完全自給自足。大家都吃素，所以維持生活不難。」

「大家？」雪麗微笑著問。「這裡住了多少人？」

「現在嗎？一共八個。」

「你結婚了嗎？好大一家子。」

「我們比較像一群朋友。」

「啊……宗教團體？」

他大笑。「不，比較像是集體農莊。只是幾個喜歡耕種的人在一起，遠離生活擾攘。」

她謹慎地笑笑。「不知道……老實說，我從沒想過這種生活。」

「有興趣嗎？」

「好像很有意思。」

「總之，進來看看吧。」

他帶她踏上一級階梯到一個小門廊。紗門關著，但木門敞開。她察覺屋裡沒有空調。雖然太陽很大，但還不到酷暑，室溫還算宜人。

她彷彿走進古代農莊。壁爐前鋪著織毯，舒適但有點老舊的蓬鬆沙發上披著溫馨的椅罩，此外還有兩張搖椅、一籃毛線、一疊手工與園藝的雜誌。

「來廚房吧！」他招呼。

廚房裡，流理檯上擺滿蔬菜。儘管他們自給自足、沒有空調，但依然用電。他打開冰箱。「我們有水，還有很多果汁。」

她好想喝杯濃縮咖啡，不過在這裡應該是痴人說夢。「水就好，謝謝。」

他倒了一杯水給她，請她在餐桌旁坐下。她就座後四處張望。這個地方真的很不錯，爐前掛著黃銅廚具，窗台上擺著各色醃菜，椅子上放著鮮藍色的手工坐墊。

「謝謝。」她說。

「不客氣。」他微笑。「我整天看的都是蕃茄。第一次出現這樣的美女，感覺有點不真實。」

「再次謝謝。」她說。

「妳的工作是……？」

「我是畫家，專畫素描。」

「幫觀光客畫像？」

她沒有糾正他。

「可是妳想買這附近的房子？」

她大笑。「對啊。但我恐怕不像你們那麼有想法。我只是想要一大片土地，很多空間。」

他點頭。「很多人和妳一樣。買得起一大片土地，妳應該很會畫。」

「唉……你也知道觀光客就愛人云亦云，只要有人說一定要找某個畫家畫像，不管會不會畫，作品都很搶手。」

「如果妳哪天想畫一堆蕃茄，記得告訴我。」

「一定。」她放下杯子。「我真的得回去了。」

「我陪妳走到車上。」

「不用了，我已經佔用你太多時間了。」

「很高興認識妳。希望妳再來玩。嘿，星期六晚上，我們的民謠吉他大師瑪姬，會演奏很棒的音樂。有空的話請回來看看我們。」

「謝謝，我有空一定來。」

他陪她走出去，她堅持能自己找到車子，於是他回去繼續整理蕃茄，讓她獨自離開。她知道有人在監視，但強忍住轉頭的衝動。這時她覺得有點奇怪，他說這裡住了八個人，但她沒看到其他人。

她目不斜視看著路走回車旁。完全沒有大衛的人影，她邊上車邊罵他。她發動引擎，沿著路緩緩前進。

「死到哪去了，大白癡？」她自言自語。就在此刻，他突然從前方二十碼的樹叢中竄出來。她開過去停下，熄火等他突破植物的糾纏。他一過來立刻跳上車。

他摸摸她的臉，鬆了一口氣。「我正打算請求支援呢！」

「支援？」

「唉，我原本想說報警。但妳可以說是將來的警察，所以改口說支援。」

「我該把你扔在這裡，大白癡。我被人逮到在附近閒晃。」

「喔，我看到妳和一個男的在一起。」

「我在一片蕃茄田遇到他。我擅闖私人土地，但他很客氣。」

「把妳看到的都告訴我。」

「那棟房子很整潔，他說還有其他七個人住在那裡。他們靠農產品為生，是個集體農莊。但我沒看到其他人。」

「他們上哪去了？」

「不知道。也許白天上班，晚上才回來過嘻皮生活。他完全沒有威脅我，蕃茄田裡也沒暗藏大麻。去了等於沒去。」

「我們得查出那個地方的地主是誰。」

「那個人說他的名字叫迦勒．哈里森。」

「聖經裡的名字。」

「他說這裡不是宗教團體。我也認識很多名字叫耶穌的人，他們也完全不是宗教狂。」

「我想再多看看。」

「我想我們該離開，再想下一步該怎麼做。」雪麗堅定地說完，重新發動車子。

大衛沒有機會回嘴，車子後方傳來一聲巨響。

雪麗扭過身去。後面有個男人，身穿連身工作服、頭戴草帽，眯著眼睛瞪他們。他的手裡拿著獵槍。

凱西．賽維爾最後的住處什麼也沒留下。目前的房客是一家人，女主人告訴警方，他們承租時上任房客已經把房子完全清空，牆面重新粉刷過，也換了地毯。

鑑識小組還是會來測試，確認她是否在此遇害。

傑克覺得不太可能。他肯定凱西辭去工作，清空住處後奔向……悲慘的命運。

他們結束查訪後離開，讓鑑識小組進行檢驗，傑克和馬丁在門口站了一下。

「要我回局裡去追查文件嗎？」馬丁問。

「好，查出她最後一張支票開給誰，最後一次用信用卡買了什麼。她有車，一輛寶馬，似乎也跟著失蹤了。去查查車籍紀錄。」

「你呢？」馬丁問他。

「我想去看一下清單上的房地產。」傑克接著說：「嘿，我忘記謝謝你幫我安排人去醫院看守。」

「我個人覺得多此一舉，不過，反正他們想要。天知道？也許真的有人想要那小子的命。」

「總之，謝謝你。」

馬丁一回總局，傑克決定先回關朵琳號。他走過碼頭，對坐在船上曬太陽的山迪揮揮手。山迪也對他揮手，之後拉下帽子往後躺。

傑克上了船，有點氣自己現在每次上船都戰戰兢兢。進了艙房，他確定一切都沒動過，和他出門時一樣亂。咖啡杯扔在水槽裡，寢具凌亂，枕頭下面露出一小塊紅色蕾絲。他請山迪把皮包交給雪麗，但總不能請他轉交內褲吧。

他走到床邊，拿起內褲在手裡摩挲。她的香氣隱約飄至。他的胃一緊，緊繃的慾望撕扯著他，火辣的回憶侵入身心。他把內褲塞回枕下，再度懷疑他們是否都瘋了。他想起今早，雖然眾人的眼光讓雪麗臉色發白，但她沒有逃避，也沒有道歉或辯解。他忍不住想，今晚她大概不會那麼早過來了。

緊繃感還在。他真不敢相信。他好希望她在這裡。唉，沒什麼奇怪。她在床上像個魔術師。和雪麗在一起，有時像整個世界撞上太陽，他甚至不知道自己死去了。她天生性感，床上功夫一流。但原因不是這個，至少不完全是。她挑戰他、動搖他以及他的一切。他不只想和她上床，他也想在她身邊醒來。以前，女人待太久他會覺得煩，但雪麗不在讓他覺得空虛。她有專業、冷靜、效率的一面，也有疏離、憤怒、直言不諱的時候。但她隨時都那麼性感誘人，有意無意都如此。而且不輕易放棄。

他遲疑了一下，會不會是因為內心滋長的……渴望，他才會答應幫她忙。當然是，該死。她旋風般捲進他的世界，也旋風般改變了一切。她改變了他。

想到雪麗，傑克打了通電話給卡尼吉，他表示並不介意家屬請保鑣。

「有什麼新的進展嗎？」傑克問他。

「沒有。相信另有神秘的只有幾個人：父母，那個拖你下水的朋友，那個幫八卦雜誌寫文章、卻耍得警方團團轉的神經病。但我們還在努力。」

「謝謝。對了，我今天要處裡許多事，但我可能會去找那家雜誌社，希望你不介意。」

「請便。我說過，我早就不會為了面子犧牲真相。任何幫忙我都歡迎。」

傑克掛斷電話。今天快過完了，他得加緊行動，盡快去察看那些房地產。他搖頭，他不能再把時間花在不歸他管的案子。

他在書桌前坐了一下，揉揉太陽穴，低罵一聲後起身去藥櫃找頭痛藥。他重新在書桌前坐下，打開電腦叫出檔案。

他很肯定闖進船屋的人目的不在行竊，而是找資料。也就是說，他有值得他們費這番手腳的資料。

但，那到底是什麼？

文字、數字、名字，一一在他眼前漂過。**煙霧與鏡子**。死者，以及遺體上傷痕的描述。所有被害者最明顯的共通特徵：被割喉、割耳。

宗教團體。

耳朵被割，就像凱斯特將軍在小大角之役的遭遇，因為他不聽蘇族印地安人的話。會不會不是這樣？

也許死者的耳朵被割，是因為她們聽到了什麼，而不是因為不聽話？他想到凱西・賽維爾仲介的房地產清單，於是打了通電話。等待的同時他不停動腦。

煙霧與鏡子。

回頭看最明顯的事實。這些死者都與教派有關。她們是因為拒絕取悅領袖，或挑戰他的領導、不聽他的命令，因而慘遭毒手嗎？

或者教派本身就是煙幕呢？

「莎蘭，妳在家嗎？」尼克喊著。酒吧很安靜，凱蒂負責招呼幾個客人。他還是不能釋懷，他竟然要看報紙才知道雪麗換了工作。他覺得好像快失去她了。

莎蘭的車在停車場，但人不在酒吧，看來應該在屋裡。莎蘭最近怪怪的，她因為工作的關係經常行蹤不定，但以前他一定會知道她的去向。她會告訴他要帶客人去哪裡看房子，但最近……她有些陰晴不定。

他瘋了才會花這麼多時間工作。這幾個月的生意很好，也許他該少用點心在餐廳，在重要的人身上多花些時間。

他要多和姪女相處，就是所謂的親子時間，而且他鐵定也需要多陪陪莎蘭。

他的手心有點汗濕，腦子可能也有點問題。莎蘭美麗、開朗、好相處，而他竟然不把這段關係當一回事。但哥哥過世、他成為雪麗的監護人之前，他根本不把人生當一回事。開這家餐廳是因為位置接近碼頭，在當時，航海就是他的一切。大海、釣魚、航行到小島上曬太陽，就這樣混日子。他不想要穩定的感情；世界太大，有太多比基尼辣妹，他一點都不想定下來。直到無從想像的悲劇發生，哥哥去世，他不得不從保母家接回雪麗，努力向她解釋爸媽不會回家了。那雙綠眸滿是淚水，他抱著她，強壓下劇烈的悲痛，當她依偎著他時，他的世界改變了。幾年來，他努力經營餐廳，事業成為他的目標，而做好父親的角色則是人生唯一的使命。

他付出的愛沒有白費，他全心相信他養出一個聰慧、獨立的年輕女子。她在大房子裡擁有自己的小天地，因為她是成人了，在享受獨立之餘還能受到他的保護與指引。而他，也完全尊重她已經是個成年人。

說比做容易。

她和狄雷修的關係讓他很擔心。他欣賞傑克，但不希望他和姪女亂來。自從南希出事後，傑克換女人像換衛生紙那樣。雪麗不瞭解這種男人，他們幾乎和工作結了婚，總認為世上還有太多選擇，而不願在感情方面定下來。尼克懂這種人，他以前也是這樣。

尼克滿心疑惑走進廚房，從冰箱拿出一瓶水走到臥房又走回客廳。「莎蘭？」

「我在這裡，馬上來！」莎蘭終於應聲，從雪麗房裡出來。

尼克皺眉，沒想到她會在雪麗房裡。雖然雪麗不禁止他們進去，也從不鎖門，但他不會隨便進去，而且一定會先敲門。之前從沒看過莎蘭去雪麗的房間。

莎蘭一定發現他滿臉困惑，連忙解釋說：「我洗衣服的時候發現雪麗的衣服混進去了，我幫她拿回房間。」

「啊。」

「對不起，我沒聽到你叫我。有事嗎？」

「事？」尼克發現他竟然忘了找她做什麼，但他很快又想起來了。「其實，我在想……酒吧有凱蒂在，而且下午應該沒多少客人。我想找妳出海去玩玩。不過，既然妳被我害得每天都得看海，也許妳比較想盛裝打扮出去晚餐。我們可以去堡礁或羅德岱堡，找家餐點精美、有亞麻桌巾和正牌酒窖的餐廳。」

「尼克餐廳的葡萄酒也很不錯啊！」

他大笑。「我們的老牌啤酒很不錯。想不想來點有氣氛的啊？」

「太棒了，」她說：「可是有個問題，」她帶著歉意說：「我今天晚上要帶客人去看房子，八點左右。我沒想到你會臨時拋棄你的第二個最愛——也就是餐廳，而想出門。」

「那我們只好善加利用僅有的時間嘍！」他色色地對她一笑。

「是啊，我們來好好利用吧！」她摟住他的脖子。

拿著獵槍的人走到駕駛座旁邊。雪麗原本以為他有點年紀了，其實只是服裝老派。她彷彿身在中西部的農業地帶。他接近時，她看出這個人並不老……三十多，頂多四十，精瘦結實，皮膚很黑，草帽下有一頭金髮。

「需要幫忙嗎？」沒想到他一開口卻很有禮貌。

雪麗還來不及開口，大衛擠過來說，「我們好像迷路了。」他忽然摟住她害她嚇一跳。「我和老婆出來看房子，我們拿到這個地址。」他拿起寫著地址的紙張，卻唸出一個不一樣的地址。

大衛到底在搞什麼鬼？她忍住開口問他的衝動。稍微故佈疑陣也好，那個人有槍呢。

「找錯地方了，」那個人對他們說。他拍拍獵槍。「抱歉，沒有要嚇兩位的意思。偶爾會有些莫名其妙的人跑到這裡來。我的槍都有執照。州立監獄就在附近，知道吧。這裡環境不錯，但你們開錯方向了。要開回大馬路再往東幾哩才對。」

「我就知道妳開錯了。」大衛對雪麗說。

「沒關係，」那個人說：「你們可以從前面繞回去。」

「謝啦。」雪麗說。

他們繼續往前開，她看到那個人還站在路中間望著他們。

「你這個混蛋。」她對大衛說。

「怎麼，親愛的，大家都知道女人不會開車。」

她狠狠瞪他一眼。「喔，真是浪費時間。在田裡到處亂鑽，遇到一個嘻皮和一個拿獵槍的農夫。天知道，這裡搞不好還有惡犬呢。人家好心出來指路，我們卻像兩個白癡。結果查到什麼？原來史督華在調查草莓種植業啊！」

「妳錯了。這裡一定有問題，我們得再回那個農場，也許檢查一下附近的田地。」

「請便，記者先生，你想挨子彈就去吧。我要去查這個地方的地主是誰。」

大衛沈默不語。

「怎樣？」她逼問。

「好主意。」他溫順地說完，微笑聳肩。

杰西．克倫以前在邁阿密警察總局工作，但離開很久了。他依然在執法單位服務，但喪妻後，他已回鄉尋根。

密科蘇基印地安人在沿著塔米亞米公路的地方，擁有大片土地，甚至包含鄰郡的部分荒地，該族有自己的警隊。偶爾原住民的自治權會和郡法規有衝突，但杰西總有辦法平息紛爭，找出兩全其美之道。他總能巧妙分辨他能處理的事件，以及必須請郡警支援的部分。

高大、健壯，能屈能伸，他散發出一種安靜的力量與智慧。他熟悉沼澤區所有危險生物，懂得調製具有神效的防蚊液，對沼澤區的水路之熟悉更是無人能比。他很有魅力，原住民與歐洲血統使他有漆黑的直髮和淺褐色的眼睛。

汽艇的噪音讓他們無法交談。終於，杰西關掉馬達，平底船在突如其來的寧靜中漂浮。看上去船彷彿在陸地上漂，其實不是。過度茂盛的鋸齒草長出水面，這一帶水深從兩英尺到十英尺都有。

杰西指著前方的陸地。「那裡就是你要找的『住宅』區。」

「船可以開到離陸地五英尺的距離，對吧？」

杰西聳肩。「只有這種船或獨木舟，大一點的就不行了。不過……」他聳肩看著傑克。「這一帶常用小船或汽艇載運違禁品。熟悉環境的人可以好幾英里都不會遇到人。你到底想查什麼？」他問。「我看過很多關於那具屍體的報導，但……我還以為你會像上次一樣尋找宗教團體。」

「本來是。」

杰西不再多問，船靜靜漂著。

「為什麼有人會在西南部這種地方買房子？」

杰西聳肩。「這一帶不適合畜牧，來場颶風或暴風雨，整個地方就陷在泥裡幾週、甚至幾個月。但還是有人買地養馬、養牛、養雞，甚至養豬。這裡有很多農家，大部分的土地都非常肥沃。我的祖先種南瓜，目前這裡有很多草莓園，柑橘類也長得起來。不過也有人單純想擁有大片土地。這裡的地價比城郊便宜太多，而且可以蓋很大的房子，網球場、游泳池一應俱全。有些人就是喜歡住鄉下。公路旁邊有很多豪宅。」

這次換傑克不說話了，他默默察看地形。他們的位置很好，可以看得很遠。房屋座落在離岸一段距離外，但他知道產權其實延伸到水裡。水流可以通往很遠的地方，將人從沼澤帶回文明世界。

「這裡最常見的犯罪有兩種，」杰西依舊望著他。「運毒和謀殺。通常彼此脫不了關係。」

傑克點頭，但依然沈默。

「那些在這裡被殺的女人……耳朵都被割掉了對吧？」杰西說：「而且都屬於同一個宗教團體。」

「嗯哼。」

「耳朵被割也許代表她們不聽領袖的話，或是聽到太多秘密。她們的耳朵背叛了她們，算是以眼還眼吧！也可能只是讓警方摸不著頭緒的障眼法。」

傑克詫異地望著杰西。「我就是這麼想的。」

「你怎麼會這麼想？」

「我去見過彼得・波東。」

「喔？他透露了什麼？」

「『**煙霧與鏡子**』，」傑克引用他的話。「我感覺得出有所遺漏，有種見樹不見林的感覺。」

「唉，」杰西聳肩。「往那裡看就會看到一堆樹。希望你能盡快找到那片林，因為我聽說波東快出獄了。」

雪麗送大衛去他停車的地方，他打算直奔市政廳去查地籍資料。

「世界真小。」她喃喃說，想著今天早上傑克的無名女屍才確認身分，現在她也扯進房地產業。

「世界真小？」大衛問。

她聳肩。「沒什麼。」她不想談傑克的案子，尤其大衛又是記者。

「有事打我的手機，」她告訴他。「我要去醫院。」

他離開後，雪麗直奔醫院，在停車場又有那種毛毛的不安。不過現在是白天，很多人停好車後走向電梯。她決定先打個電話給尼克，想起他說過要一起晚餐。凱蒂接的電話，她說尼克和莎蘭出去了。

「為了別的女人拋下我。」雪麗說。

「不會啦……他絕不會拋下妳。妳和妳叔叔約好的嗎？」

「沒有，我們只是說要一起晚餐。謝了，凱蒂。有問題就打電話給我，我在醫院。」

她走到電梯時停車場人還很多。她去服務台問到露西・佛瑞夏的病房號碼。幸好禮品店還開著，她買了一些花。

相對於納森冷淡的態度，露西見到她很開心。她迫不及待想去看兒子，但納森不准她亂跑，要她休息，然後才能換他倒下。

「露西，我知道我們不可能扯掉插頭。」雪麗認真地說。

露西苦澀一笑。「親愛的，納森依然認為是意外。但我不這麼想。史督華不是因為意外而住院，我也不相信插頭是不小心被拔掉的。噢，感謝老天，妳想到要請保鑣。要是警方真的相信有人想害史督華，一定早就派人來守著了。我知道妳一定說好由妳付錢，但納森和我付得起，所以別跟我們搶。」

「露西，這件事不急。」

她捏捏露西的手。「我們一起祈禱史督華能早日清醒，解開所有謎團。」

「當然。」露西撫著醫院床單。「醫院要到明天早上才肯讓我出院，不過我很快就能回去陪史督華。」

「是啊！」

「我知道納森可能態度不太好，但如果妳有時間，請過去看看他。告訴他一定要來抱抱我，給我一個吻，讓我相信史督華一切平安。」

「一定。」

雪麗和露西吻別，然後往下一個樓層繞過去。她有些傷感地發現她越來越熟悉醫院了。

她抵達史督華住的樓層，休息室裡沒有人。她遲疑地走過走廊，希望病房的窗簾開著，納森願意出來和她說話。

接近病房時她猛地停下腳步。病房外面有張椅子，來兼差的警員坐在那裡。她嚇了一跳，因為那是連恩．格林。

「連恩！」

「嘿，親愛的。」他站起來，臉上緩緩漾出微笑，走過來吻她的臉頰。

她後退看著他。「你不用值勤嗎？」

他搖頭。「我剛到不久。」

「但……怎麼會……？」

「我聽說馬丁在找人，一聽到是因為這件事，我立刻自告奮勇。」他壓低聲音。「我不知道呃……這些人的經濟狀況，但既然是妳發起的，我可以免費來幾個鐘頭。」

「你太好了，連恩。」

「沒什麼。」

「但佛瑞夏家出得起，除非你剛好中樂透，有點外快也不無小補。」

他還來不及回答，病房門打開，納森顯然看到她來了，他頭髮亂翹、衣服淒涼地皺著。她有點緊張，不知道他會有什麼反應。

「他還好嗎？」她輕聲問。

「和以前一樣，」這小小的奇蹟似乎讓他鬆了口氣。「雪麗，我之前不是故意對妳那麼兇，但醫生認為我們讓太多人進病房，一定有人無意間絆到電線而不自知。不過，也有好消息，機器停了之後他自己呼吸撐了過來。這是個好現象。」

「太好了，納森。」雪麗說：「對了，我剛收到你太太的命令。她想見你。如果信得過我，我留下來陪史督華。」

他摟摟她的肩，在她前額吻了一下。

「那我走了，」他苦中作樂地一笑，顯然還沒喪失幽默感。「也許路上能認識幾個新朋友。我已經快把這裡當成家了。」

她和連恩目送他離開。「連恩，你能來真是太好了。我要進去陪他了。」

「我會在這裡守著。」

雪麗進了病房後先連忙看一下手機確認沒有未接來電，接著把鈴聲轉成震動，病房太安靜，鈴聲會很刺耳。

她在史督華床邊坐下，聽著機器的聲響。她握住他的手，這已經變成習慣了，她開始一五一十地說著一天的生活，以及她和大衛・華頓已經有調查方向了，但她真的不知道這個方向通往哪裡。

她抬頭往外看，連恩在門口，雙手抱胸看著她，守著病房。

她忽然有些不自在，不曉得連恩是否聽得見她說話。她聲音不大，但也沒有刻意壓低。

連恩一臉嚴肅，但一察覺她的視線，他微笑揮手，接著一手架在雙眼上左右張望，模仿水手眺望的動作。她微笑著對他豎起拇指。

納森去了許久。他終於回來後，她才瞭解原因。顯然露西說服他回家盥洗，他梳過頭髮換上了乾淨的衣服。他揮手要她出去，她一走出門口，他立刻道歉。

「納森，如果有需要，我在這裡守一整夜都行。」她安撫他。

「我來接班，妳就自由了，」他吻吻她的前額。「謝謝妳，雪麗。還有你，小伙子，」他對連恩說，「也謝謝你。」

「我很樂意效勞。」連恩說。

納森走進病房關上門。

「妳覺得他真的會醒來嗎？」連恩輕聲問雪麗。

「我肯定他會醒來。」她的語氣有點太激動。

「嘿，沒事的。」

「抱歉。」

「沒關係。順便恭喜妳，我聽說因為妳的畫，死者身分已經有結果了。我們明天晚上一定要大肆慶祝。」

「明天晚上？」

「我們要慶祝妳升官呀，沒忘吧？」

「我差點忘了。噢，順便問一下，你昨晚送凱倫回家沒出什麼事吧？」

她感覺一瞬間他的眼神有些防備。

「什麼意思？」他問，這次似乎換他語氣尖銳了。

「我打電話去學校找她，凱倫今天請病假。」

他搖頭。「可能她只是想休息一天吧。」他微笑，她察覺那個笑容有點假。

「也對。唉，我要回家了，」她告訴他。「連恩，你會在這裡待到多晚？你明天不是要上班嗎？」

「我不會待到太晚，我們分局有位女警會來接手，她將待到明天早上。」

「再次謝謝你，連恩。非常感謝。」她踮起腳尖吻他的臉頰，此時他動了一下，嘴唇擦過她的。

她連忙後退，也裝出一臉假笑。「那就明天晚上見嘍！」

她走到電梯旁才想到手機被轉成震動了，而且一直被扔在皮包裡沒有去看，這下不知漏接了多少電話。五點已經過了很久了，大衛．華頓一定早就離開市政廳了。

她察看手機，果然如她所料，她漏接了他的電話。

她罵了自己一句，按下按鈕，走進空無一人的電梯。她依指示進入語音信箱時正好到了停車場。

她聽取大衛的留言，腳步自動走向她的車。他似乎很激動。

「雪麗！真是的，妳怎麼可以不接電話？總之，那塊地的所有人是迦勒．哈里森。聽清楚了，妳絕對想不到是誰賣給他的。妳絕對不會相信！」

雪麗聽到那名字時，震驚地停下腳步。

這時她才聽到腳步聲從後面接近。

雞皮疙瘩立刻冒出來，彷彿警告那不止是噪音，而是威脅。她緩緩轉身。停車場裡車很多，陰影造成一片片黑暗。她沒看到動靜，沒人往這裡來。

前方傳來用力關車門的聲音，一位年輕護士剛下車。雪麗依舊沒有動，護士經過時對她微笑。

雪麗回過神來繼續前進。她聽到腳步迴響。不大聲，只是回音……好像刻意想隱藏形跡。她停下來四處張望，伸手打開皮包。她的槍還帶在身上。「什麼人？」她大喊一聲轉過身。

還是沒有人。她再度前進，又再度聽到腳步聲。

她已經快到車旁了。她聽到那個聲音越來越近、越來越近……

她停下腳步，拔出槍迅速轉身，雙手握著武器，此時一輛車從角落開過來。開車的婦女睜大眼睛尖叫。雪麗連忙放下武器，暗暗責備自己。

「沒事，警方勤務！」她心虛地大喊。警方勤務？見鬼了。她是鑑識科的畫家，不是執法人員，竟然在公用停車場拔槍。她得鎮定下來。

她停下腳步再次……

聽到腳步聲。規律而沈重，從她身後接近。她轉身，依舊握著槍，只是沒有舉起來。

感謝老天。

她鬆了口氣。「連恩！你不是在看守病房嗎？你嚇得我半死。」

「我嚇到妳？拿著槍的人可是妳耶。怎麼回事？」

「你怎麼不在病房？」

「來換班的人提早到了，我就想追上妳搭個便車回家，我今天是坐巡邏車來的。現在該妳說了，妳拿槍做什麼？」

「我好像聽到……」

「雪麗，就算那天晚上真的有人跟蹤妳，現在也早跑了。妳何必怕成這樣？」

「因為史督華的事情沒那麼簡單。我怕有人不希望我追查。」

「哇，」他看著她的眼睛喃喃說：「妳真的很擔心。」

「我沒事。我只想查出真相。」

連恩張望著停車場。「雪麗，小心妳的槍。這裡人很多。」

「不，晚上人很少。這裡很大又到處都是陰影，難保不會有人埋伏在車子後面。你要搭便車吧，來吧。」

她按下遙控器開鎖，走過最後一小段路上車。連恩坐進來。「妳神秘兮兮的。」

「還好吧。」

「妳繃得好緊，要不要找個地方喝一杯？」

「我從不酒後駕車。」

「妳喝，我開車。」

她硬擠出笑容才轉頭看他。「行不通啦，這是我的車，你到了我家又走不了。」

他定定望著前方。「我不介意留在妳家。」

雪麗摒住呼吸，眼睛看著路。「連恩……」

「我知道。妳之前說警校課業太忙沒空談感情，但現在妳離開警校了。」

「但新工作的訓練也很吃重。」

「是喔。妳知道嗎？很少有人能憑空得到這份工作，說不定妳會因此樹敵，雪麗。」

她皺著眉頭，感覺到他的酸。「我上班第一天就去驗屍間進行一件恐怖無比的任務。告訴你，我在警校很努力，現在更努力。」

「是喔，努力結交大人物刑警。」

她的呼吸哽住。他的態度很奇怪，好像她對不起他。「鑑識畫家常必須和刑警合作，這有什麼不對。」

「別裝了，妳知道我的意思。」

「你到底想說什麼，連恩？我不想傷害你，也從來沒有鼓勵你。我那個美女朋友為你瘋狂，你對她也很殷勤，不是嗎？」

「凱倫。」他低聲說。

「對，凱倫，」她吸了一口氣。「聽著，連恩，攤開來說清楚也好。我喜歡你。你是個好人，我想做你的朋友。但……」

「在妳心中，我算不上男人，是嗎？」

「連恩，你到底怎麼了？」

「對不起。」他直直望著前方。「天啊，我真是個混蛋。」

「凱倫為你神魂顛倒，你知道。」

「喔，是啊，凱倫。」

她搖頭。「連恩……你要在哪裡下車？」

「到尼克餐廳就好。我下班了，可以喝一杯。」

「你要怎麼回家？」

「別忘了世上有種東西叫計程車。真沒有辦法的話，我會叫車。別擔心，我不會吵著要妳送我回家。」

「我不介意送你，但……」她猶疑了一下，但她今晚有事。「我今天很累。」她告訴他。

「雪麗，沒關係。我說過，真沒辦法，我會叫計程車。」

「好吧。」

她開到尼克餐廳停好車。連恩下車的動作不太自然，他跟著雪麗穿過露台走進酒吧。凱蒂在吧台後面。

「尼克和莎蘭回來了沒？」雪麗問。

「沒有，他們還沒回來。」

雪麗點點頭，不露出失望的神色。她鑽到吧台後面幫連恩倒了杯啤酒，希望他喝完這杯能不再陰陽怪氣，打道回府。他坐在吧台，夾在山迪和寇帝斯之間。他們三個已經聊開了，在講今天公路上的事故。

他謝過她請的啤酒。她點頭，接著和其他人打招呼。她問凱蒂需不需要幫忙，凱蒂說一切都在控制之下，於是她從後門溜回屋裡。

她在客廳呆站了好久。

莎蘭。

那片土地最後是由莎蘭．杜普蕾經手賣給現任所有人。她急著想找莎蘭弄清楚，但她和尼克顯然決定要出門共度良宵。

她走到叔叔房門口，想著莎蘭也許會把檔案留在家裡，因為她大部分的時間都在這裡。但她不想擅闖叔叔的私人空間，感覺很不應該。

她沒有進去，轉身走向另一頭回到自己房間。她一踏進門口就有種奇怪的感覺。她的枕頭被動過了，床頭櫃的一個抽屜沒有完全關好。

她皺著眉頭倚在門上。

也許她陷得太深了。她坐下打電話給大衛．華頓，但被轉到答錄機。她沮喪地找凱倫，又是答錄機。她才剛掛上電話就有人打來。是珍妮。「珍妮，嗨，我正想找妳呢。」她說明醫院插頭被拔掉的事，納森一開始的反應，以及後來請保鑣的安排。

「感謝老天，我很清楚我沒有絆到任何東西，」珍妮有些不平。「警方該派人守著他才對。」

「說真的，我不認為我們的想法完全被忽視，」她沒想到自己竟然會幫負責的警官說話。「只是警方也遇到難關。完全沒有人出面說明，大家都只看到有個男人穿著內褲在高速公路上。這個郡裡每天發生的意外數都數不清。」

「但有人穿著內褲在高速公路上還是很稀奇吧！」珍妮提醒她。「史督華在醫院遇襲，警方這下總該明白他掌握了威脅到他人的證據。」

「很可惜，史督華的醫生真的認為是我們不小心。除了我們，沒人認為插頭是故意被拔掉的。總之，現在有人守著史督華。」

「凱倫聽到這件事一定會抓狂，但我到處都找不到她。她請了病假，但家裡也找不到人。」珍妮說。

「我知道。好奇怪，對吧？」

珍妮嘻笑著。「也許她終於釣上那個警察了，說不定他們去浪漫之旅了。」

「不會，連恩現在就在酒吧裡。他下班後去醫院當了幾個鐘頭的保鑣。」

「喔，」珍妮困惑地說。「也許我們該去她家看看。」

「但她又沒有失聯多久。」雪麗提醒珍妮。

「以凱倫來說，已經太久了。她一定會回我的電話。」

「也會回我的。」雪麗承認。「也許我們真的該去她家看看。說不定她病得很重，連接電話的力氣都沒有。不過，我們也許該先打個電話給她的爸媽。說不定她有事回家去了。」

「我打過了，她沒回家。我裝作沒事的樣子，我不想害她媽媽擔心。」

「那我過去看看。我有鑰匙，也知道保全密碼。不會有問題的。」雪麗說。

「好吧。我該陪妳一起去，我不想讓妳一個人去。」

「別忘了我受過警察訓練。」

「是啊，我知道。妳去了，立刻打電話給我。我可能沒辦法接電話，但我會找機會聽留言。」

「我們肯定是反應過度了。」

珍妮沈默了一下。「如果連那個警察也失蹤了，我會說他們去浪漫之行了。但妳說妳知道那個警察的行蹤。」

「我真的知道，我離開酒吧時他還在。我會去問問他，凱倫有沒有說要去哪裡，再去她家。」

掛斷電話後，雪麗要離開房間時猶疑了一下。**東西都在，只是……動過了**。

她對這些小事情越來越神經質了。也許尼克有事進來過。她沒鎖門，也許是莎蘭。莎蘭經手的房子地址寫在史督華的雜誌上，而他目前在醫院裡與死神搏鬥。

再加上……凱倫。

胡思亂想解決不了問題。她摸摸皮包裡的槍，匆匆出門。

杰西似乎不介意在各水道四處漫遊。在汽艇上待了幾個鐘頭後，他們終於回到杰西的家。他家在遠離公路的小沙洲上，只有一條私人小路進去，一般人根本不會想到樹林後另有天地。

杰西問他要不要吃東西，因為他們這一趟去了好久。

「你有什麼吃的？」傑克問。

杰西大笑。「你以為會有什麼？手指燉粥？樹根糊？抱歉，沒那種原住民好料。火腿起司、義大利臘腸起司，或是玉米片。可能還有點水果。」

比起玉米片，傑克選了三明治，他自己動手準備，杰西拿出一堆地圖。

杰西把地圖放在桌上攤開。「那麼，你和彼得．波東見過面後，認為宗教團體可能只是幌子？」

「我覺得不無可能。仔細想想，我們派人清查了所有找得到的宗教團體，也特別留意新建立的那些。目前我們一直查不到類似波東教派的組織，我們甚至無法證明波東教派確實涉及那幾起謀殺。」

「沒錯，但……很多人相信他是幕後主使。」

「我以前也這麼想。」

「你改變主意了？」

「我相信他脫不了干係，但我開始懷疑他可能不是主謀。最近這位死者是房屋仲介。

她代理的房子都在文明地帶邊緣，波東教派也在那一帶。我能想到唯一的關連是，這些房子都在水道邊，可以通往沼澤區。我們都知道毒販、殺人犯、盜賊，甚至更壞的角色都愛在沼澤區藏身。那個地方太大，無法全面巡邏。所以我忍不住想，這件案子一定和運進這片地帶的某種東西有關。」

「毒品？那是最常見的。人蛇集團也會把人藏在這裡，躲移民局，」杰西說：「武器及槍枝的交易市場很大。」

傑克點頭。「武器運輸需要大型設備，非法移民也是，我敢說一定是毒品。」

「我會要手下特別注意。」

「我敢打賭，一定是海洛因或古柯鹼，一小包就能賣很多錢。」

「我們會注意。」

「太好了，謝謝。」

離開杰西家後，傑克皺眉察看手機，它已經好幾個小時沒響過。這鬼玩意在沼澤區不能用，附近沒有基地台。他開車往東三十分鐘才終於能聽留言。

富蘭克林打過，馬丁也是，但都沒有進展可報告。基層警員拿著畫像在那一帶一家家問，想查出死者最後幾天的動向。

第三通留言讓他吃了一驚。他不認識那個聲音、對方也沒報名字。那個人緊張地壓低音量。

「彼得．波東要我找你。他想和你談話。不要敲鑼打鼓，懂我的意思嗎？你要是敢帶一堆人來，這次會面就告吹。他想和你談話，只有你。」

就這樣，緊張的不明男子掛斷電話。

連恩還在吧台，她匆匆和旁人打過招呼後直接問重點。「連恩，凱倫有沒有打電話給你？」

他搖頭。「她有必要打電話給我嗎？我們昨晚剛見過。」

「她今天沒去上班，珍妮和我一直聯絡不上她。」

「很抱歉，她也沒和我聯絡。」

「她有沒有說今天要做什麼？有沒有說今天要請假？」

「雪麗，抱歉，她什麼也沒說。」

「好吧，謝了。我還是去看看她好了。」

她轉身從辦公室回到屋裡，再從廚房離開。

她上了車，把凱倫家的鑰匙掛上鑰匙圈後才發動車子，不用到了她家才手忙腳亂找鑰匙。

她駛離碼頭，告訴自己她和珍妮太敏感了。不過一天沒上班又不在家，算不上緊急事件。但凱倫不會不回她們的電話。

她開車經過明亮的街道，想著邁阿密的夜色真美。夜色遮蓋了不那麼美好的地方。月光灑在水面上，平添一份溫柔神秘的光輝。

但在夜色掩護下，城市裡進行著許多犯罪。

先是史督華。現在凱倫也出事了。

不，她不願相信好友出事了。

她抵達凱倫家時，發現凱倫的小車停在車道上。她家兩邊都種著櫻桃樹籬。一棵高聳的鳳凰木佔據了前院大半個草坪。凱倫把家門口的格子柵欄漆成酒紅色。一切都和平常一樣。為什麼凱倫沒有接電話？

雪麗坐在車裡望著房子，過了一會兒才下車。屋裡有燈光，但很昏暗。她走到門前，平常照亮門口的小燈沒開。她咬牙望著漆黑的門口，暗罵凱倫怎麼沒有開燈。

就像大衛·華頓說的，她是未來的警察，而且她皮包裡有槍。

她先按過門鈴、大力敲門，高喊凱倫的名字，都沒有回應，於是她拿出鑰匙開鎖。開門之後她再次大聲叫凱倫。依然沒有回應。

她走進屋裡，解除保全，鎖上門。就連這個動作都讓她緊張兮兮。萬一有人襲擊凱倫呢？萬一壞人還在屋裡怎麼辦？她很可能把自己和兇手一起鎖在屋裡。

「凱倫！」她喊。

客廳和平時一樣溫馨。她看得到廚房和餐廳後面小小的起居室。她走過客廳，凱倫總是把客廳收拾得很整齊，所有東西都在原位。書架上有凱倫和家人的合照，和寵物的合照，她們三人好多年前一起去高空彈跳時的照片。

「凱倫！」她走進廚房再次大喊。一切都很整齊。碗盤全都洗好、收好，她是三個姊妹淘中最愛乾淨、最整潔的一個。

雪麗低頭跨進走廊上的小浴室。沒人。她強迫自己走進客房，凱倫擺電腦的地方。那裡十分整潔，連一張紙都沒有放錯地方。

雪麗拖著腳步走向凱倫的臥房。門關著。

「凱倫？」她輕聲呼喚。依然沒有回應。她握住門把，還來不及轉動，大門傳來劇烈的敲門聲嚇了她一跳。她後退時無意轉動門把，門輕輕開了一小縫。

房間很黑。敲門聲再次響起……

雪麗不予理會，伸手開燈。

公路上夕陽一向特別輝煌。天空變成深淺不一的粉彩色，最後一絲陽光添上縷縷金絲。夜色降臨時彷彿永無盡頭，在沼澤區更是如此。

夜色漸深。周遭的一切逐漸消失，只剩前後車輛的燈光。

接著城市繁華的燈光再度出現，這裡很靠近密科蘇基賭場，附近的人口也越來越稠密。繼續往前就是從前流鶯聚集的街道，當時發生過很多起流鶯被勒斃棄屍的案件。兇手自以為聰明，但最後變得太放肆而終於被捕。再過去一點，接近市中心的地帶，街名由英文變成西班牙文，也就是出名的「八街」。越接近市中心，犯罪多半是情殺或金錢糾紛。街頭暴行通常會有目擊證人，而且會留下很多證據。

一定都會有線索，完美犯罪是不存在的。然而，即使有最精良的執法單位，加上現代化的鑑識技術，有些罪行還是無法水落石出。

但這件案子一定會有答案。他感覺已經掌握到關鍵，只要拼在一起就行了。

明天他又要開很長的車。那通電話雖然莫名其妙，但幸好他由來電顯示證實那是從監獄打來的。

他直覺那通電話確實是波東託人打的。答案一直在波東手裡，之前他不願意說也不肯承認任何事。

難道他改變主意了？果真這樣，又是為什麼？

因為恐懼？他害怕監獄外的某個人？還是監獄裡的人？

話說回來，波東是操縱人心的高手。誰都說不準他想怎樣。說不定他只是想玩弄他，引他一次次來回奔波，把他當溜溜球耍弄。

不必在這個時候抓狂。他稍後會打通電話去監獄，然後明天一大早趕去。等待實在惱人。

一進了市中心，傑克沒有向左開往總局，也沒有回碼頭。雖然已經很晚了，儘管不曾預先約定，他還是決定再去找瑪莉．西蒙。

黑天覺悟會的廟堂很漂亮，遠離街道，附近有座公園，居民享受茂盛的花草樹木。夜裡，離這裡幾條街外就有熱鬧的店鋪、餐廳和夜店。覺悟會的信徒常去熱鬧的大街上誦經募款。

他抵達時，廟堂顯得很安靜。門口迎客的信徒剃了個大光頭，卻在頭頂留了一束長髮。這個年輕人有雙充滿理想的眼睛、與世無爭的態度，儘管他可能根本弄不清楚覺悟會的教義。他的態度有禮而殷勤，傑克甚至不用亮出警徽。

他進去叫瑪莉。

她見到傑克似乎並不意外，她歡迎他來訪，表示可以在院子裡說話。他跟她走進小花園後立刻切入正題。「瑪莉，我明白波東每晚可以任意選擇女信徒，但女信徒之間不會嫉妒，而且也可以和其他人發生關係，是嗎？」

她點頭，有些哀傷地微笑。「但我們都想要彼得，這很難和別人解釋。教派裡還有其他男性，例如約翰．梅斯特。」她嘆息，摺著身上的橘色長袍。「約翰死了。我當然知道，」她抬起頭忽然變得有些激動。「千萬別以為約翰會因為嫉妒彼得而殺了那些女孩，約翰是真正的信徒，真心相信我們那一套，分享上帝賜予的美好、普愛世人。他是個好人，很聰明。我猜他早就知道財務最終會有問題，我聽過他和彼得爭執。他一直很煩惱，但彼得不聽他的，我很為約翰惋惜。他因別人叫他做的事，毫無抗辯地進了監獄。後來他就死了。」

「我也很遺憾，瑪莉。但我來不是認為妳的……朋友中有壞人。我認為另有隱情，很可能有你們都不知道的事在暗地進行。」

她聳肩。「唉，有可能。但不論什麼事，彼得一定知道。他決定我們何時該留在屋裡，何時該外出工作。」

「會不會有船從運河進去？」

「當然有，每天都有。」她微笑。「很多只是路過。都是小船，獨木舟、划槳船、小汽艇。就是因為這樣大家才喜歡住在水邊，狄雷修警探。」

他報以微笑。「當然，瑪莉。有沒有船停靠在你們後院？彼得．波東有沒有用船運東西？」

她聳肩。「可能吧！只有小船才過得來，但是那麼小的船能載什麼東西呢？汽艇又很吵……我偶爾會聽到。但那些汽艇從來不停，至少我不記得有。」

「獨木舟呢？」

她猶豫了一下。「可能。有時候……在夜裡，我在起居室會聽到聲音。但我們都知道不可以出去。我們都很守規矩，事情就是這樣。」

「可能有人不太守規矩，瑪莉。那些女孩也許就是因此而遇害。」

她臉上露出一絲哀痛。「也許。」她說。

「你們有毒品，對吧？有很多毒品嗎？」

「有很多春藥，」她低聲說完看著他的眼睛。「當然也有些毒品。我們沒有吸毒……至少我沒有。我沒有毒癮，傑克。這裡的人也都沒有。」

「我無意打擊覺悟會，瑪莉。我只想抓到兇手。」

她點頭。「毒品隨時都有。」

「謝了，瑪莉。如果妳想到其他事——」

「我會打電話給你，警探。我很樂意幫忙，真的。」

「我相信。」

他正要離開時，她追了上來。「警探？」

「是？」

她遲疑了一下。「我知道你的想法……你一直認定彼得有……有關係。但我不相信他會對女人做出割喉這種事。」

「謝謝，瑪莉。我從來不認為他曾親手殺人，但他知道兇手是誰，這我十分肯定。無論如何，我一定會查出真相。」

18

沒有異狀。

凱倫的臥房和屋裡其他地方一樣整潔。被子鋪得很平整，枕頭靠著床頭，所有東西都很整齊。

猛烈的敲門聲持續著，不久突然靜下來。雪麗離開臥房穿過客廳，站在大門從窺視孔往外望。外面沒有人。她咬住下唇。她聽到一個聲音，有人從房子側面繞過。安靜了一陣後……客廳窗戶傳來怪聲。她從皮包拿出槍打開前門。

她剛走到門廊，那個人從屋子後面繞回來。「不准動！」她說。

「雪麗？」

她吐了一口大氣放下槍。「連恩？連恩，你在院子裡做什麼？」

「我？我才想問妳在做什麼呢！妳好像打定主意今晚要賞我一槍。」他搖著頭走過來。「我敲了半天門妳都沒應。妳害我擔心凱倫，妳跑來她家，我敲門的聲音連死人都能吵醒，妳卻沒回應。」

「我在別的房間，連恩。」

「有什麼不對嗎？」

「沒有，」她輕聲說。「應該沒有。我要再去仔細看看。」她皺眉。「你怎麼來的？」

「別皺眉頭。我沒有酒後駕車，我硬要山迪載我來。」

「為什麼？」

「我不放心妳一個人。」

「別這樣，連恩。難道你會這麼關心所有女警？」

「妳不是警察，妳是民間雇員。而且別忘了就算是警察，在可能有危險的狀況下也要請求支援。」

雖然他弄巧成拙，但她相信他只是想幫忙。「好吧，進來吧！我想再巡一圈。」

連恩跟著她進去。雪麗再次經過電腦室到臥房。她猶豫了一下，想起她還沒檢查主臥房的浴室。於是她走進那兒，連恩緊跟在後。

乍看之下，浴室和屋裡其他地方一樣潔淨。最後她拉開浴簾，磁磚也和所有東西一樣乾淨。

忽然她發現浴缸底有些小污點。她蹲下仔細察看。一共只有三點，看起來像鐵鏽。或血跡。

雪麗的心跳到喉嚨裡。她告訴自己不一定是血跡，而且這些只是小污點，又不是整個浴室灑滿鮮血。她甚至無法肯定那是血跡。就算是，量那麼少，凱倫可能只是在除毛時不小心割傷。

然而……

她突然站起來往廚房走去。在櫥櫃裡找出一盒透明小塑膠袋，接著從凱倫放野餐用具的地方找出一把塑膠刀。

「怎麼了？」連恩問。

「沒什麼。」她掠過他身邊回到浴室。她蹲在浴缸旁邊刮下那些污點，連同塑膠刀一起放進袋子裡。她把塑膠袋放進皮包後站起來。連恩在門口看著她。

「怎麼回事？」

「沒事，只是檢查一下浴缸。」他好高，她想。他的肩膀把門口整個堵住。她開始胡思亂想，萬一兇手就是連恩呢？警察也會變壞。

她皮包裡有槍，他們都清楚她會用。「走吧，看來凱倫真的不在家。」

一時間，他似乎無意讓路，接著才搖搖頭讓開。「我知道妳比我更瞭解妳的朋友，但我認為妳反應過度了。我相信她很平安，就算再好的朋友也有秘密。」

「你或許有道理，是我想太多了。我得好好睡一覺。」她說完等著他先走出去。他躊躇了一下才移動。

「我送你回家。」她對他說。

「不用了。寇帝斯在餐廳，他說等一下送我回去。」

「好吧！」

他們默默開了一陣。接著連恩說：「除了妳和珍妮，她難道沒有別的朋友？」

「當然有。」

「看吧！」

「你說得對，她一定是和別人出去了。」

手機突然響了，雪麗嚇得差點跳起來。她連忙從皮包裡挖出手機。是珍妮。

「如何？」

「她不在家，車子在車道上，屋裡很整齊。」**而且浴缸裡有疑似血跡的污點**。但她沒有說出來。沒必要讓珍妮窮緊張，她得先查出那到底是什麼。

她一定查得出來。明天早上她會把一切都告訴曼蒂．奈廷傑，請她幫忙。她雖然和曼蒂共事沒多久，但她知道曼蒂會聽她說並幫助她，而不是取笑她。如果真的無計可施，至少還有傑克。

「妳沒事吧？」珍妮著急地問。「我不該讓妳一個人去。」

「我不是一個人。連恩．格林和我在一起。」

「喔，太好了。妳和警察在一起。」

警察也會變壞。**她到底在想什麼，為什麼要這麼想？**

「我們現在該怎麼辦？」珍妮問。

「等看看她明天晚上會不會回家。如果明天還找不到她，我們就去報案，讓知道該怎麼辦的人接手。」

「她失蹤還不到二十四小時呢。」連恩打斷她們的對話，輕聲提醒她。

「我們今晚先繼續聯絡她。」雪麗不理會他。珍妮答應後掛斷電話。

不久，他們回到尼克餐廳。雪麗熄火前再次確認，「你確定有人送你回家？」

「寇帝斯和山迪都認為我該去找妳。山迪正好要出去，所以順便載我過去，寇帝斯答應等我回來。」

「好吧，那我去睡了。」

他們下車之後，連恩隔著車子對她行了個舉手禮。「晚安！我去找寇帝斯。」

她點點頭，覺得自己的想法可笑又不應該。「連恩？」

「嗯？」

「謝謝你特地跑一趟。」

「不客氣。有消息記得通知我，我挺喜歡她的，妳知道。」

他繞向露台的入口。雪麗從側門回家。「莎蘭？」她進門之後喊著。「尼克？」

沒人回答，她不想去酒吧，逕自回到房間，這次一切都很正常。她搖頭，依然相信有人進來過。雖然時間還不太晚，但她已經累得癱在床上。她和珍妮這麼急著找凱倫的確有些荒謬，但……她很在意浴缸裡的污點。

傑克還沒走回車上手機就響了，沒想到是卡尼吉。「傑克，我只是想告訴你，我很高興你安排了人去醫院守衛。」

「發生什麼事了嗎？」他覺得相當內疚。他答應過雪麗他會去查，但他手上的案子讓他接應不暇，他把史督華．佛瑞夏的事情扔給馬丁後就沒再想過。

「沒什麼，只是我決定再找和史督華為同一個報社寫稿的那個傢伙談話，結果，根本沒這個人。」

「什麼叫做根本沒這個人？他不是一直吵著要大家深入調查車禍內幕，堅稱史督華掌握到重大事件？」

「沒錯。但我今天打電話給他，結果是一家披薩店。所以我從報社人事部要到他的社會保險證號碼。一查之下，那個號碼的主人二次世界大戰時就死了。我回到醫院，他本來一直賴在那裡不走，突然間竟然消失了。我搞不清楚到底怎麼回事，但局裡同意負責全天候守衛。我只想通知你一聲。」

「謝了，卡尼吉，非常感謝。我明天一大早就要出城，有任何消息，請通知我。你這麼晚還在工作？」傑克看了看錶。

「還不算很晚，我敢說你也很少準時下班吧！」

「你覺得我們會早死嗎？」

對方輕笑一聲。「我已經老啦，」卡尼吉自嘲說：「但你要保重。」

「我會。」

掛斷電話後，傑克本來想打電話告訴馬丁他明天早上要去監獄，但還是決定不要。馬丁可能已經回家或去玩了，他到底還有生活。

生活……

他突然很想趕快回到家，他有理由可以去見雪麗了。

回家的路上，他打電話給隊長告知他的想法，隊長提醒他，辦案的每個步驟都要在報告裡交代清楚。他告訴隊長那通電話可能是惡作劇，但即使如此，也是監獄裡的人搞的鬼。無論如何，隊長同意他去。

和隊長通完話之後，傑克打電話去監獄安排明天一大早的會面。

波東掌握著關鍵，他確信。

連續數小時的偵訊都不能讓他開口，死刑和無期徒刑都嚇不倒他。沒想到竟是即將到來的自由，讓他打破沈默。

傑克覺得掌心汗濕。他沒把握能不能控制住脾氣，萬一波東坦承參與謀殺那些女孩。以及南希。

雪麗以為她已經累到會直接睡著。但她的腦子轉個不停，她心煩意亂地坐起來。偏偏在她要找莎蘭問事情時，她和尼克剛好去城裡約會。她聯絡不上大衛．華頓，凱倫也還沒回家又沒接電話。

她打電話去醫院問過，史督華的狀況完全一樣。她又打給大衛，但依然沒人接。她掛上電話，忽然想到傑克也許有消息。

她從通往碼頭的門出去，望向長排船隻找出傑克的關朵琳號。她猶豫了一下，接著走過沙地和草坪，跨過繩索護欄，在碼頭上前進。她看到傑克的船艙門半開而躊躇。

「傑克？」

門打開。她認識走出來的那個人，他手裡的箱子也很眼熟。她那天參觀鑑識科時見過他。他是史基普．康拉德，指紋專家。

他看到她走過來，有點尷尬地說：「嗨，雪麗，妳也住在這裡？」

「尼克是我叔叔。」

「尼克是妳叔叔？」他很瘦，有著酒窩和稚氣的外貌，儘管頭頂禿了一大片。「真想不到。我不知道尼克姓孟泰格。」

「難免的，招牌上只寫著尼克，」她微笑著說。「已經很晚了，你還在工作？你平常值日班，對吧？你來傑克船上採指紋？」

「私下幫忙。」他說。

她微笑了。看來不只她有妄想症，資歷過人的刑警也不例外。「我知道他認為有人上過他的船，我們是朋友。」

「傑克也是我的朋友，」史基普聳肩說：「不管他有多忙，有人需要，他一定會伸出援手，所以……我想至少可以私下幫個忙。」他又聳肩。「不過我大概沒幫上，什麼也沒找到。看來他桌上的東西都被仔細擦乾淨了，僅有的幾枚指紋，八成都是傑克的。」

「無論如何，你願意幫忙還是很棒。」

「是嗎？」看出她不打算讓局裡其他人知道這件事，他似乎鬆了口氣。「既然妳住在這裡，能不能幫我鎖門再把鑰匙還給傑克？」

「沒問題。」

「呃……很高興見到妳。」但他的表情並沒有多高興。

「我也很高興見到你，康拉德先生。」

他笑了。「其實，我是康拉德警官，但叫我史基普就行。」

「你唸完警校才轉到鑑識科？」

他搖頭，「我先接下這份工作，等我成為不可或缺的專家後，才回頭唸完警校。想必妳以後也是如此。對了，恭喜，聽說科裡來了個林布蘭。」

「我沒那麼厲害啦！」她說。

「總之我們很高興妳來了，晚安。」

他揮手告別後下船由碼頭離去。雪麗轉身要鎖門，看到艙房時忍不住倒退一步。採指紋弄得到處髒兮兮的。她猶豫了一下，決定先幫他打掃。

擅闖他的領域，不知道他會不會發火。她該鎖上門一走了之……

但她走進艙房關上門，在廚房找到海綿和清潔劑。她清理完廚房後進入客廳，接著是主臥和客房。她忍不住自豪，打掃過後乾淨多了。

她知道她瘋了。她該回房去補眠，但她靜不下來。

她回到廚房從冰箱拿出果汁倒了一杯，靠在流理檯上休息。電話旁邊有鉛筆和筆記本，她拿起筆隨手畫著。

一幅凱倫。

她翻頁，畫了一幅連恩。

她又翻頁，畫下車禍現場，重現記憶中所有細節。這是她畫得最好的一次。時間讓她的記憶更清晰。她想要細節——於是細節一一浮現，只是絲毫沒有用處。

她再翻頁，畫了一幅大衛．華頓的頭像。

她越來越不耐煩，等傑克等到心焦。她放下筆看看艙房。她打掃得很乾淨。

除了地毯。

她遲疑了一下，接著聳聳肩。都已經做這麼多了，他鐵定有吸塵器吧？

果然有，她在儲藏室找到了。

吸塵器轟然運轉，終於滿意之後，她關掉吸塵器。一按下開關，她就聽到甲板上有腳步聲。

「傑克？」

沒有回應。她皺眉，懷疑是不是想像力過盛，一直幻想有人跟蹤她。她靜立了好久，沒聽到任何動靜。

她搖搖頭，繼續吸塵。但她在船艙裡越來越不自在，所以她匆匆走出去，鎖上門，把鑰匙放進口袋，接著又頓住。

酒吧傳來燈光和嘈雜聲，今晚的客人特別喜歡鄉村音樂，點唱機一首又一首播著。

海面平靜祥和。船隻輕搖，海浪拍打著船身。

她繞著艙房周圍狹窄的甲板走了一圈，回到原位再次抬頭看酒吧。露台上燈光亮著但沒有客人。

她聽到水花濺起的聲音連忙轉身。

此時，她感覺一陣風，有人從背後撲上來，舉起她一扔。

她毫無防備，飛越左舷掉進漆黑的水中，海浪在夜影與月光下詭異地波動。

她剛浮出水面就聽到呼的一聲，有人跳進她身後的水裡。

晚餐時間即將結束，受刑人很快就要回房，一切都和往常一樣，彼得．波東卻莫名心慌。他的叉子停在半空，大堂和平時一樣喧鬧，大家四處走動準備回房，此時突然起了變化。但只是在他心裡。他左手邊，卡森和拜爾為了香菸在爭執，右手邊，桑德在炫耀籃球場上的表現。似乎沒什麼的理由讓他心驚膽戰。

他放下叉子，全身肌肉包括手腳都綳緊起來。他害怕肺會糾結，心臟會冰凍、不再跳動。他從沒感覺過這種沒來由的恐懼。

這份恐懼也許醞釀已久，只是他一向不懂得害怕。這麼多年來，他一直相信自己所向無敵，他的領袖氣質、操縱人心的力量。他不恐懼，他製造恐懼。

然而如同世間的一切，那也只是幻覺。

但現在，還有幾天他就能哄得假釋委員服服貼貼、順利出獄，此時他卻不僅學會害怕，甚至感受到絕對的恐懼。忽然間，他渴望並策劃已久的自由，變得令人喪膽。

汗珠在眉毛上凝結，他再次回頭張望。所有人看來都像心懷鬼胎的殺手。桑德的笑容像瘋子，卡森像準備享用獵物的狼。

彼得強迫自己冷靜。警方不知道，也沒有證據。他沒有留下蛛絲馬跡。他一向很謹慎。

但讓他恐懼到身體停擺的，並不是警方在這麼多年後可能查出真相。

雪麗用力踢水想遠離威脅。她的肺在燒。狀況來得太突然，她毫無防備。她潛到船下，接著從右舷破水而出。下一瞬間，一雙鐵鉗般的手臂勒住她的腿往下拉，她喘息著尖叫一聲，猛吸一大口氣。她奮力扭動、掙扎卻依然沉進水中。她在水裡看不見。

突然被放開，她踢水向上，浮出水面時剛好看到前方有顆頭冒出來。

「雪麗？」

「傑克？」

「真是的，雪麗！」

「你幹嘛對我吼？是你攻擊我的！」

「妳為什麼在黑暗中偷偷摸摸的？」

「我沒有。」

她想踹他，但距離太遠。此外，以她的腿力在水裡也踹他不痛。他已經游到幾呎外抓住船尾的梯子。她跟上去。他伸手要拉她，但她太生氣根本不讓他碰。她自己爬上船，抬頭挺胸準備和他大吵一架。他站在甲板上不停滴水。

「有人把我推到水裡。」她對他說。

他搖頭。「船上沒有人。我上船的時候妳已經在水裡了，我還以為是闖進關朵琳號的人要躲我。」

她也在滴水，她扯掉一根纏在髮絲間的海藻。

「我來問你有沒有查到什麼。你的朋友，那個指紋專家在船上。」

「史基普。」

「對，康拉德警官。我這個白癡，竟然想幫你打掃。掃完後，我回到甲板上。我聽到聲音，過去看的時候被人推進水裡。」

他轉身望著水面。「媽的。」他低聲說。他丟下她，以武術大師都自嘆弗如的動作躍上碼頭，他盯著水面跑過碼頭。她不自在地站在原地打哆嗦。

他回來時不是從碼頭上來，他潛進水裡游泳過來，再爬上船。

「如果有人在船上，絕對不是從碼頭離開，肯定是游泳逃走了。」

「那你相信我是被推下船的嘍？」

「除非為了清理船底的藤壺，我不會在這裡下水。而妳也不會因為想游泳跳下海。」

「你認為那個人要找什麼？」

「不知道，」他說。「我手裡可能有重要的東西，但我不知道是什麼。或是他們以為我有，但其實沒有。」

「你有找到什麼嗎？」

他搖頭。「沒有。如果他們上過船，碼頭上應該有濕腳印，但是沒有。問題是，對方可能潛進水裡，從任何地方上岸，更別說附近有上百艘船。」

「非常感謝你相信我。」

他轉身走向艙門。「妳想整晚站在那裡滴水嗎？」

她本來想叫他去死，但他補上一句：「歡迎妳優先使用浴室。」

她搖頭咬牙走過去。他掏鑰匙時水從口袋流出來。他開門時看了一下她的眼睛。「對不起。我以為抓到現行犯，誰知擒到的是妳。」

「擒到犯人的感覺一定棒得多。」

「我沒說感覺不好。」他回嘴。

她低頭走進艙門。他跟著進來，走到廚房脫掉濕透的外套，踢掉泡水的鞋。「最好的浴室在我房裡。」

「我還是跑回家吧，我沒有衣服換。」她提醒他。

「我有烘乾機。」他說。

「哇，真誘人。」

他解開鈕釦讓襯衫落在地上，朝她走來。「還有更誘人的喔。」

「你未免太自戀了吧？」

問。

「我不是說我。」

他伸手將她拉近，把濕透的上衣從她頭上脫掉。「我的濕衣服很誘人？」她取笑地問。

「可不是嗎？」他的唇貼上她的喉嚨，一股熱流在她體內盤旋。

「你的濕長褲也很誘人。」她輕快地說，「加上襪子上的海藻和機油味……我快招架不住了。」

「的確是，妳知道。」

她不理他。他忙著解她牛仔褲的釦子，無暇說話。她摟住他，呼吸有點急促。「刑警先生，你有事情瞞著我。」

「不是故意的。」

「傑克。」

他抱住她，手指溜到她背後找到胸罩的環釦。「妳的衣服……」他沙啞的話語中斷，低頭磨蹭胸罩上緣胸部隆起處。「好美的內衣。」他輕輕拉下肩帶，胸罩落在他們腳邊。

「傑克……」

他後退幾公分。「好吧，看來我只好靠口才誘惑妳。卡尼吉幫妳的朋友安排了全天候的警衛。」

她的心跳漏了一拍。「真的？是你要他這樣做的嗎？」

「如果我說是，妳願意留下嗎？」

「不管你說什麼，我都會留下。」她沙啞地說。

傑克反而停下來。「我明天一大早就得出門，大約四點出發。波東的獄友打電話給我，我查過號碼是真的。可能有人讓波東害怕，他想找我說話。不然就是他在耍我。無論如何，我都得去。但我明天晚上就會回來。可能很晚，但一定會回來。接著我會研究妳朋友的案子。卡尼吉手裡的一些資料我想仔細調查。我保證、我發誓，我們一定會查出真相。」

她的身體冷了下來。她該接受。她需要協助，而且沒有理由拒絕。除了……除了她對他的感情。

「你不必這麼費心，你知道，」她聽到自己生硬地說：「你不用為了我而去忙不是你負責的案子，你不必因為史督華是我的朋友而去調查，」她真想踹自己一腳。她需要、也想要任何協助。「我不會放棄，」她告訴他。「我絕不會放棄，因為我瞭解史督華，但你……不必有這種感覺。」

「不准自己去冒險。」他很直接地說。

她火冒三丈。「我又不是白癡，我在警校是班上頂尖的學生之一。」

「雪麗，沒人說妳不夠聰明。但不明就理一頭栽進去會很危險。」

「因為我是女人？」

「任何人都一樣，尤其是沒經驗又沒受過訓練的人。」

「是喔，想必你剛進警隊時已經經驗豐富了。」

「雪麗，拜託妳。別衝動，給我幾天時間。我不希望妳一頭栽進去，因為妳真的不知道妳在做什麼。我插手這案子不只為了幫妳，我會深入調查是因為這可能是謀殺未遂。我希望明天能找出答案，破解波東謀殺案和凱西．賽維爾案。」

「還有你搭檔的案子？」她靜靜地問。

他點頭。「還有南希的案子。」

他們依然站在那兒滴水。兩人幾乎貼在一起，幾秒過後，他們仍舊凝視對方。

「你真的很想知道答案，對吧？」她問。

「我真的很想知道答案。」他回答。

他仍然沒有碰她，但他如此接近，她感覺得到他的體溫；他潮濕的肌膚彷彿輕撫著她。他往前倚，把她壓在身後的牆上，兩人都靠在牆上，他再次開口時聲音充滿感情。

「我想知道答案，也因為如果世上有任何人值得我找出真相，那一定是南希。」

她垂下頭，忽然有些害怕。她想都沒想就跳進這段關係，以為放縱情慾後能全身而退。她甚至聽不見他對她說的話，她被這個男人的魅力所催眠，而他們才認識沒多久。時間雖短卻很濃烈。她知道她不只被他的人吸引，雖然此時此刻是如此。但他令人愛慕的特質遠不只如此。她知道他對工作極度認真，不管他對她有什麼感覺，都不可能為了無稽的妄想浪費時間。

她也知道他有所匱乏，例如全心投入感情的能力，那是因為過去的陰影一直籠罩著他，不管多努力也甩不掉。她不明白，他說的話算不算一種變相的承諾，但她不想探究。她恐懼、害怕這樣的激情，害怕想和他在一起的渴望。不只是和他上床，而是「在一起」。

「雪麗？」

他抬起她的下巴，一手扶著她頸後，低頭吻她的唇。在空調很強的船艙中，他溫暖的唇彷彿帶著電。世上所有麻煩似乎都從她肩上溜走。他毛茸茸的胸口摩擦著她的裸胸，光是這樣輕微的接觸，她的胃裡就彷彿有岩漿翻滾。

他退開，但嘴唇依然很貼近，他呢噥著：「妳知道嗎，妳穿警校的藍制服很好看，穿牛仔褲也很美，就連掛著海藻的模樣也迷死人。但我敢打賭，妳滿身肥皂的樣子一定更棒。」

她嘴角揚起微笑。「船上的浴室一定很小。」

「小就是美。」

「而且會擠到撞來撞去。」

「去現場偵察之前，不要亂下結論。」

「沒錯。當然啦，你以偵察技巧高超而聞名。」

「多謝讚美，女士。」

「不客氣。」她從他懷裡溜走，脫下讓他困擾許久的牛仔褲，上前一步脫掉高叉內褲。她回頭看了一眼。「目標……主艙……浴室，我走了。」

浴室不算小。關朵琳號畢竟是一艘船屋而不是遊艇。淋浴間是有點擠，但還塞得下兩個人。兩個靠得很近、幾乎肌膚相親的人。但她拿起肥皂才發現沒有空間。顯然他早料到會有這種難題，他深古銅色的手拿走肥皂，從她的喉嚨開始動手。「偵察時不能錯過任何細節。」

「一有遺漏，整個案子就會化成泡影。」

「我喜歡做得很徹底。」

肥皂在他的掌握下靈巧地遊走，滑過她的雙峰，硬硬的質感折磨著敏感的乳尖。她感覺到乳尖甦醒，隨著體內深處的抽搐而顫抖。小小淋浴間裡的水不斷沖掉他搓出來的泡沫。氤氳的蒸汽快速向上冒。他的手滑溜而篤定地沿著她的身軀向下移動，愛撫她的胸前、上腹、平坦的小腹，畫過髖部後向下溜進兩條長腿之間。她的呼吸頓住。他滑溜而靈巧的手指以誘人的觸摸與愛撫在她身上烙印、嬉戲。肥皂掉在兩人之間。他們一起彎腰去撿，兩個人撞成一團，大笑著忘記了肥皂……而緊緊相擁，嘴唇飢渴地黏在一起，舌頭忙碌著，水不斷沖著兩人身上的肥皂泡，蒸汽裊裊包圍住他們。

雪麗勾住他，她的手滑下他的背脊，沿著臀部肌肉的線條前進，握住他長長的堅挺。他喉嚨間發出低聲咆哮，一腳將門踢開。她全身又濕又滑，溜進他懷裡，兩人一起嘻笑著。不久，他們一起跌在大床上。他俯在她身上，嬉鬧的笑聲漸漸淡去。他再次沿著她的身軀愛撫，光是挺身進入的動作就讓她幾乎高潮。她摟著他，感覺到濕濕的肌膚、涼涼的床單、船屋輕輕搖晃。她閉上眼睛，感受男人熱燙的身體、強健的手臂，他臀部的力量以及與她交纏的腿，緊接著一切都消失了，只剩下體內的炙熱，甜蜜的火焰竄起，渴望、索求、緊繃、急切的想要……

高潮的威力彷彿火箭在她體內爆發，緊接著一陣又一陣的美妙電流一次次竄過全身。她也感覺到他的急切，每個動作都讓她扯得更緊，飛得更高，一股熱潮湧出，有如岩漿般溫熱著她體內，滿足了比性慾更深刻的需求。他抱著她，將她鎖在溫暖的懷中。她摟著他，彷彿四肢在他身上凝結。和他在一起的感覺強烈得嚇人，那種感覺超越了思想、邏輯與現實。她惶恐地察覺她有種太深的感覺，彷彿她屬於這裡，彷彿與他相識已久，而且本來就該與他恆久相依。

他開口時她吃了一驚。「雪麗，我說真的，不要去碰那件案子，等我回來再說。」

她揪心地摒住呼吸。過了片刻，他翻身側躺，手臂撐著頭。

她撫摸他的臉頰。「不管你怎麼狡辯，你就是個大男人主義者。你因為南希遇害而擔心我的安危。」

「這和南希沒有關係。」他不耐煩地說。

「傑克，我不是因為沒錢念昂貴的美術學校才報考警校，我真的想當警察。」

「和妳父親一樣。」

「不只是為了我父親。我相信法治，也相信保護與服務的宗旨。好吧，我終究不是警察，但我依然為警方工作。你我都很清楚，我一定會遇上可怕的事。傑克，我受得了也撐得住。」

「但妳不會運用常理，」他惱怒地說：「妳只有一點直覺就死命去追，根本不管後果。」

「我討厭常理，」她說：「但我不會不顧後果，你怎麼會這麼想？」

「妳靠心裡的感覺做出判斷，而不是依據有形的證據。」

「你也常這樣，而不就是因為這樣，你才有那麼好的工作表現？」

「我的作法不一樣。」

「為什麼不一樣？」

「為什麼？」他伸手扒過頭髮。「因為我一起步就跟著最出色的巡警學習，因為我一步步走到今天。妳很會畫畫，雪麗，妳十分有天賦，待在這行就好。要是妳胡亂冒險，只會賠上一條小命。」

「傑克，別說了！你到底看我哪裡不順眼？」

「妳只是個孩子，有著傑出天份的孩子，妳還太嫩。我的問題是——」他突然打住，氣憤地搖著頭。「妳天真到根本聽不懂我的話。」

她翻身準備下床，深刻的感情和獨立自主的需要，撕扯著她的心。

他抓住她的手。「妳又來了，動不動就發飆。」

「吼叫的人明明是你。」

他瞇起眼睛。「我沒有吼叫，我只想跟妳講道理。除非妳認真聽，否則別想走。」

她感覺情緒翻湧。「我現在就可以狠狠踢你的下體一腳，讓你一輩子痛不欲生。」

這個威脅絲毫沒有用。他一壓在她身上，她拼了小命也無法移動膝蓋半分。他的意思很清楚了，她知道。

「嗯？」他輕聲說。

「滾開，狄雷修。我要走了，我也有事情要做。」

「妳其實不想走。」

「我本來不想走，但現在想走了。傑克，我不能留下，要是你繼續認為可以哄我、操縱我……逼我答應待在玻璃屋裡，只因為你曾經愛上一個女警。」她舉手阻止他開口。「不管你有沒有和她上過床，你愛她。雖然你過去五年硬把她的案子塞到角落，努力處理日復一日發生的案件，但你從來不曾放棄。我可以理解，但你不能根據過去設想未來。」

他起身。「我會把妳的衣服拿去烘乾。妳洗個澡，想走的時候再走——去做妳半夜裡急著要去做的事情。我要出門了。」

她知道他不用這麼早出門。他說過他四點才要上路。她激動又氣憤。她想吵架，想提醒他只要幾分鐘她就能永遠不再煩他，但他已經起床獨自回到小淋浴間。

門關著，她不打算站在門外隔著水聲和他吵。

在她心裡騷動的念頭當然不是這樣。她想溜進去，感覺肥皂在她身上遊走，同時……

她的心忽然一緊。這一切都錯了，大錯特錯。她永遠不會是他想要或需要的那個樣子，她做不出無法遵守的承諾。

她好不容易穿上濕衣服，躊躇了一下。她還聽到水聲。如果她寫下留言等於是在逃避，如果等他出來和他談……

她匆匆奔向電話旁的筆記本，把她畫過的那幾頁翻過去，動筆寫下留言。

親愛的傑克……

她不知道要寫什麼，但他不會永遠在浴室。

我不可能不去管和我有關的事？不好。

我明白你的感覺。也許不完全明白，但我對過去的事有足夠的瞭解。我很遺憾南希有那種遭遇，但我相信不管她當時在做什麼，她一定認為很重要、不做不行。我無法變成溫室小花。你不能因為關心我，就試圖一輩子保護我。

這樣寫會不會太自以為是？

也許他們之間，在他只是火辣熱烈的性關係，她卻投射了太多意義。不，他關心她。她知道。而且她也太在乎他。她敢寫出真話嗎？**我愛你，愛到願意犧牲我的靈魂、我的未來、我對自己的信念……**

不。她不打算這麼寫。她最後寫下**我不能再和你見面。**

不只如此，她還有好多話想寫。但現在她有更重要的事情。凱倫。她得查出好友到底出了什麼事。她很害怕，但她得靠自己做出正確的行動。

她要對傑克說的話早已說盡。

水還在流。雪麗沒有署名；把筆一扔就離開了。

一開始只是有人互扔食物，彼得．波東甚至沒有立刻留意，因為事發點在早餐桌另一頭。

他服刑的這個區域很少發生暴力事件，因為這裡大都是白領罪犯。他們都有家人，都想早些出獄。他們很少不守規矩，更別說暴動。

一開始只是互扔雞蛋，但不到幾秒就變成一場混戰，他一點都不想介入。

緊接著，有人拉住他的領口往桌子上壓。再來他就發現自己被按在地上，十幾個人壓著他。他聽到哨音和吼叫聲，獄警趕過來驅散暴徒，但他只感覺到有人肘擊他的臉、抓他的頭撞地板。拳頭胡亂落在他身上。他快喘不過氣了。他憤怒大叫，想推開壓住他的人。

雖然被重重壓制，但還是盡力還擊。

一開始他甚至沒注意到刺進身體的刀刃……

接著在人堆之下，他明白了。

暴動只是假象。有人知道他託人打了那通電話，任何人都可能背叛他。

刺進他身體的刀刃一轉。他尖叫，但他的聲音和肺都罷工了。警衛終於把壓住他的人拉開時，他早已失去意識。

距離事發不過幾分鐘。

「咖啡好了，妳是不是快遲到了？」雪麗經過屋裡時尼克問道。

「我現在八點上班。」她說。

「啊，太好了。妳看起來活像鬼，雖然年輕又漂亮，但是像年輕的女鬼。」

「謝啦！」

「雪麗，我沒有干涉的意思，但也許妳和狄雷修該慢慢來。」

「或許吧！」從此停滯不前，夠慢了吧？她已經後悔寫下那張字條了。不知為何，她竟以為他也許會來敲她的門，說些什麼。可能性很低，而且也果然沒有發生。他要開車去中部，也許終於能解開糾纏多年的謎團。為他著想，她希望他能找出答案。但她不認為他會因此而改變。

他對她的感情，遠遠比不上對從前愛過的那個女人的懷念。

「你們昨晚玩得開心嗎？」

「很開心。莎蘭的客人臨時取消看屋，所以我們去南灘吃螃蟹，看了場電影，然後在沙灘散步。」

「真浪漫。」

「是啊！」尼克聳肩的樣子活像被逮到送情人節卡片的少年。「莎蘭……說不出來的好。嘿，妳有沒有拿到妳的衣服？」

「我的衣服？」

「莎蘭說她把妳的衣服放到妳房間了。」

「有嗎？」雪麗喃喃說。「她起床了嗎？」

「她今天要到下午才有工作，我起床之後她又睡了。」

雪麗對叔叔微笑。「我去敲門看看她醒了沒。」

她不給他機會阻止，匆匆離去。他的房門半開著，雪麗敲門。

「尼克？」莎蘭帶著睡意困惑地問。

「莎蘭，是我，雪麗。可以和妳說句話嗎？」

「馬上來。」

片刻後，莎蘭把門完全打開，一邊綁上睡袍的帶子。雖然一大早披頭散髮又沒化妝，她依然令人驚豔，柔軟的秀髮、纖細的體型、古典的五官。難怪尼克總覺得自己很幸運。

「雪麗？」她困惑地說。

雪麗沒時間旁敲側擊。「兩件事。妳去我房間做什麼？我知道有人進去過，尼克說妳幫我拿衣服進去，但我沒看到衣服。」

莎蘭滿臉通紅。「我說謊了，對不起。」

「所以呢？」

「我只是想多瞭解妳。」

「我們可以一起去逛街或吃飯啊。」雪麗說。

莎蘭搖頭。「雪麗……我星期六早上有事。如果妳能給我一點時間，我會解釋清楚，希望妳能諒解。」

「為什麼這麼神秘？」

「不是神秘。只是有點……唉，等我說出來妳一定能理解。第二件事呢？」

「我需要妳經手賣出的一處房地產的資料。」

莎蘭蹙眉。「房地產？」

「在西南區，快到沼澤了。」

「我在那一帶賣過好幾件。哪一件？」

雪麗說出地址，莎蘭依舊沒有印象。

「很大的房子，連著很大一塊地和好幾棟加蓋的建築。」雪麗說。

「那樣的房地產有兩件。我的舊檔案不在家裡，不過我可以去公司查一下。」

「妳今天會去公司嗎？尼克說妳下午才有工作。」

「雪麗，既然妳需要資料，我早上就去。妳需要什麼資料？」

「能查到的都要，謝謝妳。」

莎蘭點頭。「我今晚給妳。」

「我今天可能很晚才回來。我要和朋友去慶祝，」當然，要是到晚上還找不到凱倫也就不用慶祝了。「可以的話，麻煩把資料放在我床上。」

「沒問題。」

她們彼此對看了一陣。「雪麗，我不該進妳的房間，真的很對不起，希望妳能諒解，等我有機會告訴妳……到底怎麼回事。」

「我也希望如此。」雪麗說完轉身準備離開。

「雪麗？」莎蘭叫住她。雪麗回頭。「妳知道尼克很疼妳。他非常愛妳，也非常以妳為榮，把妳當成親生的孩子。」

「他也是我最親的人，」雪麗不懂莎蘭怎麼會為了說這些話而叫住她。「如果妳能幫我查到資料，我會十分感激。」

「我一定會去找。」

雪麗走回廚房，尼克好奇地看著她。「沒事吧？」

「當然，」雪麗說，放下杯子撒了個小謊。「我只是想為衣服的事道個謝。」

「好，」尼克說：「嘿，妳的手機在響。」

她匆匆道謝後跑回房間，從皮包裡挖出手機。是珍妮的號碼，她連忙接起。

「珍妮！」她氣喘吁吁地說。

「嗨。我們那麼緊張真的有點傻，真搞不懂她為何不回我們的電話。」

「妳在說什麼？」

「她已經打電話去學校請假了，又是病假。」

「那她怎麼不在家養病？為什麼她的車還在車道上？」

「我不知道，下次見到她再問清楚嘍！」

「我想下班後再去一趟她家。」

「不用啦，她今晚要和我們一起慶祝。要是她沒有出現，時間也差不多可以報警了。」

「說得對。」她沒有說她從凱倫的浴缸上刮下污點的事，沒必要害她白操心。既然凱倫打過電話去請假，想必沒有大礙。

但也可能是別人冒名打的。

「那就今晚見嘍！」雪麗對珍妮說完後掛斷。

她匆忙洗了個澡換好衣服，不再穿警校的藍制服，感覺有點怪。她回到廚房，看來莎蘭不想睡回籠覺了，她靠在尼克身上，兩人一起在看報。

「祝妳今天一切順心，小麗。」尼克說。

「謝啦，你們也是。」

傑克相信他開到監獄的時間應該破紀錄了，但車程彷彿此生最漫長的一段。

前半段路他一直在生氣，恨不得把雪麗抓來猛搖一頓，讓她明白道理。

後半段路，他開始反省。他是否太執著？他真的有權干涉嗎？**你怎能不管？你剛開始明白，只有和她在一起生命才有意義，她卻一心想玩命。**

他太早到，不得不在監獄附近找家二十四小時營業的餐廳，慢慢吃著雞蛋和咖啡打發一個小時。他邊吃邊隨手寫下腦中想到的重點。他畫下所有死者棄屍地點的分佈圖。關鍵就在波東手裡，但他依然寫著。

事實一：該教派確實存在，三名相關女性遇害。

事實二：大部分信徒對教派的惡行一無所知，包括謀殺。他們發現被欺騙後甚覺羞恥與悔恨，急著想把過去拋在腦後。

事實三：另一位女性遇害。

事實四：南希·列西特，他的搭檔，在追查這件案子。她是否在偵察過程中遇害？儘管她從沒去過該教派。至少據他所知沒去過。

事實五：她活著離開他的船。之後失蹤，直到一週後才在運河中發現她的車。運河很接近該教派。

事實六……

他一直覺得，信徒中最可能掌握秘密的人肯定是約翰·梅斯特。他始終堅稱對謀殺案一無所知，但他承認儘管負責財務，卻對帳目不甚了解。梅斯特絕對知道內情。

事實七：梅斯特已死。於墜機事件中喪生。真的嗎？

他敲著桌面沈思，接著拿出手機打電話回總部。馬丁應該還沒到，他八成還在睡。但專案小組一定有人在。

他聯絡到貝克，後者保證會立刻調查那起墜機意外中所有死者身分是否都已確認。

他再次看著筆記本，反覆讀著雪麗的留言。她說得對。他們得退一步。他的確想阻撓她成為警察，也知道她決心唸完警校。他記不清楚，但他知道在美國某個地方，大約每五十八小時就有一名警員殉職。警務工作就是這樣。他不想讓她成為這種工作的一份子，即使他自己也在其中。

他失神地翻到前面幾頁，看到一幅簡明而出色的意外現場素描。

就是她在高速公路上經過的車禍現場，史督華．佛瑞夏因而陷入昏迷。他皺眉仔細研究。有個黑衣人影望著馬路。在意外現場。一個黑衣人影……

黑色，戒律會的袍子就是黑色。

他看著畫，手機忽然響了。沒想到是典獄長打來的。他越聽臉色越凝重。

「他死了嗎？」他沈重得幾乎說不出話。

「還活著，但只剩一口氣，」典獄長回答。「現在在動緊急手術。我知道這次會面很重要。請直接來醫院，醫生不太樂觀。他一直沒醒，也許永遠不會醒，但手術一結束你就可以守著他，爭取一切機會。」

「謝謝。」

傑克掛斷電話，付清早餐錢離開餐廳，他覺得很難受，奮力抵擋一波波的憤怒、失望與苦澀。

這天早上雪麗忙得團團轉。首先，她繳回警徽及配槍，儘管不願意但不得不。她已經不是警校生了。

之後，她去見人事主管、簽好文件，接著被派去學習電腦彈道比對。但她終於還是擠出時間去找曼蒂．奈廷傑。她毫不遲疑地說明情況，曼蒂認真聽著。她先告訴雪麗不要驚慌，尤其是凱倫今早打過電話去請假。她答應私下幫雪麗做檢驗，確認從浴缸刮下來的東西是不是血跡。

「不過，要是凱倫今晚還沒出現……」

「那我就得承認已經幫妳做過檢驗了。」曼蒂說。

雪麗微笑道謝。

午休時，曼蒂告訴雪麗那的確是血，但她還是沒必要驚慌，凱倫很可能只是不小心割傷，因為沒有噴濺。「不過，有的兇手清潔得很徹底，甚至動用化學藥劑和特殊光源，我們很難找到跡證。嘿！別臉色發白。別忘了現在還用不著擔心。」

「現在還用不著擔心。」雪麗附和。但她的心跳飛快，甚至怕得發抖。

「妳真的很擔心，」曼蒂同情地說。「雪麗，如果妳想要，現在就可以去報案。可是一旦報了案，她的父母就會接到通知，她的工作場所也會被搜查，最近見過她的人也都會被偵訊。」

「還是等到今晚再說吧。」

沒多久珍妮就打電話來。「凱倫回電了嗎？」

「沒有。」

「我這邊也沒有，我真想宰了她！」

雪麗一言不發，擔心好友已遭到毒手。

「聽著，」珍妮繼續說：「我知道我叫妳不要去，可是我今晚去餐廳前會先去她家看看。要是我找到她，我會痛扁她一頓，然後把她拖上車。」

「好主意。因為要是她不出現……」

「要是她不出現，我們怎能慶祝。」

雪麗的電話嗶嗶叫著通知她有插撥，她和珍妮道別後接起另一通電話。

「雪麗？」

是大衛・華頓。

「大衛！你怎麼這麼久才回我電話？」

「我很忙，妳問過莎蘭・杜普蕾房子的事了嗎？」

「有，她今天會幫我調出資料。」

「好，那我們今晚見個面。」

「不行。我要和朋友出去吃飯，慶祝我的新工作。可能會弄到很晚。」

「我一定要見妳，或許我也一起去，我很樂意為妳慶祝。」

「我們可能會慶祝不了，我的另外一個朋友失蹤了。」

「去醫院的那兩個女生嗎？凱倫？還是珍妮？」

她有點驚訝他竟然知道她們的名字。不過他整天待在醫院，更別說他是記者，擅長注意細節。

「我不想談這件事。」

「好吧。但我有事情要告訴妳，請給我一個機會。讓我今晚一起去，我有話跟妳說。」

她嘆著氣說出聚會的地方。她會和他談，如果他說了什麼怪異的話，至少還有亞內和關妮在旁邊。萬一他有惡意，連恩甚至能逮捕他。

她掛上電話時午休時間已到。她去找曼蒂，曼蒂教她如何從不同角度拍攝遺體，接著讓她用假人練習。她花了一個鐘頭拍完一捲底片，希望裡面會有好作品。此時曼蒂探頭進來。「有妳的電話，我想妳該接一下。」曼蒂笑嘻嘻地說。

雪麗匆匆跑去接電話，盼望是凱倫打來的。結果不是，但至少是好消息。納森．佛瑞夏興奮地報告，雖然史督華還沒醒來，但掃描器偵測到腦部活動了，醫生認為很可能他幾天內就會醒來。她告訴納森她非常高興，接著忽然有點不安。「納森……這件事所有人都知道了嗎？」

「應該沒有。但醫院的人知道，值班的警察也知道。」

「既然警方認為有人想傷害他，最好不要到處張揚。就讓大家以為他不可能這麼快醒來比較好。」

「妳說得對，我會要醫院保密。我一刻都不會離開他。」

「我明天會過去。」雪麗說完掛斷電話。

轉眼間已經五點了，凱倫還是沒打電話來。雪麗打電話給珍妮也找不到人。

連恩．格林換掉制服，穿著帥氣的卡其褲和棕色針織上衣，出現在她的小辦公室。

「準備走了嗎？」

「我有車，連恩。」

「我知道。我會跟妳回家，然後我們開我的車去餐廳。我們今晚打算把妳灌醉。」

「我不想被灌醉。說真的，要是凱倫沒出現，我什麼都不想做。」

「她還沒和妳聯絡？肯定不會有事。她很期待今晚的慶祝會，她一定會來。」

「很高興你這麼有信心。」

他聳肩。「來吧，我跟妳回家。」

星期五晚上，波東依然沒有醒來。

傑克堅持守在病房。他問過外科醫生，只得到一串傷勢清單：肝臟、胰臟、胃和腸都有傷，大量失血外還有內出血。他們已經盡力了，但波東只有一成的機會能活過四十八小時。他隨時可能醒來，也可能就此走人。

只要有一絲機會傑克都不會放棄。

其他受刑人都被嚴格偵訊，所有人都說不是蓄意攻擊波東。儘管經過全裸搜身加上徹底搜查食堂，造成如此重傷的兇器依然成謎。

漫長的等候中，傑克偶爾會到走廊上伸伸腿，順便聯絡總局。夜班的人已經交班，馬丁也來上班了。

「也就是說波東被捅了一刀可是沒死。」馬丁說。傑克可以想像馬丁在電話另一端猛搖頭。

「他還沒死，不過也差不多了。」

「這裡的事就交給我吧！」馬丁接著報告今天的大事。史基普．康拉德找到傑克、馬丁、尼克、雪麗和其他幾個有登錄的指紋，但這些人都有進入船屋的正當理由。史基普也說有些地方完全沒有指紋，表示有人想盡辦法不留下任何指紋。

馬丁似乎對追查約翰．梅斯特墜機事件的要求感到很奇怪，但他保證會盡快調查，半小時內回電。他打來時語氣很興奮。墜機地點海地所發佈的報告說無人生還，其實八十八名乘客與機組員中，有八名落海獲救。約翰．梅斯特的遺體一直沒有尋獲。由於事故相當慘烈，約翰．梅斯特和其他失蹤乘客被視為死亡。

「他一定還活著，馬丁。」傑克說。

「也許吧，傑克。也許。你要在那裡守到波東歸西？」

「我一定要等，馬丁。」

「我懂。我會繼續追查房地產，需要我幫忙就打電話。」

「好。」

他又找到富蘭克林，對方保證會立刻搜尋約翰·梅斯特，接著打給隊長，請他派人寫報告交給各方傳閱。和隊長通完話之後，他本來要回波東的病房，猶豫再三後還是決定打給雪麗。她沒有接手機。他打去酒吧，凱蒂說尼克和莎蘭都不在，雪麗也是。「她回家洗過澡又出門了，要跟朋友慶祝她的新工作。」凱蒂告訴他。

「原來如此，那我稍晚再打。」

他掛斷電話回到波東床邊，看著神父為波東祈禱。神父告訴傑克，波東真的固定上教堂。

「神父，他有沒有告訴你——」

「不，他不常告解。就算他有說過什麼，我也不能告訴你，但他真的沒有告訴我犯罪的事。」

「謝謝。」

「為他祈禱，警探。我也正在為他祈禱。你知道，最近這幾個月，他真的找回了對上帝的愛。」

傑克點頭。他祈禱過了，但內容肯定和神父不一樣。他只祈求彼得·波東能活過來一下子，還正義幾個答案。

七點鐘，雪麗再也忍不住了。她拋下亞內、關妮和其他人逕自走到外頭。珍妮和凱倫都還沒來。

她感覺有人在背後。連恩。她覺得一陣不自在，疑心也越來越重。

「你知道她在哪兒！連恩，你和凱倫一起離開醫院，你送她回家。你去過她家，我去的時候你又跟去，因為你擔心我會發現什麼。」她有點吃驚地察覺她無法控制情緒。她稍微緩下來，但繼續說：「你和我在她家時故意東摸西摸，之後調查她失蹤時，你就有藉口解釋為何她家有你的指紋。她到底在哪裡，連恩？你對我的朋友做了什麼？」

「什麼？」連恩生硬而緊繃地說。

很多客人經過時都停下來看他們，連恩滿臉通紅。

「連恩，仔細想想，你實在很可疑。凱倫在哪裡？你對她做了什麼？她的屍——她在哪裡？」

他的眼神一變。

她以為是因為罪惡感，憤怒與罪惡感。他不能對付她，因為他們在公眾場所。

「你一定是噁心的變態才會傷害她！」她控訴。

接著她感覺有人拍她的肩膀。她猛轉身，極度驚訝地看到凱倫和連恩一樣滿臉通紅地看著她。

「雪麗，我在這裡啦！」

已經快九點了。波東依然沒有醒，傑克揉揉頸背。新的獄警來換班了。醫生進來過，檢查指數、調整點滴。波東還有呼吸與心跳。

典獄長來了。「警探，你去找家旅館過夜吧，起碼睡幾個鐘頭。有任何變化，一定有人通知你。」

「要是有任何變化，等有人打電話給我就太遲了。」

典獄長點點頭。「我瞭解。」他猶豫了一下。「會有一位獄警陪你守夜。如果你有什麼需要……」

「謝謝。」

他重新坐下。疲倦至極，他調整著坐姿但怎樣都不舒服。他經常徹夜不眠枯坐，但這一夜比其他夜晚更長、更難熬。昨晚……

他一直在開車。但再前一晚他在自己床上安眠，身邊是雪麗。紅髮搔著他的鼻子、他的胸膛，帶來極度安適的感覺。

她有如他生命中的一場野火。她對他太重要，他過度關心她。無所謂了，反正她再也不想見他。

他再次翻開她的畫。事故、高速公路、屍體。黑衣人影。

他提醒自己那是張素描，只是草草畫出來的。但她非常有才華，寥寥幾筆就傳達了所有畫面。車輛和屍體的位置，柏油路上殘破的人體。

景。

還有那個黑衣人影。只是幾筆鉛筆線條，卻詭異地讓他想起多年前查訪戒律會的光

他站起來伸個懶腰，對獄警點頭示意後走到走廊上。雖然很晚了，但卡尼吉不會介意。他打了通電話給老警官。

卡尼吉接起電話。

「還在工作？」傑克問。

「你還問我？我才聽說你在醫院坐了一整天。新聞報得很大。皮耶教宗，當年戒律會的首領，侵吞公款、逃稅……與三名女性慘遭虐殺的案子有關連，可能在獄中主導第四起命案。波東還活著？」

「快不行了。」

「你很可能只是浪費時間。」

「是啊，很可能。」

「唉，不過我有好消息喔！」

「真的？」

「醫生說佛瑞夏那孩子可能這幾天就會醒來。」

「太棒了。雪麗・孟泰格知道了嗎？」

「納森・佛瑞夏打過電話給她，還有幾個人知道，不過他們已經表明不希望外人得知

他病情好轉。當然啦，消息傳得很快……我們派了人全天候看守。我也已經針對自稱是大衛．華頓的人發佈了全境通告。」

「卡尼吉，我也有消息要告訴你。雖然還無法證實，但我手裡有一張事故現場的素描。有個人站在路邊，穿著有兜帽的黑衣。」

「傑克，」卡尼吉緩緩說：「素描是你畫的？那不是戒律會那些瘋子穿的衣服？」

「對，我想其中一名信徒假死逃避追蹤，目前正在邁阿密出沒。一個叫約翰．梅斯特的人。據說他在墜機意外中喪生，但屍體一直沒有尋獲。他很可能就是大衛．華頓。」

「這兩個案子怎麼會扯在一起？教派殺人案的死者都是女性，而且都被割喉。我的案子是車禍。」

「我不知道怎會扯在一起，但我開始覺得不無可能。總之，波東也許有辦法開口。我會等到最後。我回局裡後會查清楚梅斯特的死活與下落，不知道為什麼……但我覺得兩件案子其實是一體兩面。」

「直覺？」卡尼吉說。

「是啊，直覺。」

掛斷電話後，傑克回到病房，坐在床邊看著波東喪失生命。要是以前，看著他慢慢死去應該會感覺是正義得到彰顯。但他怎麼也想不到，竟有祈求波東活過來的一天。

儘管雪麗糗得要命，慶祝會依然很成功，班上所有同學都來了。大家找了一堆傻理由為她舉杯稱頌。大家都附和亞內的看法，要是他們在課堂上塗鴉鐵定會被退訓，但她卻成了大英雄。雖然一直被開玩笑，雪麗還是很開心。

她原想盡量遠離連恩，但他自動在凱倫身邊坐下，而凱倫就坐在她旁邊。珍妮坐在對面，一聽說剛才的鬧劇，她滿懷歉意地道歉，她該先打電話說明凱倫沒事，而且她們會因為塞車而遲到。

終於，當著滿桌人的面，謎底揭曉了。

「你明知道我今晚一定會出現！」凱倫意味深長地望著連恩，而他則搖頭看著雪麗。

「我知道她在哪裡，但我答應要保密。」他說。

「那麼，妳到底去哪裡了？」雪麗逼問。

「老天，我還想保密呢！」凱倫喃喃說：「好吧，管他的，就讓全餐廳都知道吧。」

「凱倫，妳知道嗎？我在妳家浴缸上看到有污點，刮下來一檢驗，結果是血。」

「老天！」連恩嚷嚷著。「我現在才知道我差點得去坐牢。」

「噢，才不會，你只是得說實話。」凱倫說。

「到底怎麼回事？」雪麗逼問。

「抽脂啦！」

「什麼？」雪麗無法置信地問。

「妳知道，我一直嫌我的屁股太肥。我知道要是告訴妳和珍妮，妳們一定會說整型又蠢又危險，還會哄我說我的屁股沒有很大。」

「但抽脂當天就能出院，」雪麗說。「妳昨晚怎麼沒回家？」

「我回家了，只是很晚。我沒有回電是因為我吃了很多止痛藥，我很怕痛。我還穿著很醜的束帶，只是因為穿裙子所以看不出來。」

雪麗依然滿臉質疑地看著她。「妳告訴連恩要去抽脂，卻沒有告訴我們？」

「我不是故意告訴他的，」凱倫瞄了連恩一眼，溫柔地微笑。「我們聊天時我不小心說出來的。」

「幹得好，姊妹！」關妮在餐桌另一頭鼓掌。

「唉，這下大家都知道了，」凱倫輕快地說：「我早該登報聲明。不過，說真的，妳們這麼擔心讓我很窩心。」

「妳以後得好好巴結我們。」珍妮說，所有人都笑了，接著繼續談笑。

雪麗連喝了三杯雞尾酒，反正她不用開車。她很開心。史督華的病情有起色，凱倫平安無事。一切都很圓滿，然而……

她從沒這麼孤單過。也許是因為她從未體會過和傑克在一起時的那種親密。

他說過今晚會回來，但他改變了計畫。警校的同學帶來大新聞，彼得．波東在監獄暴動中被捅了一刀。他快死了，傑克不得不守在一旁。

她啜著雞尾酒看著凱倫和連恩。他們笑得好開懷，四目相對時眼中神采奕奕。凱倫手術後可能好一陣子得禁慾，但雪麗猜想，連恩送她回家那天凱倫一定曾把握良機。難怪他那麼熟悉她家。

連恩以前也許真的喜歡她，但現在他的手臂靠在凱倫的椅背上。他的笑容既溫暖又誠摯。她為他們高興，雖然她很寂寞。

終於夜深了，眾人紛紛散去。雪麗看到凱倫後一下子放鬆下來，壓根忘記大衛先前吵著要知道地點，她這才察覺他沒有出現。真可惜。慶祝會結束了，珍妮要送她回家。

凱倫坐連恩的車。凱倫就是凱倫，要離開時她悄悄對她和珍妮說：「真不敢相信我竟然還在這時候動手術。他在床上一級棒！我得承認，我從來沒有叫得那麼誇張，他的身材簡直像希臘雕像。我一看到他就叫個不停。」

「饒了我們吧。」珍妮堅定地說。

「沒問題，因為我們要走了。連恩？」

「晚安啦，大家。」他揮揮手，握著凱倫的手一起走出門口。

「真是被他們打敗了，對吧？」珍妮打個呵欠。「我們也該走了。」

「好。謝啦，大家。」雪麗說，珍妮拉著她的手臂。

她們一走出餐廳，赫然發現大衛．華頓就在門口。雪麗差點撞上他。

「嗨，天哪，我太晚來了，對吧？慶祝會好像結束了。」

雪麗介紹他給還沒離開的朋友認識，當然也包括珍妮，她似乎特別高興。

「妳另外那個朋友出現了吧？」他問雪麗。

「有，她來了，她沒事。」

「那就好，」他說：「她到底怎麼了？」

「說來話長。」雪麗說。

「她跑去抽脂。」珍妮告訴他，接著轉過身和關妮說話。

大衛笑了一下。「我可以送妳回家嗎，雪麗？我們順便聊聊。」

她遲疑了一下。他垂下頭壓低聲音，「別緊張。一堆未來的警察知道妳和我一起離開，我怎麼可能對妳打壞主意。」

「好吧。珍妮，妳逃過一劫了，」她喊：「大衛要送我回家。」

「好，晚安啦。」珍妮擁抱她，接著說：「小麗，我的天，先是連恩然後是他？妳怎麼辦到的？」

「不是妳想的那樣啦。」

「嘿，我又不是凱倫。妳怎麼知道我在想什麼？」珍妮對她擠眉弄眼了一下，和大衛揮手道別。雪麗和大衛找到他的車，她坐進前座。他發動車子開上公路後，她皺眉看著他。

「怎麼回事？」她問。

「好事，妳知道史督華已經有好轉的跡象了嗎？」

「知道。你怎麼會知道？」

「我自有辦法，」他說。「彼得．波東在監獄暴動中受重傷。」

「是啊，我聽說了。那和史督華有什麼關係？」

他望著前方，因為被超車而低罵了一句。「到了妳家再說。妳拿到那處房地產的資料了嗎？」

「還沒，但莎蘭答應放在我的臥室。」

「看到資料後，我會說明一切。」

「大衛，你這樣神秘兮兮地很討厭耶！」

「就快到了。」

他把車停在尼克餐廳外。因為是星期五晚上，店裡十分熱鬧。他猶豫著。

「你到底怎麼了？」她質問。

「尼克餐廳裡有一堆警察，妳知道，我是不受警方歡迎的人。」

她嘆氣。「我們從住家區進去吧！不過可能會遇到莎蘭和我叔叔。」

「碰碰運氣吧！」

他們走進住家，檔案果然放在雪麗床上。大衛拿起檔案夾，沒留意到下面還有一個。

他坐在雪麗床上，迫不及待地翻著文件。「買主的確是迦勒．哈里森。」他說。

雪麗研究著另一份資料，一陣寒意帶著熊熊怒火竄過心頭。她瞪著他，他一定感應到她放射的怒氣，因為他也抬起頭來看她，表情變得有些冷硬。

「雪麗——」

「你混蛋！隔壁那片地是你的！」

雖然盛怒，但他的樣子依然讓她有所警覺，她轉身要離開房間。

她還沒走到門口，他已一手勒住她的腰，一手摀住她的嘴，止住她的叫聲。

21

午夜，傑克時睡時醒。他全身僵硬，同樣的姿勢坐太久就會抽筋。

波東依然撐著一口氣。

傑克看了看鐘，又看看波東的臉。細細的管子插在鼻孔，把氧氣打進肺裡。點滴將維持生命的液體注進血管。這些都救不了他的命，他死灰的臉色道盡一切。

十二點半，他去走廊舒展肌肉。每次出去他都很緊張，生怕他不在的時候波東會醒來。但在床邊枯坐這麼久，他有充分的時間思索並整理頭緒，他越來越確信兩件看似無關的事件其實是一體兩面，找到關鍵就能同時解開。

雖然很晚了，他還是打給史基普。史基普果然睡了，傑克重複好幾次，他才終於瞭解傑克的問題。「喔……電腦周圍的確被刻意擦過，還有電話和答錄機。」

傑克道謝後抱歉這麼晚還吵他。史基普雖然說沒關係，但語氣不太誠懇。

傑克本來要回病房，但躊躇一番後還是打去尼克餐廳。他很高興是尼克本人來接電話。

「尼克，我是傑克．狄雷修。」

「嗯？」尼克謹慎地說。儘管姪女已經二十五歲，他依然像個保護過度的父親。「你要找雪麗？你可以打她的手機。」

傑克猶豫著，不知雪麗看到他的號碼會不會接。而且他不想這麼快和她說話。他依然又氣又惱。他也想過他是不是精神失常，才會佔有慾這麼強，想保護她、關心她，彷彿她歸他照顧。彷彿他有權知道她的一舉一動。

「我沒有要找她說話，尼克。我只是想……確定她在家，平安無事。」

「她是大人了，傑克。她想在外面待到多晚都行。」

「尼克——」

「她在家，我二十分鐘前才聽到她進門。」

傑克遲疑了一下。「謝了，」他說。他不知道該對尼克說什麼，他不想害老友擔心。

「聽我說，尼克，現在出了點狀況。我人在中部。」

「我聽說了。新聞整天都在報波東的事，據說狀況很危急。」

「他快死了，」傑克直接地說：「我守在這裡，希望他死前能開口。」

「我懂。你在辦的那件殺人案，你認為是他在牢裡遙控的嗎？」

「我本來這麼想，但現在……我也不知道。不過暴動肯定是為了趁亂做掉波東。問題是，我看到雪麗的一幅畫，是史督華出車禍的現場。路邊有個人影，穿著有兜帽的黑衣，那是波東教派信徒的制服。我還發現一名據報已墜機身亡的信徒還活著。我知道相當牽強，但史督華住院後有個記者一直守在醫院，負責這個案子的卡尼吉警官徹查他的身分，發現是假的。我一直在想，他會不會就是那個信徒。總之，我很擔心雪麗。」

「我肯定她已經回家了。我明早會跟她談談，你說的這些事情可以告訴她吧？」

「可以。」

「我會看好她。」

尼克沈默。傑克等著，以為他還有話要說。不過他也可能是在等傑克開口，最後他終於打破沈默。

「我會盡快趕回邁阿密。要是有什麼事情……我給你卡尼吉的電話。要是聯絡不上他，你知道怎樣聯絡馬丁……我再告訴你幾個可以聯絡的人。」

「我找隻筆。可惡……筆都上哪去了？莎蘭？唉呀，要找她的時候偏不在。山迪，你有筆嗎？沒有……嘿，寇帝斯！好了，終於。我找到筆了。」

尼克抄下傑克給他的名字和電話之後就掛斷了。

傑克回到病房。獄警還在床尾守著。傑克對他點點頭，疲憊地癱在椅子上。不久後醫生來了，他檢查病人的瞳孔和脈搏。

「狀況如何？」

「你也看得出來，」醫生聳肩說：「看來……他撐不過十個小時。」

雪麗的下個動作不是在警校學的，而是和珍妮一起去女子防身術教室學的。這招很有效，集中全力往後一踢，正中目標部位。

大衛立刻放開她，慘叫著倒在地上縮成一團。「妳幹嘛踢我？」

雪麗睥睨著他，沒料到他會有這種反應。「你先攻擊我的。」

「我沒有攻擊妳。我只是想阻止妳離開，留下來聽我解釋。」

「那就快說呀。」

「我沒辦法說，我快死了。而且妳害我不能生小孩了。」

「你才不會死呢，只是有點痛。而且你只要活得夠久，一定會有小孩。有話快說，不然我要報警了。」

「妳自己就是警察。」

「我不能逮捕你。報警的話，他們派來的人可以讓你坐牢。」

「雪麗，拜託。」

「快說。」

「我也想說啊。妳到底知不知道這有多痛？妳從來沒被踢過蛋蛋。」他又痛又惱地瞪著她。「我開始覺得，說不定妳根本就是個男的。」

「快說。」

「對，雪麗，集體農場隔壁那塊地在我名下。我和史督華一起買的。」

「什麼？」

「他在做調查，所以不想用他的名字。因為一些原因所以先用我的名字。不過我可沒有那麼多錢，是史督華出的錢。」

「史督華為什麼買那塊地？」

「他在調查那座集體農場。」

「你們如果有那些人犯法的證據，為什麼不報警？」

他勉強撐起身體靠在床尾，依然痛得咬牙切齒。「因為就算警察去搜也找不到罪證。」

「也許根本就沒有罪證。」

大衛閉上眼睛搖頭。「只在特定的幾個晚上才有。」

「有什麼？」

「我不知道。但我認為史督華知道，所以才會被打了藥推到高速公路上。」

雪麗抱著胸靠在門上。他的話感覺很真，她不知不覺地相信了。

她搖頭。「大衛，這實在太荒謬了。你一定要去報警——」

「不能報警，雪麗。」他凝視她良久，終於輕嘆一聲。「共犯中有警察，可能還不只一個。」

已經快一點半了，平常這個時間客人已漸漸離開。但今晚仍有客人上門。

他知道雪麗回家了。他聽到她在家裡走動的聲音。和傑克講過電話沒多久，莎蘭也來了，她說她很累。最近她時常很累。

他不該覺得不安。雖然這一帶也有犯罪，但碼頭通常很安全。船上人家會彼此照應。他的客人大都是多年熟客，這家餐廳算得上是歷史地標。

但傑克的電話讓他緊張。他拿出鑰匙，打開吧台後面的保險箱察看裡面的槍。還在原處。那把槍永遠都鎖在保險箱裡，他寧願被搶也不希望員工為保護餐廳而受傷。

寇帝斯和山迪坐在吧台，尼克已讓凱蒂提早下班。

「嘿，幫我顧一下。」尼克知道大家都累了，但顧一下應該沒問題。

他溜進屋裡，先察看他的臥室。莎蘭在床上，顯然睡了。他穿過屋子到雪麗的房間。

他猶豫地敲門。

「雪麗？」

門開了。雪麗站在他面前微笑。

「嗨，尼克，有事嗎？」

他覺得有點傻。「我只是來看看妳好不好。」

「我很好。只是有點……累。」她打了個呵欠，他注意到她的眼神有點渙散。

「喝酒啦？」

「三杯。」她伸出三隻指頭，微笑著說，「睡一覺就沒事了。」

「明天早上我們聊聊，好嗎？」

「當然好。」

他吻吻她的額頭。她摟著他的肩膀吻他的臉頰。「晚安。尼克叔叔。」她說。

「晚安。好好睡，別被臭蟲咬了。」

他好幾年沒說過這句話了。她笑了。「沒問題。」

她關上房門，他聽到上鎖的聲音。真奇怪……雪麗從不鎖門。

雪麗在門口聽了片刻，確定尼克離開後，她回頭看大衛。他還坐在地上，但臉色好些了。

「你可真會編故事，」雪麗帶刺地說：「我要報警抓你。」

「雪麗，為史督華想想。有人要他的命。他有危險，真正的危險。」

「你怎麼會認為共犯中有警察？」

他遲疑了一下。「我聽到的，但沒人相信我。」

「連我都不相信你。」

「為什麼？雪麗，我知道妳很敬業。我知道妳父親可能是位好警察。我知道九成九的警察都很正派。但警察也是人，誘惑很多，壞人又很狡詐。沒有比警察制服更好的偽裝。」

「你還是沒說出確實的證據。」

他猶豫了一下，接著一股腦地說：「好吧，我試著解釋。除了調查大企業之外，史督華也盯上了幾個奇怪的宗教團體，想查出為何既定的儀式會有那麼多莫名其妙的變形。」

「迦勒．哈里森說他們不是宗教團體。」

「相信我，他和宗教脫不了關係。還有幾個男的在那裡工作，但女性佔大多數。」

「大衛，既然土地在他名下，他們想在那裡居住、工作，並不違法。」

「也許吧，但就算沒有違法，裡面還是有鬼，妳知道。」

「你最好說清楚，我被弄糊塗了。」

「史督華加入那個集體農場。他發現迦勒．哈里森買地的錢不是自己的，而哈里森本人也不清楚暗中進行的事情。我們買下隔壁那塊地以便就近監視。在夜裡會有船來，日子並不固定，似乎是隨機的。」

「運河裡有船並不犯法。」雪麗說。

「如果船隻被用來進行非法活動就犯法。」

「什麼非法活動？」

他搖頭。「不會是大痲，很可能是海洛因。我確信他們規模龐大，但行事很小心。使用能低飛躲過雷達的小飛機從南美洲飛來沼澤區空投，再收集好後分次少量運進來。」

「你得把這些事情告訴警方。」

「妳根本沒在聽嘛！警方要是介入，迦勒．哈里森會搬出他的蕃茄園做幌子。就算清查農場的人也查不出什麼，因為哈里森很可能也被蒙在鼓裡。既然他能得到想要的生活方式，金主只要求他在那裡耕作並生活，他又何必過問內幕？」

「警方——」

「千萬不要報警，我說過了！絕對有警察涉案，我真的聽到。」

「好吧，那你打算怎麼辦？」

「我想來個人贓俱獲。」

「怎麼做？就算真的有人偷運毒品，你也不知道他們什麼時候行動。為什麼不報警，在抵達農場前就逮住他們？」

「不行！就算妳確定找的警察是正直的，也不行。如果不讓毒品進入沼澤區，逮到的也只是一些不明就裡的小角色，絕對抓不到幕後主使。那個人的勢力和影響力大到能抓住史督華，強行施打海洛因後丟在高速公路上。」

「大衛，我們一定要找人幫忙。你也很清楚，才會來找我。」

「我來找妳是要設法把史督華弄出醫院，以免他遭到毒手。」

「醫院有守衛，而且他的父母絕對不會離開他。」

「那些守衛是警察。」

「一定有人是可以信任的。」

「雪麗，就算直接去找高階警官，風聲也會傳到基層。妳不懂嗎？我們得查明底細，不然史督華死定了。」他突然安靜下來，起身走向對外的門口。

「外面有人。」他輕聲說。

「大衛，這裡是酒吧，星期五晚上外面可能有一堆人。」

他搖頭。「不，」他極小聲說。「外面有人偷聽。」

「好啦，我們出去看看。酒吧裡一向有警察在。」

「不准找警察。」他堅持。

「好啦，我去找尼克叔叔。」

她轉身走向門口，他抓住她的肩膀。「雪麗，等一下。我得走了。妳去找妳叔叔，仔細檢查屋子四周，睡覺前一定要把所有門窗都鎖死。」

「別急，大衛。我先確認外面有沒有人，我叔叔以前是軍人。我第一次打靶就是他帶我去的。他有槍，我們可以巡視附近，確定一切平安，好嗎？」

「雪麗，求妳相信我。我們一定要想出辦法，否則史督華死定了。拜託妳……不要相信任何人。」

「我不能相信誓言維護法律的警察，卻要相信你？」

「我想保住史督華的命。聽著，我保證一定會查出更多消息。我發誓會不計代價查清楚。再給我一天的時間，要是我查不出真憑實據，妳可以去找真正信任的人。到時候，只能求上帝保佑了。」

「好吧，別亂跑。我去找尼克，我們會去外面巡視。」

她把大衛留在房裡，懷疑自己瘋了才會相信他。她總覺得他說的是實話，至少他相信是真的。

但警察涉案……？警察也是人，不是不可能。

她穿過屋子走進酒吧，還有幾個人在喝最後一輪酒。

「尼克？」

「雪麗，妳還沒睡？」

「對……但也快睡著了，可不可以陪我去外面看看？我好像聽到聲音。」

「今天是星期五，外面本來就很熱鬧。」

「拜託你，好不好？」

「當然。」

尼克打開保險箱拿出槍。他把槍貼在腿上以免引人注意，陪著她巡視露台與餐廳四周。

「妳到底聽到什麼？」他問，他們什麼也沒發現。

她聳肩。「好像是腳步聲吧。其實沒什麼，抱歉麻煩你了。」

「一點都不麻煩，妳從來都不麻煩。但我想我們該談談。」

她點頭。她的頭很重，她已經分不清真假了。她該立刻報警，但萬一大衛的說詞是真的？她不願危及史督華……

他們走到她房間對外的門口。尼克轉動門把，門竟然開著，雪麗有些意外。她很快就想通了，大衛跑掉了。她不太信任他，看來他也如此。

「小麗，妳覺得外頭有人竟然還不鎖門？」

「我不是故意的。」她心虛地說。

他舉著槍進去，揮手要她退後。他確認浴室和衣櫥都沒人，甚至床底下也沒放過。

「我去屋裡其他地方看看。」

「我也去。」

「我有槍，外頭還有四、五個警察。不會有事的。妳自己把門鎖好，兩道門都要鎖。」

「我跟你去，不然我睡不著。」

他嘆口氣。「好吧。」

他們緩緩巡過房子，檢查所有櫥櫃、角落，尼克甚至連他床底下也看了，還吵醒了莎蘭。

「怎麼了？」她惺忪地問。

「沒事，寶貝。繼續睡。」尼克對她說。

她笑了一下又閉上眼睛。

「好啦，都沒人，」尼克說。「雪麗……」

「謝謝！」她輕聲說完給他一個擁抱後回到房間。她所受的訓練和知識都督促她去求助。然而……

直覺。直覺要她按兵不動。

她鎖好門窗，本來要上床睡了，卻又看著電話。她嘆氣咬著下唇，決定打一通電話。

納森．佛雷夏接起電話，聲音聽起來很疲憊。

「納森，嗨，我是雪麗。」

「雪麗……妳知道現在幾點了嗎？」

「對不起，你和史督華在一起嗎？」

「對。露西恢復得不錯，再過幾個鐘頭她就會過來。」

「納森，我知道很奇怪，但請順著我一次。你們一定要守著史督華，一秒鐘都不能離開。除非醫生要求……總之隨時守著他，就算——就算有警察在也一樣。」

「怎麼回事，雪麗？」

「沒有人比你們更愛史督華，所以……絕對不要離開他，好嗎？我明天會過去。」

「好吧。但願明天妳來的時候他已醒來，那就太棒了。」

「是啊，那就太棒了。」她猶豫了一下。「你確定史督華沒事？」

「我正看著他，他的臉色很好。」納森雖然很累但聲音很興奮。「雪麗，我在祈禱……」

「我也是，」她輕聲說。「晚安了。明天見。」

史督華沒事。他的父母不會離開他。就連警察也無法溜進去加害，到處都有醫院的人，他父母也會守在他身邊。她還是很難相信會有警察涉案。

為什麼？警察也是人啊！

她明天一早會直接去醫院，到了之後再決定該如何處理大衛告訴她的消息。她心跳加速，明天傑克可能就回來了……

難說。彼得・波東說不定會撐上好幾天。

也許她該現在就去醫院。她小寐一下，隨即起床上路。

瑪莉・西蒙負責準備早餐，她很喜歡烤麵包。她邊揉麵糰邊想著世界以及她所尋求的平靜，她在這裡的生活很好，很安寧。她邊工作邊禱告。

一名年輕的同修洛斯來找她，她有些吃驚。「瑪莉，妳有訪客。他說有急事。」

「是警察嗎？」她問。

洛斯搖頭。「不，他是——」

他話還沒說完，訪客已經跟著進來。她看著他倒抽了一口氣。

「瑪莉？」洛斯擔心地問。

「沒——沒關係。」

「可以私下談談嗎？」客人問道。

「當然。洛斯，沒事的。」

洛斯謹慎地點點頭離開。

「約翰！」瑪莉難以置信地說。

他大步上前，單膝跪下握住她的雙手。「瑪莉，親愛的瑪莉，很抱歉來這裡……打擾妳。妳已經找到想要的生活了，對嗎？」

「應該吧，」她溫柔地摸著他的頭髮。「我還以為你死了。」

「我差點就死了，」他承認。「反正……讓世人以為我死了似乎是個好主意。」

「但，約翰……」

「瑪莉，我需要妳幫忙。」

「我幫不了你，我幫不了任何人。」

「妳幫得了我，只有妳才能幫我。」

「約翰，我在這裡有新的生活了。」

「瑪莉，妳需要平靜，如果不幫我，妳永遠得不到平靜。我就快……很快要逮到那些壞蛋了，他們差點毀了我們大家的人生。妳一定要幫我。」

「約翰……我做不到！」

「瑪莉，看在上帝的份上！難道妳不想復仇？他們利用了我們大家，難道妳不想討回公道？」

「約翰……我不想坐牢。你要我做的事……違法嗎？」

他凝視著她的雙眼。「的確違法，但不做不行。」

她嘆息著閉上眼睛。接著她脫掉身上的圍裙。「你應該有車吧？」

「還不是普通的車喔。」他迷人的笑容又回到臉上。

「我找到了上帝。」

傑克猛抬頭，懷疑剛才是不是幻聽。彼得．波東沒有動，眼睛也閉著。

接著他看到波東的嘴唇動了。

「我找到了上帝，我找到了上帝。」

傑克靠過去。波東的聲音細若游絲。他睜開眼睛，直直望著前方，彷彿什麼都看不見。「我找到了上帝，」他忽然大喊。「親愛的上帝，您找到我了嗎？寬恕我！」

傑克抬頭看醫生，醫生聳肩。「迴光反照。可能沒什麼用，但你還是問吧。」

「彼得，我是傑克．狄雷修。告訴我。」

波東的嘴唇扭曲。「傑克，」他想轉頭看傑克，但無能為力。「止……痛藥……不能思考。上帝……他們說上帝會寬恕。」

「彼得，我需要你幫忙。」

「沒殺……我沒殺……但我知道。」

「彼得，是誰殺的？我們來阻止他。彼得，他們說上帝會寬恕。幫我們，為了上帝。」

「我身體裡有東西……藥，不是藥，不能吞藥……但好痛……噢，上帝，我不要痛。

上帝……我找到了上帝……上帝找到我了嗎？」

「彼得，幫幫我。」傑克焦急地重複。

彼得萬分困難地吞嚥一下，傑克很詫異地看到他眼中滿是淚水。「你的搭檔……傑克。不知道……南希……她來……和我在一起……不，不，沒有殺……沒有殺，但我知道。」

「彼得，我看得出你很難過，也很懊悔。幫我，告訴我名字。我明白南希去找過你。你不認識她，因為她之前沒有去過，但有人認出她，知道她的目的。那個人是誰，彼得？求你快說。」

波東的嘴巴無聲動著。

「什麼？求你快說，彼得，看在上帝的份上。」

瀕死之人又閉上眼睛。傑克好想一把抓住他用力搖醒他，但又怕他還來不及說話就被搖死了。

「彼得，幫幫我們，」他焦急地說：「名字，彼得。給我名字。」

彼得的嘴又動了。「好美。」

「什麼好美？誰好美？彼得？」

「搭檔……她好美，我對她道歉。」

「我知道你很難過，彼得。幫我抓住殺死她……又殺你的人。」

「警察！」彼得突然高喊。

「彼得，給我名字！還有更多人會死。」傑克的聲音因絕望而嘶啞。

「傑克……你的搭檔……對不起……不想……上帝寬恕我……」

「他在囈語。」醫生低聲說。

「他說會殺死我……果然……死人……死人……」

波東的嘴唇還在動，但沒有聲音。接著，「傑克……」幾乎聽不見。

傑克的耳朵緊貼著波東張闔的嘴，不久嘴唇停住了。

片刻之後，醫生過來檢查，闔上波東的雙眼。

「他……」

「走了，」醫生宣布。「很抱歉，狄雷修警探。你無法追問下去了。他已經超越了人類的審判與疼痛，他死了。」

22

餐廳開門沒多久，凱蒂叫尼克聽電話，是莎蘭。他向正在服務的客人道了歉，過去拿起話筒。

「尼克。」莎蘭輕聲說。

「嗨，寶貝，怎麼啦？」

「我……需要你過來一趟。」

「莎蘭，餐廳剛開門。今天星期六，會很忙呢。」

「拜託。」

「怎麼回事？出了什麼事嗎？可以告訴我嗎？」

「不能在電話上說。」

她最近真的好奇怪，現在更是怪透了。

「尼克——我需要你。我很害怕，我甚至害怕當面跟你說話。但我一定要見你，我一定要說出來……不能再拖了。不管後果會怎樣。」

「好吧，好吧……我馬上到。告訴我妳在哪裡。」

她說出地址。

「那是什麼地方？」

「你來了就知道。」她說。

「你瘋了，完全瘋了，」瑪莉對約翰．梅斯特說：「醫院人很多，鐵定有好幾百個訪客。」

「人越多越好。」

他調整口罩，接著察看瑪莉，她正把頭髮塞進帽子裡。很好。她只露出一雙眼睛，漂亮的淺藍色眼睛。那身手術服隱藏了所有特徵。

也不會有人認出他，因為他也只露出一雙眼睛，而且還戴了隱形眼鏡。他很會偽裝，輕易就黏上一副灰白的眉毛。他對鏡檢查，打扮得不錯。任何人看到他都會以為是個中老年人。

「你瘋了。」她又說了一次。

「我沒瘋。只是很恐慌，」他說：「唉……差不多該上場了。」

傑克兩點上路回家。

他疲倦已極，不得不強迫自己停下來喝咖啡。他從波東嘴裡硬問出來的幾句話在腦中不停打轉。他列出的「事實」清單在眼前舞動。

他在休息站停下來買三明治和更多咖啡，他有種奇怪的感覺，好像快來不及了。直覺啃噬、騷亂他的心。

他橫越停車場走向車子時，心頭有股悶悶的痛。波東沒有說出名字，他承認他有涉案，但否認親手殺人。一點都不意外。傑克從前一直認為是波東在發號施令，顯然事實並非如此。

波東被謀殺。獄方可能需要一段時間調查，但終究會找出製造暴動趁機殺他的人。傑克等不了那麼久，所以……

事實：彼得・波東當天和南希・列西特在一起。她遇害那天和她發生兩願性行為的人一定就是他。她有所發現，甚至願意違反規定也要查清真相。她是個好警察，他心痛地想著她那晚所經歷的掙扎。

而且她完全沒想到會因此喪命。

他坐定後留意到前座上的筆記本，放下咖啡拿起筆記本。他一頁頁翻著。他自己的筆記，讓他相信兩起事件相關的意外現場素描。他皺眉，這才發現有兩頁黏在一起了。

他硬把兩頁分開，接著心跳停了一拍。

雪麗畫了另一幅素描。是約翰・梅斯特，或名大衛・華頓，那個在醫院流連、耍得警方團團轉的人。

他冒出一身冷汗，慌亂地翻著口袋找手機。他先打了雪麗的手機，卻被轉進語音信箱。「雪麗，無論如何，不要靠近大衛．華頓。明白嗎？我快到家了。」他遲疑了一下。「雪麗，不管妳對我有什麼感覺都無關緊要，我相信那個人涉嫌謀殺四名女子，很可能也害妳的朋友受傷。」他掛斷電話打去酒吧。他祈求尼克會來接電話，但沒有應驗。

接電話的是凱蒂。尼克出去了；她不知道去哪兒。

「雪麗呢？」

「她大約一個鐘頭前去醫院了。」

「好，謝謝妳。」

他試著打去醫院，被電腦語音系統轉了半天也沒結果，他氣急敗壞地掛斷電話開上高速公路。

他打給卡尼吉，說明自稱大衛．華頓的人真實身分的確是約翰．梅斯特，波東的信徒，原本被認定死亡，但其實還活著。「雪麗最近和他有聯絡，麻煩你親自跑一趟醫院警告她。我們絕對要立刻找到他。」

卡尼吉回電時他已經狂飆了三十哩。「傑克，我在醫院。真相就快水落石出了，醫生認為史督華．佛瑞夏就快醒了。他已有腦部活動和一堆我聽不懂的現象。總之，他們要送他去做掃瞄，他很可能今晚就會醒來。」

「雪麗．孟泰格呢？」

「她剛才還在這裡，她去陪史督華的父母了。」

「你有把我的話轉告她嗎？」

「有，她答應留在醫院等你。」

傑克鬆了一口氣。「把她留在那裡。無論如何，把她留在那裡。」

他邊開車邊在心中反覆推演。想著波東說過的每句話，所有事實和推測。他看到手機顯示有語音留言，他皺起眉頭，一定是有人在他和卡尼吉通話時打來。他不認得手機顯示的號碼，連忙按鍵聽留言。「傑克。」她的聲音很生硬。唉，他們到底是不歡而散。「你託卡尼吉轉達的事情我知道了。抱歉，我的手機不見了。我聽大衛．華頓說過一些奇怪的事情。我知道你說他是約翰．梅斯特，我知道他很可能在騙人……但他感覺起來很誠懇。好吧，說吧，說我是沒經驗的白癡，但他很肯定有警察涉案。可能還不只一個。我在醫院。我——我得承認，我已經搞不清楚該相信誰了。萬一……出了什麼事，你沒見到我的話，我留了一些東西給你，在一個『很擠』的地方。我——等你回來再說。」

他差點出車禍。

波東大喊「警察！」的聲音在他耳邊想起。不，不可能。

他的胃翻攪、揪緊。梅斯特絕對只是故佈疑陣，然而……

他看了看車速。波東曾經和南希在一起。他知道她遇害的事，甚至可能親眼目睹。但不是他下的手。**好美……你的搭檔……**

他打開警笛，把油門踩到底。

約翰．梅斯特對醫院很熟。他知道如何騙過守門的警察、佛瑞夏夫婦，甚至雪麗．孟泰格，她在病房陪史督華的父母，滿懷希望守候著。他有史督華的病歷，也給了護士正確的文件。他模仿主治醫師的筆跡，而且態度冷靜而和善，因此沒有絲毫麻煩就達成任務。門口的警察攔下他，他也禮貌應答，表示歡迎他陪著病人去做檢查，並說服佛瑞夏夫婦去喝杯咖啡。

到了走廊上，雪麗才露出狐疑的眼神。「這不是標示的方向，電腦斷層掃瞄室應該在急診室附近。」

「真的嗎？」緊隨在側的警察質問。

約翰看了瑪莉一眼，這是她負責的部分，他祈求她不會臨陣退縮。他一定要帶史督華離開醫院，這表示必須讓所有人先安靜下來，之後再慢慢對付。

既然已經淌了這趟渾水，瑪莉順利掌控情勢。「我們對這位病人特別小心。」她對雪麗說，語氣無比沉著肯定。

「從這裡走，」他揮手要雪麗先走進一個房間，再對警察說：「可不可以請你幫個忙，把床推過那個轉角……」

他對瑪莉一點頭。她從口袋拿出鎮定劑針筒，俐落地往警察身上扎下去。

雪麗還沒察覺異狀他已經倒了。她皺著眉轉身說：「我不是醫生，但這不是——」她看到倒在地上的警察頓時說不出話來。瑪莉此時已經在她旁邊，從口袋裡拿出第二隻針筒。雪麗幾乎立刻倒在警察旁邊。

「幹得好，瑪莉。行動已經成功一半了。把她弄上病床和他躺在一起，用被單連他們的臉一起蓋住。」

「為什麼要蓋住臉？」瑪莉問。

「離開醫院最好的一條路是從太平間出去。」他說。

瑪莉垂下頭。「快走吧。」

一開始她彷彿在迷霧中。世界變黑前的事一幕幕跑過。她睡晚了，她從沒睡到這麼晚。她匆匆洗澡，出去找尼克時發現叔叔出門了，凱蒂忙得團團轉。她留下來幫忙到午餐人潮散去。

尼克還是不見蹤影。尼克憎惡手機，說什麼也不肯辦。她試過莎蘭的手機，但被轉到語音信箱。

接著她去醫院找史督華的父母。卡尼吉來了，要她提防大衛．華頓。她試著聯絡傑克，但只能留言。門口有位警察在值班，她用狐疑的眼神看他。史督華的父母好開心、滿懷希望，但也高度警戒。醫院准他們一起留在病房內，他們壓低音量談話。

後來……

技師進來帶史督華去做檢驗。他們親切地回答問題，因為戴著口罩聲音有點悶。他們看過病歷，歡迎警察跟著去。

她就是因為這樣才上當。她早該認出大衛．華頓，卡尼吉都警告過她了。她是白癡。她早該認出那雙眼睛，儘管他戴著隱形眼鏡和假眉毛。

她突然意識到她醒了，但暫時不敢張開眼睛，她一點一點緩緩抬起眼皮。

「雪麗？」

她聽見有人叫她，好像在很遠的地方。那個聲音……

有張臉在她面前晃來晃去。她睜大眼睛，嘴巴和大腦慢一步啟動。

「史督華？」她不敢置信地說。

「是，是我。」

卡尼吉打來時，他離醫院不到五哩。他震驚地聽著史督華被綁架的消息。他大吼大叫問了一堆。他稍後得向卡尼吉道歉，但事有先後，他先耐下心來聽卡尼吉說明已知的事實。一切似乎都很正常。技工有病歷表和醫生簽名的許可，他們在護理站辦好了所有手續，甚至欣然歡迎守衛的警員一同前往。

警員被人發現倒在一間舊的手術室裡，因為鎮定劑藥效而有些迷糊。目前還沒找到雪麗或史督華。醫院裡到處都是警察，他們進行地毯式搜索，但一無所獲。

「如果她還在……如果他們還在醫院……我們一定會找出來。」卡尼吉承諾。

「他們不在了，」傑克很直接地說。「繼續搜。有消息就通知我。」

「傑克，犯人是一名中老年男子與一名年約三十五到四十之間的女性。佛瑞夏先生描述了他們的長相，護士也確認了。看來不是約翰．梅斯特。」

傑克很懷疑，但沒有說出口。他腦子裡千頭萬緒還待仔細整理。

「你在往這裡的路上嗎？」卡尼吉問。

「不。」

「那——」

「我要去找他們。」

「傑克，你有消息也要通知我，聽到沒？」

她滿懷戒心地往後一彈，頭撞上東西。她躺在史督華身邊。他的臉色白得像鬼，憔悴有如戰俘營的難民。但他對她幽默地一笑，接著問：「妳還好吧？」

她看著他，搖搖頭。她想坐起來，但頭很昏又倒了回去。她這才發現大衛．華頓，或約翰．梅斯特，站在床尾，還有一個素未謀面的女人。當然，那個女的就是剛才的技師。

「這到底怎麼回事？」她厲聲質問。

「她真是當警察的好料子吧？」史督華虛弱地說：「我們很可能是兇惡的歹徒，她還想裝兇嚇唬我們。」

「雪麗，很抱歉。」約翰·梅斯特說，他的假眉毛和隱形眼鏡都拿掉了。

「嗨，我是瑪莉。」那個女人說。

「妳該很清楚妳犯下了綁架和其他一堆罪行吧？」她說：「還有你——渾蛋！你是約翰·梅斯特。」

「雪麗，我沒什麼力氣，但我盡量解釋給妳聽。」史督華開口。

「你還是省點力氣吧！」約翰·梅斯特連忙阻止。「她還全身發軟，沒法把我大卸八塊，我還有幾分鐘可以解釋。」

「你騙了我。」她對他說。

「對，但我也是逼不得已，」他連忙辯解。「我得先隱瞞身分熟悉妳。沒錯，我是約翰·梅斯特。我因為做假帳和波東一起入獄，但我沒有參與真正的罪行。我當時沒有說出真相，因為波東警告我，要是不乖乖去坐牢、一輩子保守秘密，我們兩個都會沒命。妳也許不相信，但我真的不知道誰殺了那些女人。我只知道其中至少有一名警察。南希·列西特來教派會所的那晚我也在，我看到她，但彼得……喜歡女色。我還以為是他在路上把到的馬子。那天夜裡，我聽到開門聲……有人進來臭罵彼得是白癡，帶了個警察回來。他只好幫忙滅口。不只如此，她還認出那個臭罵彼得的人，所以我才知道至少有一個警察涉案。」

她搖頭。「你想告訴我，殺死南希．列西特的人是警察？」

「恐怕如此，」約翰說：「那天夜裡還有另一個人，我猜那就是彼得稱之為『教父』的人。我知道會所偶爾有怪事發生，但我無法事先得知時間。那些夜裡我總是被鎖在房裡，女孩和其他人也都被鎖在宿舍裡。總之，因為那幾個女孩被殺，警方已經盯上我們。但彼得和我沒有殺人。」他猶豫一下，吸了口氣。

「彼得知道她們被殺，也知道原因。他知道兇手故意弄得好像邪教的私刑，事實並非如此。那只是幌子，她們一定看到不該看的事情而被滅口。」他沈默了一下。「所有人都以為我一出獄就墜機死亡，我認為不澄清比較安全。我被沖上岸時撿到別人的證件，那個人比我大幾歲，但找人做假證件並不難。」

鎮定劑的藥效漸漸消褪。雪麗慢慢爬起來揉著腦後。「抱歉，我們搬妳上救護車時撞到妳的頭。」瑪莉解釋。

「真是的。」她嘀咕著，接著察看史督華的狀況。他怎會牽扯進來？他躺在那裡閉著眼睛，似乎又失去意識了。「史督華。」她焦急地喊。

他睜開眼睛。「抱歉，我只是休息一下。其實我醒來已經快二十四小時，只是不敢讓人知道。包括我的父母。」他哀傷地說。

「他們可能走漏風聲。」約翰．梅斯特解釋。

「你怎麼知道？」她尖刻地問。

「我只知道一定要在兇手殺掉他前把他弄出醫院。」

「好吧。瑪莉，妳又是誰？」

「我是信徒之一，遇害的那些女孩是我的朋友。」

雪麗思索著。「很遺憾，」她片刻之後說，接著搖搖頭。「這是哪裡？你們為什麼要把我迷昏，還綁架我？」

「我們需要妳。加上妳堅持要陪我去做掃瞄，」史督華說：「我們不得不這樣做。更何況妳是警察。」

「我不是警察，」她無力地說：「我只是為警方工作。」

「隨便啦，反正妳有關係。」

「好吧——這是哪裡？」

「那棟房子裡。」約翰說。

「什麼房子？」

「集體農場隔壁的房子。」

「你應該知道警方終究會追到這裡吧？」

「難免，」約翰說：「希望到時候已經取得證據了。」

「什麼證據？要怎麼取得？」

「今晚會有行動。」

「你怎麼知道？」

「我們的鄰居要開音樂會，他們聚集在前院時壞人會在後院活動。雪麗，妳還沒看出來嗎？他們被利用波東教派的同一批人利用了。那個『教父』資助迦勒買地，只要求他對後院偶爾發生的事情視而不見。只要能證明他們的罪行，自然就能找出和謀殺案的關連。」

「好吧，好吧。先稍微倒帶。大衛，呃，約翰，你怎會認識史督華？」

他怯生生地聳肩。「我真的寫過雙頭外星人的報導。」

「我們在雜誌社認識的。」史督華說明。

雪麗揉著頸背坐起來。「好吧，聽著，我相信你們。但我們必須找人幫忙。我們都知道有兩個殺人不眨眼的傢伙，我們得報警。」

「雪麗，我到底得說多少遍？」約翰問：「他們之中至少有一個是警察。我們不知道誰是壞警察。」

「一個壞警察不代表所有警察都是壞的，一定還有能信任的人。」

「誰？」

「狄雷修，」她冷靜地說：「傑克·狄雷修，你知道他很正直。」

「喔，對啊，有夠正直的。他巴不得要我的命。特別是他的搭檔死了之後，我進監獄就是為了躲他。」

「你為什麼不說出他的搭檔和波東一起去過會所？」

「我不敢說，我當年才二十一歲，波東一口咬定我說了會被殺。」

「那你現在怎麼又想破案了？」雪麗問。

「墜機時我已經死過一次了，」他說：「我被沖上岸後，明白了我必須查出是誰毀了這麼多人的生命。」

「那我們打電話給狄雷修。」

「沒用的，我試過了。我在答錄機上匿名留過許多次話，也透露了很多線索，他早該弄明白了，可是他根本沒有任何動作。」

「答錄機。」雪麗喃喃說，這才明白神秘人闖進傑克船上是為了偷聽答錄機的留言並洗去。

「什麼？」

「他沒有聽到你的留言。聽著，我知道傑克不是壞警察。我們一定要找人幫忙。」

「對，太棒了，我們打電話給他，他再打電話去總局，然後兇手就知道哪裡可以逮到我們。沒錯，他絕對會來，而且帶著大隊人馬，然後我們一定會被殺。」約翰苦澀地說。

「更何況，他住在碼頭。」

「我也住在碼頭啊。」雪麗不解地提醒他。

約翰搖頭。「妳還沒弄懂嗎？尼克餐廳有問題，雪麗。我昨晚沒有說謊，有人在外面偷聽。」

她猶豫了一下。傑克很肯定有人闖進他的船屋。沒有東西失竊，但他電腦裡的檔案被看過，答錄機的留言也被偷聽之後洗掉。她自己被人推下船，有人進過她房間……

莎蘭。

莎蘭，她答應過今天下午會說明一切。但雪麗出門去醫院時她還沒回來，之後……之後一切全亂了套。

「我們必須通知傑克，」她重複。「我們一定有辦法能說清楚。」

「然後他再通知一堆人？」

她沒機會回答，因為約翰突然一怔。「噓。」他示警。

他們全都聽到了，外牆邊有腳步聲。

「可能是警察已經來了。」她小聲對他說。

「我們得保護史督華，」他同樣低聲說：「瑪莉，妳陪著他。雪麗……我出去看看。我有槍。我承認是偷來的，但我會用。」

雪麗正要跟著出去，又遲疑了一下。「瑪莉，我出去之後把五斗櫃推過來擋住門。盡量多找一點東西堵住門，用高腳櫃把窗子擋住，懂嗎？」

「當然。」瑪莉睜大眼睛，顯然知道她身處險境，還要照顧一個比剛出生的小貓更虛弱的男人。

雪麗點點頭，希望瑪莉不像外表那麼弱不禁風。她剛出門就聽到家具磨地板的聲音。瑪莉能照顧自己。

她加緊腳步追上約翰，這才想到她根本不清楚房子的格局。房子不大，有點舊，比較像單層樓的狩獵屋。除了剛才那間臥房，旁邊還有一間，加上一個客廳兼餐廳的地方，還有廚房。除了大門，廚房那兒還有後門。

她心慌地發現天已經黑了。如果外面有人，室內的位置很不利。「燈，」她喃喃說：「得把燈關掉。」

他點頭退回去按下開關，燈光熄滅了。

他們站在黑暗中凝神傾聽，感覺過了好久。一開始伸手不見五指，接著雪麗發現自己略能分辨約翰的側影。他拿著一把槍。她摒住呼吸，沿著廚房與餐廳之間的牆一口氣衝進廚房。

她再次聆聽……

轟然一陣巨響，門被猛力撞開。約翰開槍，火藥在夜色中閃耀。

門口的人開槍回擊。

傑克把車停在盡量靠近船屋的地方。他跳下車，大步跑過碼頭，衝進關朵琳號。他先跑進浴室，淋浴間裡有兩份房地產資料。一看到地址他差點狂奔出去，但他強迫自己停下。他從電腦叫出幾份舊資料，並快速瀏覽報告和新聞報導。

他按下答錄機的按鈕，叫出過去一週的通話紀錄。他知道不速之客刪除了他的留言。無所謂，他已經得到需要的資料。他已經找到答案——至少找到了最重要的關鍵。但他仍需極度小心。

他離開船屋，打了通電話給一個他絕對信任的人。那個人會提供他所需的一切支援。

他正要回車上，沒想到尼克．孟泰格竟從酒吧衝過來攔住他。他皺眉停下腳步，希望尼克不是一時興起跑來找他算帳。

幸好不是。

「我和你一起去。」他往前座走去。

「尼克，這不是——」

「我打過越戰，服役時的手槍我還留著，而且我槍法很準，」尼克簡潔地說：「聽著，我不清楚到底怎麼回事，但我知道他們抓走了我的姪女。我還知道他們去哪裡了。」

「我也知道。」傑克說。

尼克瞅了他一眼。「莎蘭告訴我雪麗之前問的地址。你又是怎麼知道的？」

「雪麗把資料留給我了，」他說完看著尼克。「我們必須先去別的地方。」

「她有危險！」

「盲目亂闖只會讓她更危險。」傑克說。尼克瞪著他，接著緩緩點頭。

「你還沒回報查到的事情吧？」尼克問。

「沒有回報給總局。」

「誰是壞警察？」尼克片刻後問。

「我大概知道，但無法肯定。而且我認為要對付的不只一個人，我們每天在這裡見到的人也有涉案。」

尼克消化著這些資料。「能把作戰計畫告訴我嗎？」

一聲尖叫後，雪麗聽到有人倒地。約翰衝出去。「等等！」她示警。

太遲了。她聽到槍響，接著是約翰的慘叫聲。她看到他彷彿布娃娃癱軟倒下。她後退一步，她剛才叫他時暴露了位置。只有一條路可逃，廚房的後門。

她跑出屋外，企圖找出方向。到處都是樹。樹木之間有空隙，籬笆在右手邊……後面是沼澤水域。

她不能往前跑，那會陷入灌木叢中。她沿著一排排樹木狂奔，槍擊約翰的人好像沒有同夥。但她非常確定對方一定會追來。這樣，瑪莉和史督華至少暫時沒有危險。她必須引殺手穿過樹叢，進入沼澤區。

她聽到急促的腳步聲追來。她不停地奔跑，終於到了樹叢盡頭，草忽然變得好高。她咬牙祈求那不是鋸齒草，否則她沒跑幾步就會被割得全身是傷。

不是鋸齒草，還不是。她還踩著實心的土地，前面還有很多樹。她往前跑，忽然被一大片蜘蛛網纏住。她差點尖叫。她強忍住，在心裡斥責自己。真是的，想當警察的人竟然被蜘蛛網嚇到。她撥掉黏在身上的蜘蛛絲繼續前進。

她突然聽見說話的聲音，有人從前面過來。跨過一棵枯樹，前方的地形完全不同，地面向下斜進運河。

那裡有幾個男人，他們壓低聲音交談，正從停靠在泥濘河岸旁的兩艘獨木舟卸下塑膠箱。

他們穿著一身黑，跟夜色融成一片。

她放慢腳步但依然在跑。那群人在前，持槍殺手在後。

她忽然聽到搬箱子的人叫了一聲，她凝神想看清楚出了什麼事。

就在此時，她被鐵絲絆倒了。

鐵絲低低綁在兩棵樹之間，標示出地界。她完全沒有看到，直到摔出去跌在爛泥上。

她不准自己叫痛，但她的腳被纏住了。她默默掙扎著起身解開鐵絲。

她突然意識到一片黑影籠罩著她，追她的人也一身黑衣。她緩緩抬頭，知道此刻再也無能為力。

「雪麗。」那個人輕聲說。

約翰感覺生命漸漸流逝。他沒死，還沒死。但若不能盡快求援，他就死定了。子彈扯裂肌肉造成劇痛，但他強迫自己不能叫痛。他祈求沒有重大器官受到傷害，也祈求上帝賜他體力，讓他找回中彈時掉落的槍。

他伸長手一吋吋向前爬，鮮血在身後留下蜿蜒的痕跡。他需要槍。那個人一定會回頭。

在抓到雪麗之後。

他停下來在疼痛中喘氣，不只因為燎原野火般的痛，更因為想到他害慘了她。她會死，而且都是他害的。要是他拿不到槍……

那史督華和瑪莉也會死，他們的努力全都付諸東流。兇手知道怎麼佈置現場。他會讓人以為雪麗和他們激烈搏鬥後殺死他們……但他們也沒放過她。凱西．賽維爾的命案將算在他頭上。

槍……就在前面了。

「馬丁，」雪麗回答。她無法決定是否該裝傻脫身，最後決定試一下。「感謝老天你在這裡，傑克和你在一起嗎？」

「演得好，孟泰格小姐，要不是妳滿腔熱血想當警察，應該很適合去演戲。」

她點頭。唉，總得試試嘍！「如果你要殺我，這個時機挺合適。」

「沒錯。但我需要妳幫忙才進得了佛瑞夏躺著的房間。我可以用槍把門打壞，但他們一定把門堵住了吧？」

「是啊。」真神奇，她竟然這麼鎮定。她的心臟因為恐懼和懊悔而狂跳。她知道子彈射進人體後看起來的樣子，現在更要親身體會子彈鑽進血肉的感覺。

「來吧，雪麗。站起來。」

他用力抓住她的手臂，她痛得咬牙。他平時一派閒散，看不出力氣這麼大。他的手指扣著她的上臂。她的腳還被纏住，因此肩膀感覺快脫臼了。

「鐵絲，馬丁，」她說：「抱歉，我的腳被纏住了，哪兒也去不了。」

他彎腰替她解開鐵絲，這給了她一個稍縱即逝的寶貴機會。

他手裡有槍，而她已被逼進絕路。

她抬起膝蓋，使盡吃奶的力氣往他的胯下一頂。這招果然有效。他慘叫一聲往前倒。

她閃電般衝出去，腳從鐵絲上扯開，拔足狂奔。

第一顆子彈差點打中她的頭。她聽見子彈呼嘯而過射進樹幹。不管痛不痛，總之他站起來了。子彈一發接一發射進樹林。她壓根不知道自己跑向何方，眼前只有一片黑暗。

她死命跑著，樹林越來越稀疏，地面變成沼澤。越往前跑，她的腳就陷得越深。幸好她穿著牛仔褲和球鞋，這裡到處都是一叢叢鋸齒草。水越來越深，天知道她會遇上什麼動物，那些被都市文明驅逐的毒蛇猛獸。

沼澤裡有水蝮蛇出沒、還有短吻鱷，加上天很黑……

她顛簸地往上走，腳下踩到堅實的土地。一片沙洲筆直通往運河。

又一顆子彈飛過，她聽得出來他就在身後不遠。

接著，黑暗中有東西伸出來抓她。驚恐躍上喉嚨，她張嘴想尖叫。

「噓！」她的嘴被摀住，強壯的臂膀抱住她。她又髒又濕，全身爛泥，她眨眨眼，凝視眼前和她一般髒的男人。

摀著嘴的手鬆開了。

「傑克？」她難以置信地無聲說。

「躲到我後面，到樹後面去。」

她搖著頭後退。「傑克，是——是馬丁。」她低聲說。

「我知道。」

接著她詫異地看到他上前一步。「馬丁！」

好一陣子沒有半點聲響。雪麗用力吞嚥。傑克暴露了他們的位置，馬丁隨時都能打中他。

「傑克？」

一片漆黑中，她辨認出馬丁的身影，他正往前走。他脫掉了剛才的黑衣，穿著平時上班的西裝。

很神奇，西裝上沒有半點污泥。「傑克，老兄，我很抱歉。是尼克的姪女。她一定沾上了毒品或其他壞事，她是醫院綁票案的共犯。整件事她都有份。」

「我只警告你一次，馬丁，」傑克平靜地說：「我很想直接拔槍殺了你，但……老實說，我還沒想通誰是你的同黨。偷進關朵琳號的人不是你，我想知道是誰。我發現是你殺死南希時，真的很想開槍射穿你的膝蓋、把你的心挖出來。但是……」

「但是什麼？」馬丁說：「但是我有槍？你雖然是大牌刑警，但我的槍法也不錯。我打敗你了。全世界都崇拜傑克，尊敬他。他有一流的直覺，只有他才能從垃圾堆裡挖出寶貴的線索。我說不出有多得意，每天看著你，跟你一起工作，看著你為南希．列西特折磨自己。你始終沒想通啊！傑克。」

「其實我想通了，雖然晚了一點，但我來了。我說出來你會更高興嗎？我覺得像個白癡。第一次和波東會面時，他雖然守口如瓶，但也給了我線索。煙霧和鏡子。教派根本不重要。後來，他快死的時候不停說著『你的搭檔』。一開始我以為他說的是南希，後來才明白他另有所指。於是我回家翻舊檔案。南希的車和遺體在運河被發現那天的報紙點醒了我。你是第一個抵達現場的警察。你當時是緝毒組的警員，我不得不自問你怎會在那裡。馬丁，那些女孩是你殺的，還是你的同黨下的手？」

馬丁獰笑著聳肩。「你依舊不知道是誰，對吧，傑克？」

「我大致上知道。」

「但你無法確定。」

「你殺了那些女孩嗎，馬丁？」

「對，傑克，是我殺的。她們自己找死，誰叫她們多管閒事。」

「最後一位死者……出現在隔壁的農場，她看到不該看的事情，對吧？」

「傑克，你真聰明。」馬丁嘲諷地說。

「南希呢？她也是你殺的？」

「你真該看看她在會所看到我時的表情，傑克。她嚇傻了。聰明的丫頭，很快就想通了，必須殺她真是可惜。我先解決你，再去料理你的紅髮小妞。她可是個大麻煩。她畫的那些圖……不管你有沒有介入，我都要除掉她免得礙事。凱西．賽維爾的畫像簡直嚇人。誰又猜得到她是那個記者的朋友，我把那個白癡下了藥扔在高速公路上。想不到吧！」他若無其事地說。

「我實在不想這麼說，馬丁，」傑克極度冷靜地說：「我希望你被判死刑。」

「我還沒被逮捕呢！獨行俠。」

「你已經被捕了，馬丁，遲早要上法庭受審。」

「你有槍，我也有槍。我們數到三一起開槍吧。萬一你打中我呢？萬一我死掉呢？

傑克，你又得繼續找下去了。因為還有人在逃呀！」

「我不會殺你，馬丁。」

「對啊，是我要殺你。」他譏笑。「看看你自己，傑克。又是單獨行動。你就是這樣，隊長才會生氣。呵，他好像很同情我必須和你共事。『那個傑克，』他會說。『就愛逞能。我們有大隊人馬，傑克卻以為靠他自己就能破案。』想不到吧，傑克？你這次踢到鐵板了。」

「馬丁，把槍放下。」

「傑克，你死定了。我應該能打中你，要是打不中，那就地獄見吧。」

「放下武器。」

「怎麼？不先鳴槍示警？」

「放下武器。你被補了。你有權——」傑克說著。

馬丁拔槍。他動作很快，但傑克更快。槍聲震耳欲聾。漫長的幾秒，雪麗死抱著樹不敢動。漫長的幾秒，在彷彿永無止盡的硝煙中，兩個男人都沒有倒下。

接著馬丁臉朝下撲倒在爛泥中。

世界彷彿凍結了。雪麗想奔向傑克，但身後的樹叢有動靜，她迅速轉身。有個男人站在那裡，長髮黑得像墨，臉上和傑克一樣塗滿泥巴，只看得見一雙晶亮的榛色眼睛。她一陣恐慌。一隻手臂落在肩頭，她全身緊繃，準備力搏。

「別擔心，孟泰格小姐，」他的聲音在微風中輕柔如耳語。「別管他。請過來一下，有人想見妳。」

她望向他身後，一時間還以為踏進了恐怖電影《沼澤魔人》的場景。其他人也紛紛朝她走來。他們十分從容自若，無聲地穿過水面上岸來。她萬分驚訝地認出其中一個。

「尼克叔叔？」

「正是，小麗。」

她跌跌撞撞地奔過去，被他一把摟進懷裡。他緊緊抱著她，兩個人都沒有說話。另外的五個人，默默站在後面。接著她聽到聲音而轉過身。

傑克走向倒在地上的搭檔，蹲下用手指按著馬丁的喉嚨。「他死了。」幾秒後他消沈地說，向他們走來。

雪麗想尖叫、想讓他明白，馬丁死去總比他死去好得多。

她強自鎮定地說：「但還有那些運毒的人。我看到他們，我——」

「別急，雪麗，」傑克說。他的聲音還是死氣沈沈。「馬丁說錯了一件事，我不是獨行俠。妳身後那位是杰西．克倫，還有他的手下，密克蘇基警隊的伙伴。」

那個榛色眼睛的人鄭重點頭致意。他沈穩的態度讓雪麗稍微安下心，突然她的腦子又開始轉動。

「我們需要救護車。大衛——約翰．梅斯特中槍了。他可能死了，我不知道。還有史督華和一個叫瑪莉的女人困在屋子裡。」

「我用無線電通報，請救護車立刻過來。」杰西說。

傑克已經開始行動了，雖然滿地落葉但他跑得很快。雪麗追上去，尼克和其他人跟在她後面。

她跑到後院，廚房門開著。傑克已經衝進去了，她加快腳步在門口追上他。

「約翰，別開槍！」雪麗連忙大喊。「是我！還有傑克．狄雷修。還有其他的警察。好警察。」

約翰勉強抬起上身，染滿鮮血的手指放開槍枝。傑克在他身邊蹲下，約翰呻吟著抬頭看他。

「是你，狄雷修。噢，老天。雪麗會告訴你一切。我綁架了她和史督華，但我發誓，我是想保護他。」

「閉嘴，小子，」傑克說：「別浪費體力。」傑克撕開他的襯衫查看傷口、試著止血，約翰痛得直縮。

「你這次打算怎麼對付我？」約翰說。

「沒什麼，我只會幫你叫救護車。也許還會帶你去城裡瘋一整夜，如果你沒死。」

約翰望著傑克，緩緩笑了。「我不會死，警探。我不會死，你要請客我怎麼捨得死。」

「我就知道你會這麼說。」

約翰突然皺眉。「你確定我真的還沒死？我聽到音樂，好像是聖歌。」

雪麗仔細一聽，接著笑了。「是隔壁的音樂會。」她搖著頭說。

集體農場的人遵守承諾，在指定的時間開始唱歌。他們對邪惡不看、不聽、也不說，也許他們感覺到只有這樣才能活命。

歌聲很快就會停了，這裡很快就會佈滿警察。

凌晨四點

從幾個鐘頭前這裡就到處都是警察。警笛聲大作，燈光刺眼，救護車來了又走。約翰與史督華都被送進醫院，瑪莉雖然受了驚，但依然冷靜堅定地回答問題。她承認協助綁架並衷心道歉。她不在乎會不會判刑，她說。這是她必須做的事。她的信仰促使她以行動解救史督華的生命，因為她知道兇手不會放過他。

儘管她涉入綁架案，地檢處之後可能提出告訴，瑪莉終於獲准返家。

傑克要解釋的事似乎比瑪莉更多。雪麗聽到一部分但不完全。他因為沒有知會隊長就擅自行動而遭到偵訊，他一再解釋，為了避免想殺史督華的人混進來，最好的辦法就是完全不找總局的人。

他似乎不介意反覆解釋，也完全沒有發火。大概是因為大家明白殘忍的殺人犯終於在沼澤中正法，加上破獲了龐大的運毒集團，他只是受到口頭訓誡。

他陪她在警車後座聊了一下，他說：「我現在最怕的其實是寫不完的報告。」

她伸手按著他的膝蓋說：「我很遺憾。」

他沈默了片刻，聳聳肩。「我真的不想殺他。不只因為還不確定共犯的身分，那個人掌握了所有金錢，而是因為……我一直認為，要是抓到殺害南希的兇手，我一定要親手撕裂他的喉嚨。但南希相信法律，今晚我才發現原來我也相信。我不想殺他，我要讓他受審。我一想到就難過，一個受大眾信賴、每天和我一起工作的人，竟然這麼兇殘無情。這下免不了公開調查，所有事情都會見報，所有好警察都會被一個壞警察拖累。」他看著她的眼睛，表情很沈痛。

「警察變壞的事以前和未來都還會有，但只是少數。我實在不希望大眾以為所有警察都這樣。我越想越難受，若有任何人應該看穿馬丁的真面目、識破他……那絕對應該是我。」

她感覺得到，關於馬丁的事，不管她說什麼都不可能安慰他。她握住他的手。「你救了我一命，時機抓得真好。」

他回握住她的手，嘴邊揚起淺笑。「我實在不想承認，但妳應付得不錯。」

「我不可能永遠逃下去。他有槍，我沒有。」

他安靜了許久。「妳知道，妳真該找時間把警校唸完。」

她微笑，但沒有機會回答，因為隊長又來找傑克了。

又過了一個鐘頭他們才終於獲准離開。馬丁的遺體被送去太平間，運毒販則移送總局，他們還要被偵訊好幾個鐘頭。

她很開心，儘管還有一個謎尚未解開。傑克決心把案子交給專案小組的其他成員。

他開他的車。尼克在後座，雪麗坐在前座傑克身邊。終於到家時，尼克先下車，等雪麗和傑克慢吞吞下車後，尼克自言自語地說：「好吧，我知道這個要求很奇怪。」他轉身看著傑克。「你今晚睡在我家好嗎？我想確定你們相互照應。」他說完便拿出鑰匙開門進屋。

雪麗感覺一陣清風拂過頭髮。還要一陣子太陽才會出來，她真希望沒這麼累，她想撐到看日出。

「怎麼樣？想在我家睡嗎？」她問。「我不是神經質的人，但，嘿……有人支援總是好。」

「人人都需要支援，」他柔聲說：「此外，參觀妳房間的機會也很誘人。嘿，我可以先洗澡嗎？」

「嗯，」她沈思著說：「我沒那麼大方耶，同時洗怎麼樣？」

「沒問題。」

浴室裡，他們數著彼此身上的瘀血和鋸齒草割出的傷口。他們一一指出，然後加以

「治療」。走出浴室，笑聲突然停了，他們相視許久。

「嗯……這是妳的床？」

「正是。」

「雪麗。」

「嗯？」

他摟住她，臉埋在她頸窩裡，緊緊抱著她。接著開始動作。

她本來以為自己很累了，沒想到竟然還能這麼清醒、敏感、活力充沛。

稍後，他們並肩躺著但依然有如一體。她感覺他輕輕撥著她的頭髮。

「我得承認，只要跟妳有關，我恐怕永遠都會很大男人。」

「沒關係，我永遠有辦法讓你回到自己的位子。」

「我只是讓妳知道。」

她突然坐起來望著窗外。「太陽出來了。」

「太陽每天早上都會出來。」

「但今天早上，我想看日出。」

傑克的衣服都是爛泥，不得不將就穿她的浴袍，他苦著臉穿上。

他們一起坐在碼頭上，她的頭倚在他的肩上。「真美，我從沒看過這麼豐富的金色和紅色。」

「我看過。」

「喔？」

「就是妳的頭髮。」

她抬起頭看著他的眼睛微笑。

「雖然非常恐怖，但……」

「有話快說，警探。」

「我愛上妳了，雪麗。」

她重新把頭靠在他肩上。「唉，警探先生，你總算想通了。我早就愛上你了，從把咖啡灑在你身上那一刻。」

「雪麗，日出看夠了嗎？」

她微笑。「當然。你穿西裝很帥，穿海灘褲也很帥……老天，你穿我的粉紅色浴袍更是……」

他大笑一聲，站起來拉她起身。

他們入睡時太陽已經完全升起了。

星期天傍晚他們才醒來。雪麗睜開眼睛看到他已經醒了，呆望著天花板。

「怎麼了？」她喃喃問。

他的雙手交握，枕在腦後。「我一直在想，馬丁的同黨會是誰。我學福爾摩斯的辦法，妳知道，刪掉不可能的選項，剩下的不管多難以置信，一定就是答案。但我刪不掉任何人選。」

「什麼人選？」

「這人闖進關朵琳號，策劃謀殺案與毒品交易，在幕後操控金錢和權力。」

雪麗猶豫了一下。「莎蘭最近怪怪的。」

「莎蘭？」他質疑地問。

「你認為不可能是她？她很有錢，光是衣服就要花上警察一年的薪水。那兩處房地產都是她賣出的，而且她是最早從我的圖上認出凱西．賽維爾的人。你該不會因為她是女人就覺得不可能吧？」

「不，我知道很多女性犯下兇殘狡詐的案子。妳可能有點道理，」他說完突然下床往浴室去。他轉過頭對她說：「不准進來，我們必須工作了。」

「做什麼？」

「刪除不可能的選項。」

雪麗很慶幸凱蒂在餐廳，讓她能把尼克和莎蘭同時找去客廳，讓傑克問個清楚。莎蘭一派慈母模樣，不斷關切詢問她的狀況，還說昨晚聽說出事後整夜都睡不著。

雪麗謝過她的關心，接著開門見山地問：「妳最近到底怎麼了？」

莎蘭看著她，臉色泛紅，接著轉頭看尼克。

「妳為什麼進我房間？」雪麗有些急躁地問：「妳昨天早上究竟想告訴我什麼事？」

「噢，雪麗，我昨天早上去看醫生。我一開始不敢相信，也很擔心妳和尼克的反應，但……我懷孕了。」

雪麗傻眼。「懷孕？」

「尼克和我有寶寶了。」莎蘭停下來看著尼克的眼睛，徜徉在他的愛中。「我知道不該進妳房間，但我想多瞭解妳一些，感覺一下妳私下的模樣，如果能和妳稍微親近，也許妳就不會那麼介意……」

雪麗覺得自己一定是累壞了。她爆出一陣狂笑，笑得眼淚都流出來了。

「噢，尼克！她真的很不高興。雪麗，我知道妳從小就把尼克當父親，妳就像他的獨生女……」

「我沒有不高興，」雪麗終於喘過氣來說：「我是鬆了——」傑克使眼色制止，她連忙改口。何必讓莎蘭知道她曾被當成嫌犯，雖然只有一下下。「我是開心過頭了。我替你們感到興奮，我等不及要有個小堂弟或小堂妹。」她站起來擁抱莎蘭。「我太高興了。」

尼克有些不好意思地站起來接受她的擁抱。「真可怕，」他沙啞地說。「等孩子高中畢業，我頭髮都掉光了，還有風濕症。但我……實在很興奮，看到妳這麼高興我更興奮。」

「大家都很興奮，」傑克也站起來。「莎蘭、尼克，恭喜。尼克，餐廳裡有沒有像樣的香檳？」他摟著雪麗，她依然笑得花枝亂顫。

莎蘭請他們先別告訴別人。她懷了寶寶很緊張，在順利度過第一階段前不想聲張。總之，她和尼克決定要結婚了，三週後的星期天上午在碼頭舉行小型的婚禮。

傑克和雪麗都答應保密，也同意做他們的伴娘和伴郎。

「現在呢？」雪麗對傑克耳語。

「我們去釣魚。」

「那也是福爾摩斯的招數嗎？」

「不是，那是把餌掛在鉤子上、扔進水裡抓魚。」他咧嘴一笑。「我需要整理思緒，釣魚一向很有幫助。」

那天晚上他們帶回一籃鯛魚和鰺魚，傑克回家洗澡，打電話給富蘭克林。

「我需要你幫忙。你是電腦專家，請幫我查幾個人的資料。」他給了他四個人名。

星期一早上，雪麗一進辦公室就被同事包圍，大家紛紛擁抱她，恭喜她不但保住性命還協助破了大案。她很不好意思地說，她只是在醫院被下了藥，和史督華一起被綁架。穆瑞處長兇巴巴地要大家回去工作：這裡是警局，他們的職責是破案。但大家散開後，他拍拍她的肩膀說出意義重大的三個字：「幹得好。」

那天下午，她在暗房時，有人敲門。鑑識科所有同事和警校的幾位同學帶著蛋糕來慶祝。關妮還頒發給她一面用電腦畫的錦旗，宣布她是班上的榮譽結業生。

星期一晚上更是熱鬧。史督華已經可以下床，於是他們兩個，加上傑克、凱倫、珍妮、連恩和瑪莉一起去探望約翰，可惜只能待幾分鐘。他的護士很嚴厲。「運氣真差，遇到這種老巫婆，」約翰抱怨。「等我出院，要是沒被逮捕，那我就自由了。真的自由了，我好幾年沒這麼自由了。」

「然後呢？」傑克問。

「當然要寫一篇超精彩的報導嘍！」他說。

史督華清清喉嚨。

「好啦，我們聯名總可以了吧。」約翰說完大家全笑了。

他們離開醫院後，一群人一起去晚餐。之後，沈浸在兩人世界的雪麗和傑克回到關朵琳號。

第二天晚上七點左右，他們正吵著該如何烹煮釣來的鯛魚，傑克忽然靜下來。

雪麗皺眉。

「外頭有人。」傑克用嘴型說。

他悄悄走到門口冷不防打開門。

布萊恩·列西特站在門口，舉著手好像要敲門。

「嘿，你有心電感應嗎，傑克？」

傑克搖頭。「我聽到你走過來。」

「喔。」他探頭張望看到雪麗。她在尼克餐廳見過他幾次，知道他是南希·列西特的丈夫，但並不認識他。

「嗨，布萊恩。我是尼克的姪女，雪麗。」

「我就覺得妳很眼熟。嗨，妳好嗎？」他看看傑克。「我可以進去嗎？」

傑克把門完全打開。

「要啤酒嗎？」傑克問。

「汽水就好，我要開車。」

雪麗去冰箱拿可樂給布萊恩。他微笑點頭致謝後看著傑克。「我來道謝的。」

傑克搖頭。「不用謝，那是我的工作。」

「一定要，」布萊恩說。「我愛她，知道害死她的人不能再害別人，多少安慰了些。

我知道我欠你一句抱歉。」他頓了一下，接著毅然說：「你不相信也無所謂，但我戒酒了……而且要再結婚了。希望你能來。」

「恭喜啦，布萊恩。」傑克說。

「我也是，」雪麗附和。「嘿，吃點鯛魚好不好？」

布萊恩有點不自在地看著傑克。「我……嘿，也好。」

於是他留下來。傑克雖然殷勤招待，但比平常沈默。

布萊恩離開後，雪麗問傑克怎麼回事。

「他很有錢。」他簡潔地說。

「律師當然有錢。」她提醒他。

「是啊。」

「你還因為他傷害南希而恨他？」她溫柔地問。

「不，」片刻之後他說。「我們都傷害了她。」他轉身離開，先在書桌前坐了一下，接著回到臥房。雪麗決定專心洗碗。稍後，她躡手躡腳走進臥房。他一把抱住她，力量大得嚇了她一跳。

深夜，他的電話響了。他起床去客廳接電話，她聽到他說了幾分鐘。他回來後，她問出了什麼事。

「是富蘭克林，調查局的幫手。他幫我查了一些資料。」

他在她身邊躺下，重新把她拉進懷裡，接著索然聳肩。「妳一定很高興聽到布萊恩．列西特的財務紀錄毫無污點。他是隻兇惡的鯊魚，到手的獵物絕不放過，但他是一隻守法的惡鯊魚。」

她在黑暗中微笑。她很高興，因為她肯定傑克也很高興。

但她知道他還是很心煩。警方已經偵訊過運毒的人犯，但沒有進展。他們都是南美洲來的，毒品也是，他們宣稱不知道是誰出錢讓他們來美國，也不知道在美國由誰經手。

換句話說，他們依然不知道馬丁的同黨是誰。

「答案近在眼前。我怎會看不見在眼皮子底下發生的事？」他輕聲問她。

「你不能被這件事情逼瘋。」

「我停不下來。」他承認。

她由著他。

第二天早上，她提早醒來，吻醒傑克說她要趕回家準備上班。他含糊說了句話，她離開他，順手幫他啟動咖啡機。此時他的電話響了，她聽到他接起來。她很想知道是誰，但實在沒有時間。

她離開船屋，衝過草坪回到她的房間，然後迅速盥洗更衣。

她現在不用那麼早出門，但她還是經常很趕。也許他們該把鬧鐘調早一點。

他們……她喜歡這種感覺，兩個人的感覺真好。

她進廚房啟動咖啡機，不知道他們家為什麼不買自動開機的那種。她不耐煩地用手指點著桌面，咖啡終於開始滴了，她把壺拿開，放了個杯子過去。

都是光線害的。一時間，她把門口的人影看成史督華出車禍時站在馬路對面的黑衣神秘人。人影動了，她搖搖頭，只是山迪，他難得穿了長褲、馬球衫和西裝外套。

「嘿，山迪，」她說，「我趕著要出門。尼克和莎蘭還在睡。你自己動手弄咖啡吧！出去時記得鎖門。我又快遲到了。」

「談戀愛都會這樣。」他說。

她聳肩。住在碼頭就是這樣，躲不過別人的耳目。

「嘿，那天有人來傑克船上採指紋，有什麼結果嗎？」

「沒有，採到的都是他知道的人。附近發生的事你真的全知道，對吧？史基普來的時候你也在嗎？傑克請你幫他開門嗎？」

「不是，我只是從我的船上看到。唉，可憐的傑克。他一定快瘋了，手裡還少了塊拼圖。」

手裡還少了塊拼圖。

知道這件事的人不多。當然，這一帶很多小道消息。有時候或許太多了。

「沒錯。再見了，山迪。」她說完往門口走去。

她關門時往水面看過去。從她站的地方看得到山迪的船。傑克的船還要再過去一段，在她的房間對面。

山迪不可能從他的船上看到傑克船艙的門。當然他可能是看到史基普拎著公事箱離去。他也可能說謊，他可能根本就在碼頭底偷看。

突然她想起曾經站在同一個地點，聊著警察的事。

我常聽尼克店裡的警察說話，他說過。他認識所有警察。傑克．狄雷修在搬來之前不是常客，但山迪對他也瞭若指掌。

她肺裡的空氣咻地跑光。山迪？不可能。他是常客。而且，他……太老了。

我常聽尼克店裡的警察說話。

沒錯。他常找他們聊天，他每次都和警察坐在一起。就算他常和馬丁．摩爾說話也沒人會注意。沒人會想到他聽警察說話，是因為他需要知道總局的動態。

這個念頭一越過腦海，她就萬分不自在地感覺到他在身後。她僵了一下，正要轉身就感覺有支槍抵在肋骨上。

「不可思議吧？」他輕聲說。「都這麼久了，最後卻敗在一件蠢事。無所謂。我今天早上不是來喝咖啡的，我來抓妳。妳差點就逃過了，雪麗。幸好我專程來找妳去兜風，否則我還得猜妳到底想通了沒。妳知道，我已經準備遠走高飛了，我要去很遠、很遠的地方。這裡的狀況已經快讓我無法安全脫身，反正我已經賺了不少。但……事情炒得太熱。妳那個朋友沒死在高速公路上，一切就亂了。接著還有波東。我幾年前就該殺了他。不過馬丁真可靠。」他大笑。「果然是千載難逢的好搭檔，連中槍倒地了都沒把我招出來。不過最終一定會有人看破，也許就快了。也許是狄雷修。真可惜我不能殺了他。雪麗，妳今天早上不用上班了。安靜一點，說不定妳還能活命。」

「我沒去上班會有人開始找我。事實上，等他們看到我的車還在這裡——」

「車不會在這裡，妳負責開車。我們上路吧，孟泰格小姐。快。」

她沒有反抗，她剛見識了這個人截然不同的一面，而她本來以為很瞭解他。他的聲音、語氣都不一樣，連架勢也變了。彷彿忽然間年輕了好幾歲。

「要開去哪裡？」

「一個簡易機場。」

她深吸一口氣，略略轉身想看清槍。

「克拉克手槍。邁阿密市警局的標準配槍，但妳可能從沒拿過，因為總局不太喜歡這種槍。沒有保險，火力很大，殺人乾淨俐落。」

「要我打電話請假嗎？」她試著克服震驚，強壓下一波極度的恐懼。她以為馬丁已經夠冷血了，但山迪的轉變更令人發毛。人是馬丁殺的，彼得．波東是同謀，但處決命令來自眼前這個人。

「妳有手機，上了路再打。我們真的得走了，免得傑克或妳叔叔出來。我只需要一個人質，殺死他們任何一個我連眼睛都不會眨一下，我相信妳很清楚。」

要是和他去，她肯定沒命，這點她也很清楚。但想到萬一他看到傑克或尼克——或莎蘭！——他會像殺狗一樣殺死他們。

「嘿！」突然有人喊。她吃驚地看到傑克，他身上只穿著海灘褲從露台另一頭走來。

槍更用力抵住她。「給妳兩秒鐘甩掉他，」山迪說：「敢叫，你們兩個都死定了。相信我，克拉克是非常好的槍。我一瞬間就能殺掉你們兩個。」

「山迪，嘿！」傑克愉快地笑著說：「闞朵琳號上的咖啡機壞了。妳到底對它做了什麼，雪麗？」

「我對它做了什麼？」她呆呆地重複。

「妳煮咖啡了嗎？」他問：「山迪，瞧瞧你，今天可真稱頭。你也來喝咖啡？」

「咖啡煮好了。」雪麗連忙說。

「太棒了。我自己去倒，祝妳今天工作順心。」

山迪逼她走出門外，用身體擋住槍。傑克微笑著經過他們旁邊。「山迪，一起來吧？」他問。

「不行，我趕時間。」

「喔？」

「雪麗要順路送我去銀行。」

「真的嗎？」傑克走進屋裡。雪麗感覺槍慢慢移開，因為山迪要換手以免被發現。

傑克在門口停下。雪麗咬緊牙關，拼命不露出破綻。

「雪麗，」他忽然說，眼睛穩穩地看著她。「我有事要問妳。我和約翰・梅斯特聊過，他說妳還有另一項才藝。其實妳那天也跟我提過，說要在我身上表演一下。」

她蹙眉，念頭一轉立刻明白了他的意思。

她微笑。「我表演給約翰看過。」

「表演給山迪看。」

「傑克，我沒時間了。」山迪急躁地說。

「趁現在！」傑克說。

雪麗往後用力一踢，腳踝重重落在山迪的兩腿之間。他倒抽一口氣，傑克隨即動手。好快。他的動作快到她忍不住尖叫，不是為了示警，而是嚇了一大跳。上一分鐘山迪還站在她旁邊，傑克在她前面。下一秒，傑克整個人撞向山迪，兩個人一起倒在砂石地上。

山迪試著瞄準。他開了一槍，子彈亂飛。傑克抓著山迪的手腕用力往地上敲。他又胡亂開了一槍。

「該死，放下武器！」傑克警告他。

「去你的！」山迪回罵，死命想掙脫傑克的壓制，決心想把子彈都用光。

「快放下！雪麗，快進去──」

一顆子彈射進門框，險些射中她的頭。她沒有進屋，她跑過去往山迪臉上踢砂石。

「放下武器。」傑克重複，再次抓山迪的手腕往地上重擊，手槍終於飛開。

「起來！」傑克粗聲命令。他先站起來，接著拎著山迪西裝的領子拽他起來。

「我起來了，起來了……」他的確站起來了一半。他滿臉通紅；舉起一隻手抗議，同時咳個不停。他喘著氣又開始咳嗽，整個身體都在抖。

「媽的，」傑克罵著。「雪麗，快報警。我不要這混蛋死在我手上。」

雪麗伸手進皮包裡拿手機。

她剛摸到手機，山迪忽然不咳了，同時奮力一衝，掙脫傑克的控制，撲向砂地上的手槍。

傑克罵著。山迪的手伸向槍，他拿到了。他轉身。此時傑克已經拿出塞在褲腰裡的小型點三八手槍瞄準他。

「山迪，不要——」傑克憤怒地開口，手指放在扳機上。

一聲槍響。

山迪往後倒在沙塵中。

傑克沒有開槍。

雪麗和傑克同時轉身看著門。尼克站在門口，手裡握著軍用左輪，槍口還在冒煙。

「抱歉，傑克。我不得不開槍。他很可能會先動手，因為他知道你是守道德的警察。我不是警察。那混蛋很可能殺死我的姪女，而且還利用我和我的酒吧這麼多年。況且，我想他應該還沒死。莎蘭已經報警了，」他說：「嘿，咖啡煮好了。」

尼克從山迪無法動彈的手中把槍拿走，走回屋裡。雪麗難以置信地看著傑克。「你怎會知道？你怎會剛好全想通了？」

「剛才的電話是富蘭克林。我請他幫我查山迪，他找到了我需要的證據。順便一提，他喜歡麥芽威士忌。記得提醒我送他一瓶上好的。」

他蹲下檢查山迪的脈搏。「尼克沒說錯，他還有呼吸。」

他們聽到警笛聲。

「妳該去陪尼克喝杯咖啡。過幾分鐘，我們又得說上好幾個鐘頭的話。還要寫報告……天哪，一定多得不得了。」

她搖頭悵然微笑。「我等你，傑克。因為……你知道這代表什麼嗎？最後一塊拼圖。結束了，真的結束了。」

典禮和想像中一樣美好，雪麗想。

她從沒想過她的名字聽起來這麼美妙。走過紅地毯時……感覺真是無與倫比。所有親朋好友都來分享她的喜悅。尼克、莎蘭，還有可愛的小堂弟賈斯汀。凱倫和連恩，珍妮和約翰．梅斯特——這兩個人一見面就看不順眼，為了吵完一場架而不得不再次見面，從此就在一起了。史督華也來了，還有他的父母。傑克的父親，他們已經很熟了，而且她非常喜歡他。觀禮的還有一群警察，包括關妮、亞內和原來班上其他同學。

當然，傑克也在場。

他是第一個來道賀的人，在鑑識科當了一年的鑑識藝術家後，她終於有時間回去唸完警校。不過她依然保留原職，鑑識科的人員除了民間雇員，也有警員。

相片好像永遠照不完。她輪流和朋友、家人、傑克拍照。還有一張獨照。尼克特別指定的，要和她父親的照片掛在一起。

接著在尼克餐廳盛大慶祝，二十八名新進警員和家人都參加。尼克堅持邀請所有人。

然後終於……

終於她和傑克一起回到船屋，沒想到傑克竟然特別布置了一番。有好多氣球和花，還有一瓶香檳。

「噢，傑克，太棒了。」她在他懷裡轉過身說。

「妳沒看到香檳旁邊的盒子。」他指著。

其實她看到了。一個小盒子，她好奇地拿起來。他把盒子拿過去，打開，拿出一枚戒指說：「雖然比不上警徽……但我希望妳收下。尼克建議不要選黃金，他說白金和警徽比較搭配。當然啦，前提是妳願意收下。」

她望著鑽石，接著凝視他的眼睛。

「它和警徽搭配得無比完美，」她撲進他懷裡。接著稍微後退了一下。「其實我一直擔心要由我開口。」

「為什麼？我知道妳想先唸完警校。」

「嗯……你知道我的小堂弟賈斯汀吧？」

「知道。」

他望著她好久，接著笑容緩緩漾開。「哇！」

他又重複了一遍，才將她摟進懷中。

「真會說話。」她喃喃說。

「哇還不夠？」

「多說幾個字一定更感人。」

「例如我愛妳？我很感激妳願意和我共度此生，我說不出我有多以妳為榮。我樂瘋了，我們要當爸媽了。還需要補充什麼嗎？孟泰格警員。」

她重新靠回他懷中。「哇！」

～全文完

國家圖書館出版品預行編目資料

黑衣人影的秘密／蕙瑟·葛理翰（Heather Graham）著
－－第一版－－ 台北市：宇阿文化 出版；
紅螞蟻圖書發行，2010.9
面　　公分－－(典藏小說；12)
ISBN 978-957-659-796-1 (平裝)

874.57　　　　99013742

典藏小說 12

黑衣人影的秘密

作　　者／蕙瑟·葛理翰（Heather Graham）
翻　　譯／陳靜慧
美術構成／葉若蒂
校　　對／鍾佳穎、周英嬌、楊安妮
發 行 人／賴秀珍
榮譽總監／張錦基
總 編 輯／何南輝
出　　版／宇阿文化出版有限公司
發　　行／紅螞蟻圖書有限公司
地　　址／台北市內湖區舊宗路二段121巷28號4F
網　　站／www.e-redant.com
郵撥帳號／1604621-1　紅螞蟻圖書有限公司
電　　話／(02)2795-3656（代表號）
傳　　真／(02)2795-4100
登 記 證／局版北市業字第1446號
港澳總經銷／和平圖書有限公司
地　　址／香港柴灣嘉業街12號百樂門大廈17F
電　　話／(852)2804-6687
法律顧問／許晏賓律師
印 刷 廠／鴻運彩色印刷有限公司
出版日期／2010年 9 月　第一版第一刷

定價 320 元　港幣 107 元

ISBN 978-957-659-796-1　　　　**Printed in Taiwan**